THE PALE HORSE

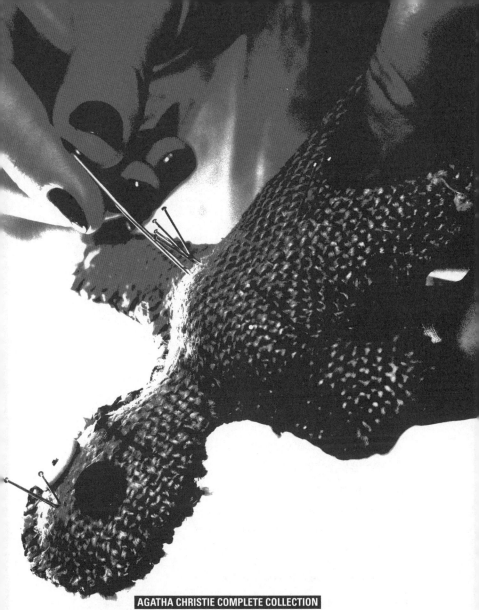

AGATHA CHRISTIE COMPLETE COLLECTION

THE PALE HORSE

창백한 말 애거서 크리스티 장편 소설 | 신영희 옮김

황금가지

THE PALE HORSE

정식 한국어 판 출간에 부쳐

나는 한국에서 우리 할머니의 작품을 정식으로 출간한다는 소식
을 듣고 무척 기뻤다. 할머니가 1920년부터 1970년 무렵까지 오랜
세월에 걸쳐 집필한 작품들은 21세기인 지금 읽어도 신선하고 재미
있다. 등장 인물들이 워낙 자연스러워서 요즘 사람들과 다를 바 없
고 이들이 등장하는 상황과 장소가 전 세계 사람들의 애정과 향수
를 자극하기 때문이다. 한국 독자들은 이번에 새로 나온 정식 한국
어 판을 통해 그동안 접하지 못했던 애거서 크리스티의 일부 작품
들을 읽을 수 있을 것이다. 덕분에 한국에 새로운 세대의 애거서 크
리스티 팬들이 탄생할지도 모르겠다는 생각을 하면 가슴이 벅차다.
애거서 크리스티는 대표적인 두 명의 주인공으로 기억되는 작가
이다. 14권의 작품에 등장하는 마플 양은 영국의 작은 시골 마을에
서 평온한 나날을 보내며 뜨개질과 수다로 소일하는 미혼의 할머니

이지만, 놀라운 기억력과 날카로운 두뇌 회전으로 주변에서 벌어진 살인 사건을 해결한다.

그리고 마플 양과 상반되는 성격을 지닌 에르퀼 푸아로는 자신만만하고 콧수염을 포함한 자신의 외모와 벨기에라는 국적에 대한 자부심이 상당하다. 그는 이집트와 이라크를 비롯한 세계 각지에서 수수께끼를 해결하며 『오리엔트 특급 살인 *Murder On The Orient Express*』, 『나일 강의 죽음 *Death On The Nile*』, 『애크로이드 살인 사건 *The Murder Of Roger Ackroyd*』 등 애거서 크리스티의 여러 대표작에 모습을 드러낸다.

황금가지의 대담하고 참신한 표지와 전반적인 디자인 덕분에 작품의 성격이 잘 살아난 것 같아 기쁘다. 또한 한국 독자들이 할머니의 원작이 지닌 참된 묘미를 느낄 수 있도록 충실한 번역을 위해 애써 준 점도 높이 사고 싶다.

할머니의 작품이 20세기의 그 어떤 작가들보다 많이 팔리고 있는 이유는 나이와 국적에 상관없이 읽을 수 있는 재미와 감동을 갖추었기 때문이다. 모쪼록 한국 독자들도 황금가지에서 선보이는 애거서 크리스티 작품들을 즐겁게 감상하기를 바란다.

매튜 프리처드

애거서 크리스티의 손자

ACL 이사장

내게 정의가 이뤄지는 것을 지켜볼 기회를 준

존과 헬렌 마일드메이 화이트에게

차례

마크 이스터브룩의 서문

'창백한 말(문학이나 성서에서 사신(死神)을 상징 — 옮긴이)'이라는 오래된 저택을 둘러싸고 벌어진 기묘한 사건을 서술하는 데는 두 가지 시점이 있다. 그러나 '백색의 왕(『이상한 나라의 앨리스』에 등장하는 왕 — 옮긴이)'의 금언에도 불구하고 그 어느 것도 간단하게 설명할 수는 없다. 다시 말해 '처음부터 시작하고, 끝까지 계속 가라. 그런 다음 멈춰라.'와 같이 서술한다는 건 거의 불가능하다. 대체 어디가 시작이란 말인가?

역사학자에게 이것은 항상 어려운 문제다. 과연 어느 시점을 역사의 시작이라고 말할 수 있단 말인가?

이 사건의 시작은 고면 신부가 죽어 가는 여인을 방문하기 위해 사제관을 나서는 순간이라고 할 수 있다. 혹은 그 이전, 첼시의 어느 저녁 시간을 시작이라고 할 수도 있다.

그렇지만 이 사건의 많은 부분을 써 내려가는 나로서는 첼시의 그 저녁 시간부터 이야기를 시작하는 것이 훨씬 수월할 것 같다.

제1장

마크 이스터브룩의 이야기

I

에스프레소 머신이 내 뒤쪽에서 성난 뱀처럼 쉭쉭거렸다. 그 소리는 불길하게 느껴졌다. 악의를 품었다고 할 것까지는 없지만 그런 낌새를 은근히 풍기고 있었다. 생각해 보면 우리 시대의 소음은 대부분 그런 느낌을 준다. 비행기가 하늘을 날아가면서 내는 위협적인 포효, 터널에서 빠져나오는 지하철의 느리고 위협적인 으르렁거림, 지나갈 때마다 집을 바닥까지 흔들어 대는 대형 트럭들……. 집 안에서 나는 사소한 소리들도 마찬가지다. 식기 세척기, 냉장고, 압력솥, 진공청소기……. 비록 모두가 사람들을 이롭게 하기 위해 작동하지만, 그럼에도 불구하고 일종의 경계심을 불러일으키는 건 어쩔 수 없다. 나는 지금 당신들에게 붙잡혀서 시키는 대로 움직이지만 만약 당신들이 나에 대한 통제력을 잃으면 어떻게 할지 모르니 조심하라고 경고하는 소리 같다.

위험한 세상! 그래, 위험한 세상이 분명하다.

나는 플라스틱 컵 속에 있는 커피를 스푼으로 휘저었다. 기분 좋은 냄새가 위로 올라왔다. 그때 종업원이 내게 다가와 물었다.

"더 필요한 것은 없으신가요? 맛 좋은 바나나베이컨 샌드위치는 어때요?"

내게는 무척 색다른 배합이었다. 바나나는 어릴 때 자주 먹었는데, 가끔 설탕과 럼을 넣고 불에 살짝 구워서 먹기도 했다. 베이컨하면 가장 먼저 달걀과의 배합이 떠오른다. 하지만 첼시에 있을 때는 첼시식을 따라야 한다. 나는 종업원에게 바나나베이컨 샌드위치를 주문했다.

나는 지금 첼시에 살고 있다. 더 정확히 말하자면 지난 세 달 동안 첼시에 있는 가구 딸린 작은 아파트에 살았다. 하지만 그것을 빼면 첼시에서의 나는 모든 면에서 이방인이나 마찬가지다. 최근에 나는 무굴 제국의 건축 양식에 대해 책을 쓰고 있다. 햄스티드나 블룸즈버리, 스트리트햄에 살 수도 있었지만 아마 마찬가지였을 것이다. 나는 작업과 관련된 것이 아니라면 주변 환경을 전혀 신경 쓰지 않았고, 이웃들도 그런 내게 무관심했기 때문에 철저하게 나 혼자만의 세계 속에 갇혀 산 셈이다.

사건이 벌어진 그 특별한 저녁, 나는 모든 작가들이 으레 한두 번쯤 겪었을 법한 혐오감이 발작처럼 일어나 고통받고 있었다.

무굴 제국의 건축 양식, 무굴 제국의 황제, 무굴 제국의 생활양식……. 이 모든 매혹적인 문제들이 갑자기 재와 먼지나 되는 것처럼 허망하게 느껴졌다. 그게 뭐가 중요하다는 말인가? 나는 왜 그런 것들을 글로 쓰고 싶어 한 것일까?

이미 써 놓은 원고를 여기저기 다시 읽어 보았다. 괜찮아 보이는 구석이 한 군데도 없었다. 글은 형편없었고 흥미를 끄는 요소라고는 눈 씻고 찾아도 보이지 않았다. '역사란 헛소리다.'라고 말한 사람이 누구였는지 모르겠지만(헨리 포드였나?), 정말이지 전적으로 옳은 말이다.

원고를 밀어 놓고는 일어서서 손목시계를 들여다보았다. 밤 11시가 가까운 시간이었다. 저녁밥을 먹었는지 기억이 나지 않았다. 배속이 허전한 것으로 보아 먹은 것 같지 않았다. 그렇다면 점심은 먹었나? 다행히 애서니엄(런던의 클럽 이름 — 옮긴이)에서 먹었지만 그로부터 얼마나 시간이 지났는지는 기억이 나질 않았다.

냉장고를 뒤져 보니 말라 비틀어진 소 혓바닥 요리가 조금 남아 있었다. 도무지 먹고 싶은 마음이 일지 않았다. 그래서 나는 밖으로 나와 킹스 가(街)를 따라 걸었다. 그리고 결국에는 빨간 네온사인으로 '루이지'라고 써 있는 카페로 들어서게 되었다. 그리고 지금은 바나나베이컨 샌드위치를 감상하면서 현대적 기기들이 주는 불길한 소음과 그 영향력에 대해 곰곰이 생각하는 중이다.

이런 소음은 전에 관람한 무언극과 일종의 공통점이 있다. 자욱한 연기와 함께 등장하는 데이비 존스(한때 선장이었으나 바다의 악마가 되었다는 인물 — 옮긴이)! 창문이나 덧문 틈으로도 악마의 사악한 힘들이 뿜어져 나온다. 데이비 존스가 선한 요정 다이아몬드(이름이 정확히 기억나지 않는다.)에게 도전을 하면, 그는 그다지 위력도 없어 보이는 요술 지팡이를 흔들면서 아주 단조로운 목소리로, 궁극적으로는 선이 승리한다는 낙관적이고 진부한 문장을 읊어 댔다. 그런 다음에는 언제나 무언극의 이야기 전개와는 전혀 상관이 없는 「그 순간을 위해」라는 노래가 이어진다.

나는 무언극을 보는 동안 악은 선에 비해 훨씬 인상적이어야 할 필요가 있다는 생각을 했다. 악은 항상 더 멋있어 보여야 할 뿐 아니라 깜짝 놀라게 하고 도발적이어야 한다. 안정을 위협하는 불안정한 존재이기 때문이다. 하지만 결국에는 안정이 불안정을 이기게 된다. 안정은 선한 요정 다이아몬드의 진부함조차도 이겨 낼 수 있는 무기다. 그 단조로운 목소리와 운율을 맞춘 대구, 심지어 '구불구불 내리막길이 있었네. 그리운 옛 마을로 가는 길.'이라는, 극과 아무 상관없는 노래 가사까지도 이겨 낼 수 있다. 정말 신통치 않아 보이는 무기지만 그 무기들은 사방에 널려 있다.

무언극은 늘 똑같이 끝난다. 계단이 보이고, 그 계단을 출연진들이 나이순으로 내려온다. 그 와중에 선한 요정 다이아몬드는 기독교도의 미덕인 겸손을 실천하려는 양 행렬의 첫 번째(또는 맨 마지막)가 아닌 중간쯤에 데이비 존스와 나란히 내려왔다. 데이비 존스는 이제 더 이상 지옥의 화염과 유황을 내뿜는 무서운 마왕이 아닌 빨간 타이즈를 신은 평범한 남자일 뿐이다.

에스프레소 머신이 다시 쉭쉭 소리를 냈다. 나는 커피를 한 잔 더 달라는 신호를 보내고 나서 주위를 둘러보았다. 누이는 내게 관찰력이 없어서 주변에서 뭐가 어떻게 돌아가는지 모른다고 항상 타박을 했다.

"너는 항상 너 혼자만의 세계에 갇혀 살아."

나는 스스로를 대견해하면서 뭐가 어떻게 돌아가고 있는지 주위를 꼼꼼히 살펴보았다. 신문 기사에는 하루라도 첼시의 카페와 그곳에 들르는 단골 손님들에 대한 이야기가 실리지 않고 넘어가는 날이 없었다. 내게는 모처럼 현대인의 생활을 엿볼 수 있는 좋은 기회인 셈이었다.

가게 안은 어두침침해서 사물을 명확하게 분간하기 힘들었다. 손님은 대부분 젊은이였다. 아마 소위 '신세대'라고 불리는 젊은이들일 것이다. 젊은 여자들은 요즘 애들이 다 그렇듯이 지저분했고, 옷을 지나치게 많이 껴입고 있었다. 그런 차림이 유행이라는 사실을 알게 된 것은 몇 주 전에 친구 몇 명과 저녁 식사를 할 때였다. 레스토랑 안이 꽤 더운 편이었는데, 내 옆자리에 앉은 스무 살쯤 된 여자는 노란색 울 스웨터와 검은색 스커트를 입고, 검은색 울 스타킹까지 신고 있었다. 밥을 먹는 내내 그녀의 얼굴에 땀이 배어 나왔다. 땀에 절은 울 냄새와 감지 않은 머리에서 나는 냄새가 뒤섞여 고약한 냄새를 만들어 냈다. 그럼에도 불구하고 친구들은 그녀가 대단히 세련되었다고 했다. 하지만 나는 뜨거운 욕탕 속에 그녀를 밀어 넣고 비누로 박박 씻기고 싶은 마음을 꾹 눌러 참아야 했다. 그것만으로도 내가 시대에 얼마나 뒤떨어져 있는지 알 수 있다. 너무 오랫동안 외국에 살아서 그런지도 모른다. 검은 머리를 아름답게 땋아 내린 인도 여인을 떠올리자 괜히 흐뭇해졌다. 우아하게 늘어뜨린 밝은 원색의 사리와 걸어갈 때의 율동적인 몸놀림…….

갑자기 가게 안이 소란스러워지는 바람에 나는 그 흐뭇한 생각에서 깨어났다. 옆 테이블에 있던 젊은 여자 두 명이 싸우기 시작한 것이다. 같이 있던 남자들이 어떻게든 말려 보려고 했지만 소용이 없었다.

여자들은 서로 소리를 질러 대기 시작하더니, 급기야 한 여자가 상대방의 따귀를 힘껏 때렸다. 그러자 따귀를 맞은 여자가 상대방을 의자에서 끌어냈고, 곧 시장판 아낙네들처럼 신경질적인 욕설을 퍼부으며 싸워 댔다. 한 명은 부스스한 빨간 머리였고, 다른 한 명은 곧은 금발 머리였다.

욕설은 알아들을 수 있었지만 무엇 때문에 싸우는지는 알 수 없었다. 다른 좌석에서도 싸움을 응원하는 듯한 외침과 긴 휘파람 소리가 터져 나왔다.

"잘한다! 해치워 버려, 루!"

그러자 바 뒤에 있던 주인이 순수한 런던 토박이 말투로 싸움을 중재하러 나섰다. 이탈리아 사람 같은 외모에 짧은 구레나룻을 기른 호리호리한 사내였는데, 나는 그가 루이지일 거라고 짐작했다.

"어허, 그만둬, 그만두라니까! 이러다 온 동네 사람 다 불러모으겠네. 경찰까지 부를 거야? 그만두라고 했잖아!"

하지만 금발 머리는 빨간 머리의 머리채를 꽉 움켜쥐더니 미친 듯이 소리를 지르며 거칠게 잡아당겼다.

"남의 남자나 훔쳐 가는 못된 년!"

"미친 년 같으니라고!"

루이지와 여자들의 동행인 두 남자가 그녀들을 강제로 떼어 놓았다. 금발 머리의 손에는 빨간 머리카락이 한 움큼이나 쥐어져 있었다. 그녀는 의기양양하게 머리카락을 높이 들어 올렸다가 바닥으로 떨어뜨렸다.

그 순간 길가로 난 문이 활짝 열리더니 푸른색 제복을 입은 경관이 들어와 문턱에 서서 근엄하게 물었다.

"무슨 일이지?"

갑자기 공동의 적을 향한 연합 전선이 구축되었다.

"그냥 장난이에요."

젊은이 중 누군가가 말했다.

"그럼요, 친구들끼리 잠깐 장난 좀 친 거예요."

루이지가 태연한 얼굴로 말하면서 바닥에 떨어진 머리카락을 가까운 좌석 밑으로 능숙하게 차 넣었다. 싸움을 한 금발 머리와 빨간 머리도 언제 그랬냐는 듯이 서로 친한 척하며 상대에게 미소까지 지어 보였다.

경관은 의심스러운 눈초리로 한 명 한 명 훑어보았다.

"우린 막 나가려던 참이었어요. 가요, 더그."

금발 머리가 상냥하게 말하며 가게를 빠져나갔다.

그 밖의 몇몇 사람들도 뒤를 따라 밖으로 나가 버렸다. 경관은 그들의 뒷모습에서 눈길을 떼지 않았다. 이번에는 그냥 넘어가지만 다음에는 어림없다고 벼르는 듯한 강렬한 시선이었다. 경관은 아쉬워하며 느릿느릿 그 자리를 떴다.

빨간 머리의 데이트 상대가 계산을 했다.

"괜찮아? 루가 꽤 심하게 했네. 머리카락을 저렇게 뿌리째 뽑다니 말야."

빨간 머리 여자가 머리에 두른 스카프를 매만지는 것을 보면서 루이지가 말했다.

"아프지 않았어요. 소란 피워서 미안해요, 루이지."

빨간 머리 여자가 태연하게 말하고는 루이지에게 미소를 지었다.

파티는 끝났다. 이제 가게도 텅 비었다. 나는 계산을 하기 위해 주머니를 더듬었다.

"참 씩씩한 여자야."

문이 닫히는 걸 지켜보며 루이지가 너그럽게 말했다. 그러고는 바닥을 쓰는 빗자루로 빨간 머리카락 뭉텅이를 슬슬 쓸어 담았다.

"꽤나 아팠을 것 같군요."

나도 모르게 대꾸라도 하듯 말했다.

"그러게요. 나라면 아파서 크게 비명을 질렀을 겁니다. 정말 씩씩한 여자예요, 토미는."

루이지가 인정했다.

"그녀를 잘 아나 봐요?"

"아, 거의 매일 저녁마다 오거든요. 성은 터커튼이에요. 제대로 다

부르자면 토마시나 터커튼이지요. 하지만 이 근방에서는 그냥 토미 터커라고 불러요. 사실 토미는 엄청난 부자예요. 아버지가 한 재산 물려줬다고 하더군요. 그런데 사는 건 어떤 줄 알아요? 첼시로 찾아 들어서는 원즈워스 브리지로 가는 길목에 있는 더러운 방에서 비슷한 녀석들과 어울리며 빈둥대고 있지요. 장담컨대 저들 족속 중 반은 부자일 거예요. 도대체 왜 저렇게들 사는지 모르겠다니까요. 리츠 호텔에 묵는 것보다 저런 식으로 사는 게 더 재미있나 봐요. 본인들이 좋다는데 뭘 어쩌겠습니까?"

"당신이라면 안 그러겠지요?"

"아, 제게는 상식이란 게 있으니까요! 이렇게 장사하는 것도 다 돈을 벌려고 하는 게 아니겠어요?"

나는 자리에서 일어서며 그 두 사람이 왜 싸운 건지 물어보았다.

"토미가 금발 머리 여자의 남자 친구를 가로챘거든요. 제가 보기엔 싸울 만한 값어치가 전혀 없는 놈인데 말입니다."

"하지만 금발 머리 여자는 그리 생각하지 않나 본데요."

"아, 루는 대단히 로맨틱하거든요."

루이지가 역시나 관대하게 말했다.

내가 생각하기에 로맨스는 그런 게 아니었지만 그냥 아무 말도 하지 않기로 했다.

II

《타임스》의 부고란에서 토마시나 터커튼의 이름을 보게 된 것은 그로부터 약 일주일 후였다.

　토마시나 앤 터커튼, 팰로우필드 요양원에서 스무 살을 일기로 사망. 고(故) 토머스 터커튼 씨의 무남독녀. 서리 주(州)에 있는 앰벌리의 캐링턴 파크. 가족 장례식. 꽃 사절.

　불쌍한 토미 터커. 꽃도 없는 장례식이라니! 첼시 생활에서 느끼던 짜릿한 즐거움도 더 이상 없을 것이다. 나는 토미 터커에게 순간적인 동정심이 일었다. 그렇게 허망하게 죽을 줄 알았다면 인생을 좀 더 값지게 살지 않았을까? 하지만 내 관점이 과연 옳은 것인지 잠시 의문이 들었다. 내가 뭐라고 그녀의 삶이 낭비된 삶이었다고 함부로 단언한단 말인가? 어쩌면 내 삶이야말로 낭비된 삶인지도 모른다. 조용한 학자의 삶, 책에 파묻혀 세상과 담을 쌓고 지내는 삶이야말로 도피적이고 무미건조한 삶인 것이다. 솔직히 짜릿한 즐거움을 느낀 적이 한 번이라도 있었던가? 내게는 그런 생각 자체가 무척이나 낯설었다. 좀 더 솔직히 말하자면 그런 짜릿함을 원하지도 않았다. 하지만 그런 삶을 꿈꾸며 사는 게 오히려 정상 아닐까? 나로서는 익숙하지도 않고 별로 반가울 것도 없는 생각이었다.
　나는 토미 터커에 대한 생각을 밀어내고 손에 들고 있던 편지로 관심을 돌렸다. 사촌인 로다 디스퍼드가 보내 온 편지였다. 부탁을 하나 들어 달라는 내용이었는데, 도와주기로 결심했다. 마침 별로 일하고 싶지 않은 기분이었는데 멋진 핑계거리가 되어 주었기 때문이다.

나는 킹스 가로 나가서 택시를 불러 타고 아리아드네 올리버 부인의 집으로 갔다. 올리버 부인은 유명한 탐정 소설가로, 나와는 꽤 절친한 사이였다.

하녀인 밀리는 흉폭한 바깥 세상으로부터 여주인을 지키는 유능한 용이었다. 나는 말로 하지 않고 묻는 것처럼 눈썹을 살짝 치켜 올렸다. 그러자 밀리가 커다란 머리를 끄덕이며 말했다.

"2층으로 가 보세요, 이스터브룩 씨. 오늘 아침에는 기분이 별로이신가 봐요. 기운이 나시도록 도와주시면 좋겠네요."

나는 계단을 올라가서 가볍게 문을 두드렸다. 그리고 대답을 기다리지도 않고 안으로 들어갔다. 올리버 부인의 작업실은 제법 널찍했고, 벽에는 열대 밀림 속에 둥지를 튼 이국적인 새 그림이 그려져 있었다. 올리버 부인은 누가 봐도 미치기 일보 직전인 것 같았다. 방 안을 이리저리 서성대면서 혼자 중얼중얼거렸는데, 내가 방으로 들어서자 잠깐 동안 무관심한 시선을 내게 던지더니 다시 정신없이 중얼거리며 왔다 갔다 했다. 초점을 잃은 두 눈은 멍하니 벽을 쳐다보거나 창밖을 내다보았다. 그러다가도 가끔씩 발작적인 괴로움에 빠진 것처럼 두 눈을 질끈 감았다.

"하지만 어째서!"

올리버 부인이 허공에 대고 물었다.

"어째서 그 바보는 앵무새를 보았다고 말하지 않은 거지? 도대체 왜! 볼 수밖에 없었잖아! 하지만 말을 했다면 모든 게 엉망이 될 거야. 무슨 수가 있을 거야. 틀림없이 무슨 수가 있어……."

올리버 부인은 신음소리를 내며 짧은 회색 머리카락을 손가락으로 쓸어내리다가, 괴로운 듯 머리카락을 꽉 움켜쥐었다. 그러고는 갑자기 초점이 뚜렷한 눈으로 나를 쳐다보며 말했다.

"안녕, 마크. 나 지금 제정신이 아니야."

하지만 그뿐이었다. 그녀는 다시 끙끙거리기 시작했다.

"그리고 모니카도 그래. 괜찮게 만들려고 할수록 점점 더 짜증나는 애가 되다니……. 어쩜 그렇게 멍청한 건지 모르겠어. 게다가 잘난 척까지! 모니카…… 모니카? 이름에 문제가 있는 것 같아. 낸시는 어떨까? 그게 나을 수도 있겠네. 조안은? 다들 조안이지. 애니도 마찬가지고. 수잔은? 수잔은 이미 있어. 루시아는? 아, 루시아라면 눈에 선하게 보여. 빨간 머리에 터틀넥 점퍼를 입었어. 검은색 스타킹? 그래, 아무튼 검은색 스타킹을 신었어."

올리버 부인은 순간적으로 유쾌해진 것처럼 보였지만 앵무새를 다시 떠올리면서 순식간에 침울해지고 말았다. 그녀는 다시 서성거리기 시작했고, 테이블에서 이 물건 저 물건을 집어 들었다가 제대로 보지도 않고 다른 곳에 내려놓았다. 이미 중국 부채가 들어 있는 칠기 상자에 안경집을 추가로 집어넣으려고 애를 쓰다가 깊은 한숨을 내쉬며 말했다.

"마크, 당신이 찾아와서 정말 다행이야."

"그렇게 말해 주다니 다정하시군요."

"다른 사람이었을 수도 있잖아. 자선 바자회를 열어 달라는 바보 같은 여자들일 수도 있고, 밀리의 보험 카드 때문에 온 보험사 직원일 수도 있어. 아니면 배관공이거나 (하지만 그건 오히려 행운일 수 있지.) 혹은 인터뷰를 해 달라고 찾아온 사람일 수도 있어. 그 사람들은 언제나 당혹스러운 질문을 해 대지. 책을 몇 권이나 쓰셨나요? 돈은 얼마나 많이 버셨나요? 어쩌고 저쩌고……. 난 그런 거 전혀 모르는데, 얼마나 바보 같아 보일지 뻔하잖아. 그래도 그런 건 아무 문제가 되지 않아. 난 지금 앵무새 때문에 제정신이 아니거든."

"뭐가 잘 안 풀려요? 제가 없는 게 나을 것 같군요."

내가 안타까워하며 물었다.

"아니, 가지 마. 어쨌거나 당신은 위안이 되니까."

나는 그 의심스러운 칭찬을 그냥 믿어 주기로 했다.

"담배 피울래?"

올리버 부인이 호의적으로 물었다.

"거기 어디엔가 있을 거야. 타자기 뚜껑 근처에."

"고마워요. 하지만 제게도 있어요. 한 대 피우실래요? 참, 안 피우지요?"

"술도 안 마시지. 마셨으면 좋았을 텐데……. 서랍 속에 호밀 위스키를 넣고 다니는 미국 탐정들처럼 말이야. 그걸로 만사가 다 해결되는 것처럼 보이거든. 마크, 사실 난 현실 속에서 사람이 살인을 저지르고도 어떻게 감쪽같이 속일 수 있는지 모르겠어. 실제로 살인을 하면 모든 것이 명백하게 드러날 것 같은데 말이야. 정말 어려운 문제야."

"무슨 소리예요, 지금까지 숱하게 잘해 왔잖아요."

"그래, 적게 잡아도 쉰다섯 번은 넘어. 살인 자체는 상당히 쉽고 간단해. 사실은 살인을 은폐하는 게 정말 어려운 일이지. 왜 범인이 아닌 다른 용의자를 일부러 만들어 내야 하지? 범인이 누구인지 확연한데도 말이야."

"완성된 소설에서는 아주 매끄러워 보이던데요."

올리버 부인이 험악하게 말했다.

"아, 그야 내가 괴로움이란 대가를 치렀으니까. B라는 사람이 살해당했는데 그 자리에 있던 대여섯 명의 사람이 모두 B를 죽일 동기를 갖고 있다는 건 자연스럽지 않아. 죽은 사람이 살해당하든 말든 누구도 마음에 두지 않을 만큼 매우 불쾌한 인간이라면 또 모르지. 최소한 누가 죽였는지조차 신경 쓰지 않을 정도로 불쾌한 인간 말이야."

"그게 문제였군요. 하지만 쉰다섯 번이나 성공했으니까 이번에도 잘해 낼 수 있을 거예요."

"나도 그렇게 생각해. 몇 번이고 몇 번이고 그렇게 생각하지만 매번 확신이 없어. 그래서 너무나 괴로워."

올리버 부인은 다시 한 번 머리카락을 움켜쥐고는 거칠게 잡아당겼다.

"그만두세요! 그러다가 머리카락이 뿌리째 뽑히겠어요."

"말도 안 돼. 머리카락은 의외로 튼튼해. 하긴 열네 살 때 홍역을 앓으면서 굉장한 고열에 시달렸는데, 그때는 머리가 뭉텅이로 빠지더군. 앞머리가 몽땅 빠져서 얼마나 부끄러웠는지 몰라. 적당한 길이로 다시 자라는 데 꼬박 6개월이 걸렸지 뭐야. 여자 아이에겐 너무 잔인한 일이었지. 어제 요양원으로 메리 델라폰테인 부인을 만나러 갔다가 그 일이 생각났어. 머리카락이 그 당시 나처럼 많이 빠졌더라고. 델라폰테인 부인 말이 건강이 좋아져도 머리는 대머리로 남을 것 같대. 하긴 나이가 예순쯤 되니까 머리카락이 다시 나지 않을 수도 있겠지."

"며칠 전 밤에 저도 어떤 여자가 다른 여자의 머리카락을 한 움큼이나 뽑는 걸 봤어요."

내 목소리에는 현장을 직접 목격한 사람이 가질 수 있는 자부심 같은 것이 슬쩍 묻어 났다.

"도대체 어떤 별난 곳에 갔던 거야?"

"첼시에 있는 카페였어요."

"첼시? 거기라면 온갖 일이 벌어지고도 남을 거야. 인습을 거부하는 비트 족(族)까지 있으니 말이야. 그런 사람들에 대해서는 글을 안 쓰는데, 사실 엉터리로 쓰게 될까 겁나서 그래. 자신이 잘 알고 있는 것을 소재로 해서 글을 쓰는 게 더 자연스럽고 안전해."

"예를 들자면요?"

"유람선 여행을 하거나 호텔에 묵는 사람들, 병원이나 교구회에서 벌어지는 일이나 음악 페스티벌 따위. 그리고 위원회와 청소부 아줌마, 여점원, 더 넓은 세상을 보려고 배낭 여행을 하는 젊은 남자애나 여자애들, 견습 직원……."

올리버 부인은 숨이 가빠서 잠시 말을 멈췄다.

"앞으로도 계속해 나갈 수 있을 만큼 상당히 포괄적으로 들리는군요."

"다 마찬가지야. 언제 한번 첼시의 카페에 데려가 줘. 경험을 넓히는 데는 그만한 곳이 없지."

올리버 부인이 조금은 부러워하며 말했다.

"언제든지 좋아요. 오늘 밤은 어떠세요?"

"오늘은 안 돼. 글이 도저히 안 써져서 말이야. 어떻게 써야 할지 버둥대는 걸로도 너무 바빠. 그거야말로 작가한테는 가장 지치는 일이야. 사실 온갖 것이 다 지치는 일이긴 하지. 예외라면 갑자기 굉장히 멋진 아이디어가 떠올라서 글을 쓰고 싶어 안달이 난 아주 짧은 순간뿐이야. 그런데 원격 조종으로 사람을 죽이는 게 가능할까? 어떻게 생각해?"

"원격 조종이라는 게 뭘 말하는 거죠? 단추를 누르면 사람을 죽이는 방사선이라도 발사되는 건가요?"

"아니, 그런 과학 소설들 말고. 이를테면 흑마술 같은 것들을 말하는 거야."

"밀랍 인형에 바늘 찌르기 같은 거요?"

내 말에 올리버 부인이 경멸하는 투로 말했다.

"밀랍 인형 같은 건 즉시 제외야. 그래도 아프리카나 서인도에서는 이상한 일이 실제로 일어나기도 하나 봐. 원주민이 시름시름 앓다가 그냥 죽어 버렸다는 이야기를 들은 적이 있어. 부두교라나? 어쨌거나 그런 일이 실제로 일어날 수 있다는 거 아냐?"

나는 그런 일의 대부분이 암시에 의한 것이 아니냐고 의문을 제기했다. 주술사가 죽음을 예언했다는 말은 반드시 희생자에게 전달된다. 그 다음부터는 희생자의 무의식이 나머지 일을 알아서 처리하는 것이다.

올리버 부인이 코웃음을 쳤다.

"나라면 설사 시름시름 앓다가 죽게 될 거란 말을 전해 들어도 보란 듯이 그 기대를 저버려 줄 테야!"

나는 올리버 부인의 성격을 누구보다 잘 알고 있는 터라 수긍하며 웃음을 터뜨렸다.

"당신의 핏속에는 몇 세기에 걸쳐 전해 내려오는 서구인의 강한 회의적 기질이 흐르고 있어요. 절대 통할 리 없죠."

"그렇다면 어떤 사람들에게는 그런 일이 일어날 수도 있다고 생각하는 거야?"

"이거다 저거다 판단할 만큼 자세히 알지도 못하는걸요. 대답하기 곤란해요. 어쩌다 그런 생각을 하게 되었죠? 혹시 이번 걸작이 암시에 의한 살인 이야기인가요?"

"아니야. 내게는 고전적인 쥐약이나 비소도 충분해. 듬직한 둔기도 괜찮지. 하지만 총기는 싫어. 총기는 다루기가 너무 까다롭거든.

그런데 내 책 이야기나 하러 여기 온 것은 아닐 텐데?"

"솔직히 말하면 그래요. 실은 내 사촌인 로다 디스퍼드가 교회 바자회를 열게 되었대요. 그래서……."

"절대로 싫어! 지난번에 무슨 일이 일어났는지 알잖아. '살인범 찾기' 놀이를 준비했더니, 진짜로 시체가 나타났잖아.(애거서 크리스티의 또 다른 작품『핼러윈 파티』의 내용이다 — 옮긴이) 난 아직도 그 충격에서 벗어나지 못했단 말야!"

"이번엔 '살인범 찾기'가 아니에요. 그냥 텐트에 앉아서 당신 책에 서명만 하면 된대요. 다섯 번에 한 번 정도만 고개를 끄덕여 주는 거예요."

"글쎄……."

올리버 부인이 의심스러워하며 말했다.

"그런 거라면 괜찮을 것도 같네. 가게를 열지 않아도 되는 거지? 바보 같은 말을 안 해도 되고? 모자도 반드시 쓸 필요는 없지?"

나는 그런 건 전혀 하지 않아도 된다고 안심시켰다. 그리고 달래듯 말했다.

"그리고 겨우 한두 시간뿐이에요. 그 후에는 크리켓 게임이 있을 거예요. 아니, 이번에는 하지 않을지도 몰라요. 아마 어린이들의 무용이 있을 테고, 드레스 경연 대회나……."

그 순간 올리버 부인이 비명을 지르며 내 말을 끊었다.

"바로 그거야! 크리켓 볼! 당연하지! 그는 유리창을 내다보고 있었어. 공이 높이 날아올랐고, 그걸 쳐다보는 데 정신이 팔렸던 거야.

그래서 앵무새에 대해서 한 마디도 하지 않았지! 와 줘서 고마워, 마크. 당신은 정말 천재야."

"도대체 무슨 말이에요?"

"당연히 모르겠지. 하지만 괜찮아. 상당히 복잡한 일인데, 그걸 설명하느라고 시간을 낭비하고 싶지 않거든. 당신을 봐서 반가웠지만 지금은 가 주면 정말 고맙겠어. 지금 당장!"

"알겠어요. 그럼 바자회에 대해서는……."

"생각해 볼게. 그것에 대해서라면 걱정하지 마. 그런데 도대체 안경을 어디다 두었지? 정말이지, 왜 물건들이란 갑자기 사라지는 걸까……."

제2장

I

제라티 부인은 늘 하던 대로 사제관 문을 안에서 확 열어젖혔다. 벨 소리에 문을 열어 준다기보다는 '누가 됐든 이번에는 내 손에 잡혔다!'고 하는 듯한 거침없고 위풍당당한 행동이었다.

"누굴 찾니?"

제라티 부인이 호전적으로 물었다.

문 앞에는 아주 평범하게 생긴 소년 한 명이 서 있었다. 특별히 눈에 띄거나 기억하기 쉬운 특징이 없는, 또래의 아이들과 전혀 다를 바 없는 소년이었다.

"여기가 사제관인가요?"

"고먼 신부님을 찾는 거니?"

"맞아요."

"어디 사는 누가 신부님을 찾는 건데?"

"벤달 가 23번지예요. 어떤 여자가 죽어 가고 있대요. 저는 코핀스 부인의 심부름으로 왔어요. 여기가 가틀릭 교회 맞죠? 그 여자가 목사는 안 된다고 했대요."

제라티 부인은 소년에게 가톨릭 교회가 맞다고 말해 주었다. 그리고 기다리라고 말하고는 사제관 안으로 다시 들어갔다. 3분 후, 키가 크고 나이가 지긋해 보이는 신부가 조그만 가죽 가방을 손에 들고 나왔다.

"내가 고먼 신부란다. 벤달 가라고 했니? 철도 옆 진입로를 말하는 거지?"

"맞아요, 거서 한 걸음도 안 돼요."

고먼 신부와 소년은 즉시 출발했다. 고먼 신부가 성큼성큼 걸으며 물었다.

"코핀스 부인이라고 했니?"

"코핀스 부인은 방을 세 놓은 집주인이에요. 신부님을 찾는 건 그 집에 세를 들어 사는 사람이에요. 데이비스 부인이라고 했던 거 같아요."

"데이비스라는 이름은 들어 본 적이 없는 것 같은데……."

"신부님네 사람이 틀림없어요, 그러니까 가틀릭 신자요. 목사는 안 된다고 했거든요."

고먼 신부가 고개를 끄덕였다.

얼마 되지 않아 두 사람은 벤달 가에 도착했다. 소년이 줄지어 늘

어선 음침한 집들 가운데 한 집을 가리켰다.

"저기예요."

"넌 들어가지 않을 거니?"

"저는 안 들어가요. 메시지를 전해 달라는 코핀스 부인의 심부름을 한 것 뿐이에요."

"알겠다. 이름이 뭐니?"

"마이크 포터예요."

"고맙다, 마이크."

"천만에요."

마이크는 그렇게 말하고는 휘파람을 불며 가 버렸다. 이웃에 사는 누군가의 임박한 죽음도 소년에게는 아무런 영향을 미치지 않은 것 같았다.

문을 두드리자 크고 불그스름한 얼굴을 가진 코핀스 부인이 나와 호들갑스럽게 신부를 맞았다.

"들어오세요, 어서 들어오세요. 병자의 상태가 아주 나빠요. 여기가 아니라 병원으로 갔어야 했는데……. 전화를 했지만 언제 올지는 하느님도 모르실 거예요. 동생 남편은 다리가 부러졌을 때 여섯 시간을 기다려야 했어요. 그런 게 의료 서비스라니 정말 부끄러운 일이에요. 돈은 꼬박꼬박 챙기면서 정작 필요할 때는 도무지 나타나질 않는다니까요."

코핀스 부인은 말을 하면서 2층으로 연결된 좁은 계단을 앞장 서서 올라갔다.

"환자는 어디가 잘못된 거지요?"

"독감에 걸렸어요. 조금 나아진 것 같았는데, 아마 일하러 나갈 만큼은 아니었나 봐요. 어쨌거나 어젯밤에 다 죽어 가는 모습으로 돌아왔어요. 침대로 데려다 눕혔는데, 전혀 먹으려고도 하지 않았어요. 의사도 필요없다고 하고. 오늘 아침에 보니까 열이 펄펄 끓더군요. 폐까지 감염되었나 봐요."

"그럼 급성 폐렴인가요?"

숨이 턱까지 차오른 코핀스 부인이 증기기관 같은 쉰 소리를 내며 고개를 끄덕였다. 그리고 문을 활짝 열더니 고먼 신부가 안으로 들어갈 수 있도록 옆으로 비켜섰다.

"당신을 보러 신부님이 오셨어. 이제 괜찮을 거야!"

코핀스 부인은 고먼 신부의 어깨 너머에서 짐짓 유쾌하게 소리치고는 물러갔다.

고먼 신부는 방 안으로 곧장 들어섰다. 고전적인 빅토리아 풍 가구로 장식된 방은 깨끗하고 산뜻했다. 창가의 침대에 누워 있던 여자가 몹시 힘겨워하며 고개를 돌렸다. 한눈에 상태가 아주 나쁘다는 걸 알 수 있었다.

여자가 숨을 헐떡이며 겨우겨우 말을 이었다.

"오셨군요……. 시간이 많지 않아요……. 사악함…… 세상에 그런 사악함이……. 반드시…… 반드시…… 이렇게 죽을 수는 없어요……. 내 죄를 고백해야…… 너무나 큰 죄를……."

병자의 시선이 흔들리더니 두 눈이 반쯤 감겼다. 입에서는 단조로운 단어들이 두서없이 흘러나왔다.

고먼 신부는 침대로 다가가서 늘 해 왔던 말을 하기 시작했다. 위안을 주는 권능의 말씀이자 소명의 말씀이며, 믿음의 말씀이었다. 방 안에 평화가 찾아왔다. 고통스러워하던 여자의 두 눈에서도 괴로움이 사라졌다…….

고먼 신부가 기도를 끝낼 때쯤 죽어 가던 여자가 마지막 힘을 끌어 모아 말을 했다.

"신부님께서…… 멈추게…… 멈추게 하셔야 해요……."

고먼 신부는 위로하듯 나지막하게 말했다.

"필요한 조치를 취하겠습니다. 저를 믿으셔도 됩니다."

잠시 후, 의사와 구급차가 도착했다. 코핀스 부인은 울적한 우월감으로 그들을 맞아들였다.

"늘 그랬지만, 이번에도 너무 늦었어요!"

II

어스름 무렵에 고먼 신부는 걸어서 사제관으로 돌아오고 있었다. 안개가 낀 저녁이었다. 안개는 점점 더 짙어졌다.

고먼 신부는 잠시 걸음을 멈추고 얼굴을 찡그렸다. 터무니없다 싶을 정도로 이상한 이야기였다. 고열과 정신 착란 때문에 과장된 부분이 있다 하더라도 일부는 진실일 것이다. 하지만 그게 어느 정도란 말인가? 어쨌거나 기억이 생생한 동안 그 이름들을 기록해 놓는 게 중요했다. 돌아가면 곧장 사제 회의를 소집할 것이다.

고먼 신부는 갑자기 방향을 돌려서 조그만 카페로 들어가 커피를 한 잔 주문하고 자리에 앉았다. 신부복에 있는 긴 겉옷 주머니를 더듬어 보았다. 고먼 신부가 항상 지니고 다니던 수첩과 연필, 동전 몇 개가 안감 속으로 들어가 있었다. 제라티 부인에게 주머니를 수선해 달라고 부탁했는데 또 잊은 것 같았다. 동전 한두 개와 연필은 간신히 끄집어 냈지만 수첩은 꺼내기가 힘들었다. 고먼 신부는 커피가 나오자 종이를 좀 줄 수 있는지 물었다.

"이거면 될까요?"

종이봉투에서 찢어 낸 것이었다. 고먼 신부는 고개를 끄덕이고 그것을 받아들었다. 그리고 기억나는 대로 이름을 쓰기 시작했다. 이름을 잊어버리지 않는 것이 중요했다. 이름 같은 건 늘 깜빡깜빡 잊곤 하니까……

카페 문이 열리고 에드워드 왕 시대풍의 옷(허리가 잘록하고 몸에 착 달라붙는 스타일의 옷 ─옮긴이)을 입은 세 명의 젊은이가 들어와 소란스럽게 자리에 앉았다.

기록을 끝낸 고먼 신부는 종이를 잘 접어서 호주머니에 넣으려다가 구멍이 나 있다는 걸 기억해 냈다. 그래서 전에 자주 그랬듯이 종이를 구두 안에 밀어 넣었다.

그때 한 남자가 조용히 카페 안으로 들어와서 한쪽 구석에 자리를 잡고 앉았다. 고먼 신부는 예의상 커피를 한두 모금 마시고 난 후, 계산서를 달라고 해서 값을 치렀다. 그러고는 일어나서 카페를 나왔다.

그러자 방금 들어온 남자도 마음을 바꾼 것 같았다. 시계를 보더니 시간을 잘못 알았다는 듯이 자리에서 일어나 서둘러 밖으로 나갔다.

안개가 계속해서 밀려왔다. 고먼 신부는 발걸음을 재촉했다. 자기 교구라서 길을 훤히 알고 있었으므로 철도 옆으로 난 샛길을 택했다. 그 길이 지름길이었다. 뒤에서 다가오는 발소리를 들었지만 별로 주의하지 않았다. 그래야 할 이유가 전혀 없었으니까.

바로 그 순간 고먼 신부는 곤봉으로 아주 세게 얻어맞았다. 신부의 몸이 앞으로 푹 쓰러졌다······.

III

코리건 의사는 휘파람으로 '오플린 신부'라는 노래를 부르며 경감실로 들어왔다. 의사는 가벼운 말투로 르죄느 경감에게 말을 걸었다.

"신부님의 사체를 검시했습니다."

"결과는?"

"전문적인 설명은 검시관이 해 줄 겁니다. 곤봉으로 제대로 맞았습니다. 아마 첫 번째 타격으로 사망했을 거예요. 하지만 누군지 몰라도 확실하게 마무리를 했어요. 잔인하게 말입니다."

"알겠네."

르죄느 경감이 고개를 끄덕였다.

검은 머리에 회색 눈을 가진 르죄느 경감은 억센 남자였다. 너무 조용해서 간혹 오해를 받기도 하지만, 가끔씩 튀어나오는 활기찬 행동들은 그가 프랑스 위그노 혈통이라는 것을 여지없이 드러내 주곤 했다. 르죄느 경감은 골똘히 생각에 잠겨 있다가 불쑥 물었다.

"강도라고 하기엔 필요 이상으로 잔인하지?"

"강도로 보십니까?"

"완전히 배제할 수는 없지. 호주머니가 뒤집혀 있고 안감도 뜯어져 있었으니까."

"두 가지 가능성이 있겠군요. 하나는 못된 녀석이 일을 저지른 경우예요. 그저 폭력을 행사하는 것 자체로 자기 과시를 하는 젊은 녀석 말입니다. 안타까운 일이지만, 요새는 그런 녀석들이 넘치도록 많으니까요."

"다른 경우는?"

코리건은 어깨를 으쓱했다.

"누군가 고의적으로 고먼 신부님을 노렸을 경우겠지요. 가능성이 있을까요?"

르죄느 경감이 고개를 저었다.

"거의 불가능하다고 할 수 있지. 덕망이 높고, 교구민에게도 많은 사랑을 받았다네. 적이 있었다는 소문도 없지. 게다가 강도일 가능성도 거의 없네. 만약……."

"만약에 뭐죠? 뭔가 단서를 갖고 계시군요! 그렇죠?"

코리건이 눈치 빠르게 물었다.

"피해자가 갖고 있던 게 그대로 남아 있었거든. 사실 구두 안에 들어 있었지."

코리건이 휘파람을 불었다.

"마치 스파이 소설처럼 들리는군요."

르죄느 경감이 미소를 지었다.

"그보다는 훨씬 단순해. 호주머니에 구멍이 나 있었거든. 파인 경사가 사제관 가정부와 이야기를 나누었는데, 보기에도 약간 단정하지 않아 보였다는군. 그녀가 신부복을 제대로 수선해 놓지 않은 거지. 본인도 인정하더래. 그래서 고면 신부님이 종이쪽지를 구두 안쪽에다 넣은 거야. 신부복 안감 속으로 들어가지 않게 하려고 말이네."

"범인은 그걸 몰랐던 거군요?"

"생각조차 못했겠지! 얼마 안 되는 잔돈 따위가 아니라 그 종이쪽지야말로 범인이 찾고 있던 물건이었을 거야."

"종이에는 뭐라고 씌어 있습니까?"

르죄느 경감이 서랍 속에서 접힌 종이쪽지를 꺼냈다.

"몇 사람의 이름만 죽 나열되어 있을 뿐이야."

코리건이 신기해하며 종이쪽지를 들여다보았다.

오메로드

샌드포드

파킨슨

헤스케스 드보아

쇼

하몬즈워스

터커튼

코리건?

델라폰테인?

코리건의 눈썹이 올라갔다.

"어? 제 이름도 들어 있어요!"

"그중에 알 만한 이름이 있나?"

르죄느 경감이 물었다.

"없습니다."

"그럼 고먼 신부님을 만난 적은 있나?"

"전혀."

"별 도움이 안 되는군."

"이 목록이 무얼 의미하는 겁니까?"

코리건의 질문에 르죄느 경감은 직접적으로 대답하지 않고 사건의 서두로 말을 돌렸다.

"그날 저녁 7시 무렵, 한 소년이 고먼 신부님을 찾아왔어. 어떤 여자가 죽어 가는데 신부님을 찾는다고 하면서 말이야. 고먼 신부님은 소년과 함께 나갔지."

"어디로 갔답니까? 알아내셨나요?"

"알고 있네. 조사하는 데 시간이 많이 걸리지는 않았지. 벤달 가 23번지였어. 아픈 여자는 데이비스 부인이었고, 신부님은 7시 15분에 도착했고, 대략 30분 정도 병자와 함께 있었다는군. 데이비스 부인은 병원으로 데려갈 구급차가 도착하기 직전에 죽었다네."

"그랬군요."

"우리가 알아본 바로는, 그 후 고먼 신부님은 토니스 플레이스라는 곳에 들렀어. 작고 허름한 카페지. 꽤 점잖은 가게고 범죄와는 관련이 없는 곳인데, 질이 떨어지는 음료를 팔아서 단골이 그다지 많지는 않다네. 그곳에서 고먼 신부님은 커피를 시켰어. 그런 다음 호주머니를 더듬었고 원하는 것을 찾지 못하자 주인인 토니에게 종이를 부탁했지. 이게 바로 그 종이라네."

르죄느 경감은 손가락으로 종이를 가리키며 목소리에 힘을 주었다.

"그런 다음에는요?"

"토니가 커피를 가져왔을 때 신부님은 종이에 뭔가를 적고 있었다는군. 신부님은 거의 입도 대지 않은(그 일로 신부를 탓할 수는 없을 것 같지만) 커피를 남겨 두고 곧 카페를 나갔는데, 아마 이 목록을 다 적어서 쪽지를 구두에 밀어 넣은 다음일 거야."

"카페에는 다른 사람들이 없었습니까?"

"에드워드 시대풍의 옷을 입은 젊은이 셋이 들어와서 한 테이블에 앉았고, 나이 지긋한 한 남자가 들어와서 다른 테이블에 앉았다네. 나중에 들어온 그 사람은 신부님이 나갈 때쯤 주문도 하지 않고 카페를 나갔다고 하더군."

"신부님을 쫓아간 겁니까?"

"그럴 수도 있지. 토니는 그 남자가 언제 떠났는지 모르더군. 생김새도 잘 기억하지 못하고, 그저 눈에 띄지 않는 타입이라고만 하지 뭔가. 평범한 생김새의 남자였대. 중키에 짙은 푸른색 코트를 입었다고 기억하지만 갈색이었던 것 같다고도 하더군. 피부 역시 희지도 검지도 않은 색이었대. 자세히 살펴볼 이유가 없긴 하지. 그 사람이 살인범이 아니라고 하더라도 토니스 플레이스에서 고먼 신부님을 봤다는 증언을 하려고 선뜻 나서지는 않겠지? 우린 7시 45분에서 8시 15분 사이에 고먼 신부님을 목격한 사람은 경찰에 제보해 달라고 광고를 해 놓았네. 지금까지는 겨우 두 명이 신고를 해 왔어. 여자 한 명과 근처에 약국을 갖고 있는 약사. 곧 그 사람들을 만나러 갈 생각이네. 신부님의 시체는 8시 15분에 사내아이 둘이 웨스트 가에서 발견했지. 정확히 말하자면 길 한쪽이 철도와 만나는 샛길이야. 나머지는 자네도 다 아는 이야기네."

코리건이 고개를 끄덕였다. 그러고는 종이쪽지를 톡톡 두드렸다.

"이건 어떻게 생각하십니까?"

르죄느 경감이 말했다.

"중요한 증거지."

"죽어 가는 여자가 신부님에게 뭔가 말했고, 신부님은 잊어버리기 전에 되도록 빨리 그 이름들을 종이에 적은 게 아닐까요? 이를테면 고백 성사로 들은 것을 말입니다."

"고백 성사는 어떠한 경우에도 비밀로 유지해야 하니 그건 아니

었을 거라고 보네. 이 이름들의 연결점이 어떤 협박이라고 가정할
수도 있지 않을까?"

"그게 경감님의 생각입니까?"

"아직은 어떤 확신도 없네. 어디까지나 가설일 뿐이지. 이 사람들
이 협박을 당하고 있었다고 가정해 보세. 죽어 가던 여자가 협박자
본인일 수도 있지만, 그 일에 대해 잘 아는 사람일 수도 있지. 후회
와 고백, 가능한 한 보상하고픈 마음이 컸을 거라고 추측할 수 있겠
지. 아마 고먼 신부님은 책임을 지기로 했을 거야."

"그래서요?"

"다시 말하지만 모든 게 다 가설이야. 말하자면 황금 알을 낳는
거위가 있는데, 알이 끊기는 걸 바라지 않는 사람이 있는 거지. 데이
비스 부인이 죽어 가면서 신부님을 부른 걸 그 사람이 알게 된 거라
고 한다면? 그 다음은 자네가 알고 있는 그대로 결론지을 수 있을
거야."

"궁금한 점이 있어요. 왜 마지막 두 개의 이름에는 물음표가 찍혀
있을까요?"

다시 한 번 목록을 찬찬히 살펴보던 코리건이 물었다.

"제대로 이름을 기억하고 있는지 자신이 없었겠지."

"그렇다면 코리건이 아니라 멀리건일지도 모르겠군요."

코리건이 씩 웃으며 동의했다.

"충분히 가능성이 있네. 하지만 델라폰테인 같은 이름은 기억하
거나 말거나 둘 중 하나일 텐데……. 주소가 전혀 없는 것도 이상하

지 않나?"

코리건은 다시 한 번 목록을 읽어내려 갔다.

"파킨슨, 파킨슨은 정말 많지요. 샌드포드, 흔하지는 않고, 헤스케스 드보아, 몇 사람 안 될걸요? 특이한 이름이라 많을 수가 없지요."

갑작스러운 충동으로 코리건은 책상 위에 있던 전화번호부를 펼쳐 보았다.

"E에서 L까지. 어디 보자. 헤스케스라…… 존 앤 컴퍼니, 배관공, 이시도르 경…… 여기 있다! 헤스케스 드보아, 여성, 49세. S. W. 1번지, 엘즈미어 스퀘어. 한번 전화해 볼까요?"

"뭘 어쩌려고?"

"전화해 보면 알게 되겠지요."

코리건이 가볍게 말했다.

"그럼 자네가 직접 전화해 보게."

르죄느 경감이 말했다.

"제가요?"

코리건은 르죄느 경감을 멍하니 쳐다보았다.

"그런 표정 짓지 말고 어서 해 보게."

르죄느 경감이 가볍게 말하고는 코리건 대신 수화기를 집어들었다.

"외선 대 줘."

르죄느 경감이 코리건을 보며 물었다.

"몇 번이지?"

"그로스버너 64587번."

르죄느 경감은 수화기에 대고 그대로 불러 준 뒤, 신호가 가자 수화기를 코리건에게 넘겨주었다.

"마음대로 해 보게."

당황한 코리건은 르죄느 경감에게서 시선을 떼지 않고 전화가 연결되기를 기다렸다. 잠시 신호음이 계속되더니 누군가 전화를 받았다. 말하는 사이사이 무거운 숨소리를 내는 여자였다.

"여보세요?"

"헤스케스 드보아 부인 댁이지요?"

"아, 네, 그렇지요. 제 말은……."

코리건은 애매모호한 답변에는 신경 쓰지 않았다.

"부인과 통화할 수 있을까요?"

"아뇨, 그럴 수 없어요. 헤스케스 드보아 부인은 지난 4월에 돌아가셨거든요."

"오!"

코리건은 깜짝 놀란 탓에 "실례지만 누구시죠?"라는 질문에 대답할 경황도 없이 황급히 전화기를 내려놓았다. 그러고는 르죄느 경감을 차갑게 쳐다보았다.

"그렇게 쉽게 전화를 걸어 준 이유를 알겠군요."

르죄느 경감이 심술궂게 웃었다.

"우린 눈에 띄는 건 뭐든 무시하지 않네."

르죄느 경감이 느긋하면서도 단호하게 말했다.

"지난 4월이라면 다섯 달 전이군요. 협박이든 뭐든지 간에 다섯 달 동안은 부인을 괴롭히지 못했겠네요. 자살이나 그 비슷한 건 아니겠지요?"

"뇌암으로 죽었네."

"그럼 처음부터 다시 시작해야겠군요."

코리건이 조금 실망한 표정을 짓더니 목록을 다시 내려다보았다.

르죄느 경감도 한숨을 내쉬며 말했다.

"이 목록이 이번 살인 사건과 관련되었다는 것도 확실치는 않네. 흔히 안개 낀 밤에 일어나는 강도 사건인지도 모르지. 그런 경우라면 운이라도 따라 줘야 누구 짓인지 밝혀낼 수 있네. 범인을 찾을 가능성이 아주 희박한 사건이지."

"제가 이 목록을 계속 파고들어도 괜찮겠습니까?"

코리건이 눈빛을 빛내며 물었다.

"그렇게 하게. 행운을 비네."

"제가 알아낼 가능성이 거의 없단 말처럼 들리는군요! 너무 확신하지는 마세요. 먼저 코리건이란 이름을 파고들어 볼 생각입니다. 남자인지 여자인지, 결혼을 했는지 안 했는지는 모르지만, 어쨌거나 제게는 커다란 물음표를 달고 있는 이름이니 말입니다."

제3장

I

"르죄느 경감님, 그렇게 다그치지 말아요. 도대체 뭘 더 말하라는 건지 모르겠네요! 당신네 경사한테 이미 다 말했어요. 데이비스 부인이 정확히 누군지, 어디 출신인지 저도 잘 몰라요. 여섯 달 정도 이곳에서 살았고, 월세는 꼬박꼬박 냈어요. 차분하고 괜찮은 사람처럼 보였다니까요. 뭘 더 바라는지 몰라도 전 그 이상은 몰라요."

코핀스 부인은 잠시 말을 멈추고 숨을 돌리는 동안 르죄느 경감에게 불쾌한 시선을 보냈다. 르죄느 경감은 경험상 늘 즉효를 보이던 부드럽고 애달픈 미소를 지어 보였다. 그러자 코핀스 부인이 말을 바꾸었다.

"일부러 돕지 않겠다는 게 아니에요."

"바로 그겁니다. 우리에게 필요한 건 바로 부인의 작은 도움입니다. 여성들에게는 본능적으로 남자들이 볼 수 없는 것들을 알아내는 비범한 능력이 있으니까요."

그건 그럴듯한 수작이었고 효과가 있었다.

"아, 그 말을 제 남편이 들었으면 좋았을 텐데……. 항상 오만하고 퉁명스러웠거든요. '아무것도 모르면서 이것저것 안다고 나서지 좀 마!' 이렇게 말하면서 콧방귀를 뀌었지요. 하지만 열에 아홉은 제가 맞았어요."

"그래서 부인이 데이비스 부인에 대해 어떻게 생각하는지 더더욱 알고 싶은 겁니다. 그러니까, 불행한 여자였나요?"

"아니에요, 그렇지 않았어요. 현실적이고 욕심 없는 사람처럼 보였어요. 질서 정연하다고나 할까? 마치 계획에 따라 차근차근 사는 것 같았지요. 제가 알기로는 소비자 조사 단체에서 일을 하고 있었어요. 사람들에게 어떤 종류의 비누나 밀가루를 쓰는지, 주당 예산이 얼마고 어떻게 나눠 쓰는지 물으면서 돌아다니는 일 말이에요. 물론 저는 그런 게 실제로는 사생활 캐기의 일종이라고 생각해요. 어째서 정부나 다른 사람들이 그런 걸 알고 싶어 한다는 건지 원. 결국 모두 다 시시껄렁한 사실들 말고 뭘 알 수 있죠? 하긴 요새는 그런 일에 다들 열광하고 있으니까요. 그래도 데이비스 부인은 그 일을 아주 잘 해냈어요. 태도도 좋고, 너무 캐고 들지도 않고, 능률적이고 사무적이었죠."

"데이비스 부인이 일하고 있던 회사나 단체의 이름은 혹시 모르십니까?"

"거기까지는 몰라요."

"가족 얘기를 들은 적은 없습니까?"

"없어요. 오래전에 남편을 잃은 미망인이라고 들었어요. 남편에게 좀 문제가 있었다던가……. 하지만 남편 얘기도 별로 하지 않았어요."

"고향이 어디인지 말한 적은 없었나요? 아니면 대략 어느 지방인지라도……."

"런던 토박이는 아닌 것 같고 북쪽 어디였던 것 같은데, 잘 모르겠어요."

"뭔가 이상하다 싶은 미심쩍은 부분은 없었나요?"

르죄느 경감은 뒷말하기 좋아하는 사람이라면 누구나 덥석 물도록 조금 부정적인 방향으로 몰고 갔다. 코핀스 부인이 암시를 받기 쉬운 여자였다면 르죄느 경감의 뜻대로 끌려왔겠지만 그녀는 자신에게 주어진 기회를 이용하지는 못했다.

"글쎄요, 그렇다고 말하긴 힘들어요. 데이비스 부인이 한 말에는 미심쩍은 게 없어요. 굳이 얘기하자면 여행 가방 정도예요. 꽤 고급이지만 새것은 아니었죠. 이니셜이 J.D.라고 씌어 있었어요. 아마 제시 데이비스의 이니셜일 거예요. 하지만 J는 원래 다른 글자인데 고친 것 같았어요. 제 생각엔 H였던 것 같지만 A였을 수도 있지요. 하지만 그때는 그것도 전혀 이상하다고 생각하지도 않았어요. 누구라도 싸고 좋은 중고 가방을 살 수 있잖아요. 그럴 경우 이름을 바꾸는 건 당연해요. 짐도 그렇게 많지는 않았어요. 여행 가방 하나가 전부었으니까요."

르죄느 경감도 알고 있었다. 죽은 데이비스 부인은 신기할 정도로 개인적인 소지품이 거의 없었다. 보관해 둔 편지나 사진도 없었고, 보험 카드, 은행 통장, 수표책도 없었다. 옷은 세탁하기 쉬운 종류가 대부분이었는데, 새로 산 지 얼마 안 된 것들이었다.

"행복해 보였나요?"

"그랬던 것 같아요."

코핀스 부인의 목소리에는 확신이 없었다.

"같다고요?"

"글쎄요, 그런 건 본인만 알 수 있는 거잖아요. 제가 아는 건 직업도 있고, 휴가도 넉넉하고, 자기 삶에 꽤 만족했다는 거예요. 시끄럽게 소란을 떨어 대는 여자는 아니었어요. 하지만 아팠을 때는……."

"그래요, 아팠을 때는 어땠지요?"

르죄느 경감이 낚아채듯 물었다.

"처음에는 짜증을 냈어요. 독감 때문에 앓아누웠을 때 말이에요. 스케줄이 엉망이 되었다고 하더군요. 약속 같은 걸 제대로 못 지켰나 봐요. 하지만 독감이라고 해도 무시할 수는 없어서 차를 만들어 아스피린과 함께 먹고 침대에서 쉬었어요. 의사를 부르는 게 어떠냐고 묻자 쓸데없는 짓이라고 하더군요. 감기에는 푹 쉬면서 몸을 따뜻하게 하는 것이 최고라고요. 또 저한테도 옮을 수 있으니 가까이 오지 말라고 했어요. 좀 나아졌을 때는 제가 뜨거운 수프나 토스트 같은 음식을 직접 만들어 줬어요. 가끔씩은 라이스 푸딩도 만들어 주었지요. 기분이 좀 가라앉아 보였어요. 열이 내리면 누구나 좀 우울해지잖아요. 저기 가스 난로 옆에 앉아서 '생각할 시간이 너무 많지 않았으면 좋겠어요. 생각할 시간이 많다는 게 싫어요. 우울해져요.'라고 말했어요."

르죄느 경감이 계속 열심히 듣고 있다는 표정을 지었으므로 코핀스 부인의 이야기는 점점 열기를 띠어 갔다.

"잡지를 몇 권 빌려 줬지만 그다지 관심을 갖지 않더군요. 한번은 이런 말을 했어요. '만약 어떤 일이 보이는 게 전부가 아니라면 차라리 모르는 게 나을 거예요. 그렇게 생각하지 않으세요?' 그래서 제가 말했죠. '맞아요.' 그러자 그녀가 괴로워하면서 '잘 모르겠어요. 정말 잘 모르겠어요.'라고 하더군요. 그래도 괜찮다고 말해 주자, 이번에는 '내가 한 일은 모두 올바르고 정직한 일이었어요. 아무도 나를 탓할 수는 없어요.'라고 말했어요. 그래서 '물론 그랬을 거예요.'라고 말해 줬지요. 하지만 저는 속으로 데이비스 부인이 일하고 있는 회사에서 뭔가 이상한 일을 하고 있는데, 그녀가 낌새를 알아챈 것 같다고 생각했어요. 그래서 그게 자기랑 상관없는 일이라고 말하는 게 아닌가 싶었답니다."

"그럴 수도 있겠군요."

르죄느 경감이 동의했다.

"어쨌거나 몸이 좀 나아졌어요. 아니, 나아진 것 같자 다시 일하러 나갔어요. 저는 너무 이르다고 하루나 이틀 정도 더 쉬라고 했지요. 제 말을 들었으면 좋았을 텐데! 이틀째 밤에 퇴근해서 돌아온 모습을 보니, 심한 고열에 시달리고 있다는 걸 한눈에 알겠더군요. 계단을 올라가지 못할 정도였어요. 의사를 불러야 한다고 말했지만 싫다고 하더군요. 갈수록 점점 더 상태가 나빠졌어요. 눈이 번들거리는 데다 뺨은 불에 데기라도 한 것처럼 뜨거웠고, 숨소리도 끔찍했어요. 다음 날 저녁에는 제게 부탁을 했는데, 아주 간신히 말을 할 수 있는 상태였어요. '신부님을, 제발 신부님을 불러 주세요. 빨리…… 그렇지 않으면 너무 늦을지도 몰라요.'라고 했어요. 그녀가 원한 건 목사가 아니라 가톨릭 신부였어요. 가톨릭 신자인 줄은 전혀 몰랐어요. 십자가 같은 걸 본 적이 없었으니까요."

하지만 십자가 하나가 여행 가방의 맨 밑바닥에 들어 있었다. 르죄느 경감은 그 얘기를 하지 않고 가만히 듣고 있기만 했다.

"집 앞에서 마이크란 아이를 만나 성 도미닉 성당에 가서 고먼 신부님을 모셔 오라고 보냈어요. 그런 다음 제 이름으로 병원에 전화를 걸었어요. 그녀한테는 한 마디도 하지 않고 말이에요."

"고먼 신부님을 데이비스 부인이 있는 방까지 모시고 갔었나요?"

"네, 그랬어요. 그러고는 두 사람만 있게 해 줬지요."

"두 사람이 무슨 말을 하는지 전혀 듣지 못했습니까?"

"글쎄요, 정확하게 기억나지는 않네요. 저는 그녀를 북돋아 주려고 '신부님이 오셨어. 이제 괜찮을 거야.'라고 말하면서 방을 나왔어요. 하지만 지금 생각해 보니, 문을 닫을 때 데이비스 부인이 무슨 사악함에 대해 이야기를 했던 것 같아요. 그리고 말에 대해서도요. 경마에 대해서였나? 저도 때때로 푼돈으로 즐기기는 하지만 사람들이 하는 말을 들어 보니 경마에도 부정이 참 많다고 하더군요."

"사악함이라……."

르죄느 경감은 그 단어에 강한 인상을 받았다.

"가톨릭 신자들은 죽기 전에 고해를 하나 봐요, 그렇죠? 아마 데이비스 부인도 고해를 했던 것 같아요."

그게 고백 성사였다는 것에는 의심의 여지가 없지만 르죄느 경감은 사악함이란 단어가 사용된 것에 대해 적잖은 충격을 받았다.

르죄느 경감은 아주 특별한 뭔가가 있을 것이라고 생각했다. 그것에 대해 알게 된 고먼 신부가 곤봉에 맞아 죽었다면 그럴 가능성이 더욱 농후했다.

II

그 집에 살고 있는 다른 세 명의 세입자에게서는 전혀 알아낼 것이 없었다. 은행 점원과 신발 가게에서 일하는 중년 남자는 이곳에서 몇 년째 살고 있었다. 나머지 한 명은 최근에 이곳으로 이사 온 스물두 살 된 여자인데, 근처에 있는 백화점에서 일하고 있었다. 세 명 모두 데이비스 부인에 대해서는 거의 아는 게 없었다.

사건 당일 거리에서 고먼 신부를 보았다고 제보한 여자는 그다지 유용한 정보를 주지 못했다. 그녀는 성 도미닉 성당에 다니는 가톨릭 신자여서 고먼 신부의 얼굴을 익히 알고 있었다. 그녀는 7시 50분에 벤달 가에서 나와 토니스 플레이스로 들어가는 신부를 보았다고 했다.

오즈본은 바턴 가의 길모퉁이에 있는 약국 주인인데, 훨씬 도움이 되는 제보를 했다. 그는 대머리에다 키가 작은 중년의 남자인데, 둥글둥글하고 순박해 보이는 얼굴에 안경을 쓰고 있었다.

"좋은 저녁입니다, 르죄느 경감님. 이리로 들어오세요."

오즈본은 카운터에 있는 널빤지를 들어 올리며 말했다. 약국 안으로 들어서자 흰 가운을 입은 젊은 남자가 전문가다운 날렵한 솜씨로 약병을 채우고 있었다. 르죄느 경감은 아치로 된 통로를 지나 편안한 의자 두 개와 테이블, 책상이 놓여 있는 조그만 방으로 들어섰다. 오즈본은 비밀스러운 동작으로 통로의 커튼을 잡아당겨 닫고는 의자에 앉아서 르죄느 경감에게도 남은 의자를 권했다. 그가 몸을 앞으로 숙이자 오즈본의 두 눈이 기분 좋은 흥분으로 반짝거리는 게 보였다.

"어쩌다 보니 제가 도울 수 있게 되었군요. 바쁜 저녁은 아니었습니다. 할 일도 많지 않았고 날씨도 좋지 않았지요. 카운터는 젊은 여자 직원이 맡고 있었습니다. 목요일은 항상 8시까지 문을 열어 놓지요. 안개가 계속 짙어졌고 지나다니는 사람도 별로 없었어요. 저는 날씨를 살피러 문쪽으로 다가가서 안개가 너무 짙어진다고 혼자 중얼거렸습니다. 일기 예보에서 말한 그대로였죠. 저는 잠시 그대로 서 있었습니다. 직원 혼자서도 일을 잘 처리했으니까요. 그 시간에는 고작 얼굴에 바르는 크림이나 목욕 소금을 사러 오는 게 전부랍니다. 그러다가 고먼 신부님이 길 저쪽에서 걸어오는 걸 봤습니다. 물론 그분 모습은 평소 잘 알고 있었어요. 이번 살인 사건은 정말 충격적입니다. 그렇게 평판도 좋고 고매하신 분이 살해되다니 말입니다. 저도 모르게 '고먼 신부님이로군.' 하고 중얼거렸지요. 고먼 신부님은 웨스트 가 방향으로 가고 있었습니다. 아시겠지만 철도 앞에서 왼쪽으로 꺾어지는 길 말입니다. 그런데 고먼 신부님 바로 뒤로 어떤 남자가 따라가고 있었습니다. 별생각 없이 그냥 보고 있었는데, 갑자기 뒤에 가던 남자가 우뚝 멈춰 서더군요. 상당히 갑작스러웠는데, 바로 우리 약국 앞이었어요. 보니까 조금 앞서 가던 고먼 신부님도 발걸음이 느려지고 있었어요. 뭔가 열심히 생각하느라고 걸음이 느려진 것 같았지요. 다시 고먼 신부님이 걸음을 재촉하자 뒤따라가던 남자도 따라서 걷기 시작했어요. 꽤 빠르게 걸었습니다. 저는 고먼 신부님과 안면이 있는 사람이 할 말이 있어서 따라잡으려나 보다고 생각했습니다."

"뒤에서 몰래 따라가는 것이었을 수도 있지 않을까요?"

"그랬을 수도 있겠지만, 그 당시에는 별생각이 없었습니다. 안개가 짙어져서 곧 두 사람의 모습이 보이지 않게 되었습니다."

"그 남자의 생김새를 설명할 수 있겠습니까?"

르죄느 경감의 목소리에는 별 기대감이 없었다. 늘 그렇듯 막연한 특징이 나올 거라고 생각하고 있었기 때문이다. 하지만 오즈본은 토니스 플레이스의 토니와는 전혀 다른 기질을 갖고 있었다.

오즈본은 스스로 몹시 만족스러워하며 말했다.

"정확하진 않지만 아마도 설명할 수 있을 겁니다. 먼저 키가 크고……."

"크다고요? 얼마나?"

"177센티미터에서 180센티미터쯤 될 겁니다. 하지만 굉장히 말랐기 때문에 실제보다 더 크게 보였을 수도 있겠네요. 어깨가 기울었고 결후(성년 남자의 목 중간쯤에 후두 연골이 튀어나온 부분 — 옮긴이)가 눈에 확 띌 만큼 도드라져 있었습니다. 모자 아래로 보이는 머리카락은 꽤 길었습니다. 코는 매부리코 같았지요. 대단히 눈에 띄는 생김새였습니다. 당연히 눈동자 색은 모릅니다. 옆모습을 보았으니까요. 나이는 대략 쉰쯤 되어 보였어요. 걷는 모습이 그랬습니다. 젊은이는 걸음걸이부터 상당히 다르잖아요."

르죄느 경감은 마음속으로 길 건너편까지의 거리를 가늠해 보고는 다시 오즈본을 돌아보았다. 의문스러운 부분이 많았다. 오즈본이 한 묘사는 두 가지 경우 중 하나다. 먼저 비정상적일 정도로 과장된 상상력에서 튀어나올 수 있다. 르죄느 경감은 그런 예를 많이 알고 있었는데, 대부분이 여자 증인일 경우였다. 살인범이라면 당연히 어떠한 모습일 거라는 상상에 따라 가짜 초상을 만들어 내는 것이다. 그런 상상 속의 초상화는 세부적인 묘사까지 구체적이고 아주 그럴듯하다. 예를 들자면 뒤룩거리는 눈, 숱이 많고 짙은 눈썹, 유인원 같은 턱, 난폭한 인상 등. 오즈본이 한 묘사는 실제로 존재하는 어떤 사람에 대한 구체적인 설명처럼 들렸다. 그의 말이 맞다면 100만 명 중에 하나 있을 법한 목격자, 즉 정확하고 세세하게 관찰하고, 그것에 대해 확신을 갖는 증인이 눈앞에 있는 셈이었다.

르죄느 경감은 다시 거리 저쪽까지를 속으로 재 보았다. 그러고는 생각에 잠긴 시선으로 약국 주인을 응시했다. 르죄느 경감이 진지하게 물었다.

"그 남자를 다시 본다면 알아볼 수 있겠습니까?"

오즈본은 매우 자신만만하게 말했다.

"네, 당연하지요. 저는 한 번 본 얼굴은 절대 잊지 않습니다. 제 특기 중 하나지요. 어떤 남자가 아내를 살해하기 위해 약국으로 들어와서 작고 멋진 병에 담긴 비소를 사 갈 경우, 저는 법정에서 그 사람에 대해 정확히 증언할 수 있을 거라고 항상 자신 있게 말해 왔답니다. 그런 일이 언젠가는 실제로 일어날 거라고 생각했지요."

"하지만 아직 일어나진 않았겠지요?"

"네, 아직까지는요."

오즈본은 시무룩한 표정으로 인정했지만 곧 유쾌하게 말을 덧붙였다.

"저는 이 약국을 팔려고 내놓았습니다. 근사한 값에 팔고 나서 본머스로 은퇴할 생각이에요."

"좋은 가게인데 아깝군요."

오즈본의 목소리에 긍지가 묻어났다.

"품위가 있지요. 우리 가족은 거의 100년 가까이 여기에서 사업을 해 왔습니다. 할아버지부터 시작해서 아버지를 거쳐 제게 전해졌답니다. 오래된 집안 사업인 셈이지요. 하지만 젊을 적에는 이렇게 생각하지 않고 그저 답답하다고만 생각했어요. 다른 젊은 사람들처럼 저 역시 연극 무대에 미쳐 있었기 때문입니다. 연극 배우가 될 수 있을 거라고 믿었어요. 아버지께서도 그런 저를 말리지는 않으셨어요. '해 보려무나, 아들아. 네가 헨리 어빙 경(배우 겸 극장 경영자. 영국에서 햄릿 전문 배우로 명성을 떨쳤으며, 1895년 배우로서는 처음으로 기사 작위를 받음 — 옮긴이)이 아니란 걸 알게 될 때까지 말이다.'라고 하시더군요. 얼마나 옳은 말씀이셨는지! 아버지는 현명하신 분이셨어요. 저는 18개월 정도 극단을 쫓아다니다가 다시 이곳으로 돌아와서 약국을 이었습니다. 그리고 이 일에 긍지를 갖게 되었습니다. 우리 약국에서는 항상 질이 좋은 약만을 다룹니다. 약국 시설은 구식이지만 나름대로 품위가 있어요."

오즈본은 고개를 저으며 말을 이었다.

"하지만 요즘에는 약사로서 조금은 실망스러워요. 전부 미용 용품만 찾거든요. 파우더와 립스틱, 얼굴 크림, 그리고 헤어 샴푸와 화장용 스펀지 같은 것들 말입니다. 저는 그런 물건엔 손도 대지 않아요. 카운터 뒤의 저 젊은 여자 직원이 그런 걸 모두 취급하지요. 약국을 꾸린다는 게 옛날 같지는 않아요. 하지만 모아 둔 돈도 꽤 되고, 약국도 괜찮은 가격을 받을 겁니다. 그래서 본머스 부근에 있는 작고 근사한 방갈로를 계약해 두었지요."

오즈본이 마지막으로 덧붙였다.

"아직 인생을 즐길 수 있을 때 은퇴하자는 게 제 좌우명이에요. 취미 생활도 다양하게 할 거예요. 예를 들자면 나비를 수집하거나 가끔씩 새를 관찰할 수 있겠지요. 정원 가꾸기에 대해서라면 책을 아주 많이 읽어야 할 거예요. 그리고 여행도 있네요. 유람선 여행을 떠날지도 몰라요. 너무 늦기 전에 외국도 한번 가 봐야지요."

드디어 르죄느 경감이 자리에서 일어났다.

"당신에게 행운이 함께하기를 바랍니다. 만약 이곳을 떠나기 전에 그 남자를 보게 된다면……."

"즉시 알려 드리겠습니다, 경감님. 믿으셔도 됩니다. 이미 얘기했듯이 사람 얼굴을 잘 기억하니까요. 아주 즐거운 일이 될 거예요. 눈을 크게 뜨고 잘 살펴볼게요. 그래요, 믿으셔도 됩니다."

제4장

마크 이스터브룩의 이야기

I

나는 허미아 레드클리프와 함께 올드 빅(영국 런던에 있는 극장인 로열 빅토리아 홀의 별칭 —옮긴이)에서 나왔다. 「맥베스」공연을 보고 나오는 길이었다. 밖은 비가 거세게 내리고 있었다. 길을 건너 차를 주차시킨 곳으로 가면서 허미아가 올드 빅에 올 때마다 항상 비가 내린다고 부당한 논평을 했다.

"그냥 어쩔 수 없는 일이지, 뭐."

나는 늘 그렇지는 않았다는 것을 그녀에게 상기시켜 주고 싶었다. 그래서 해시계와 반대로 비가 온 날만을 기억하는 것 아니냐고 말했다.

"글라인드본(잉글랜드 남부 이스트 서섹스 주의 루이스 근교로, 해마다 여름이면 영국의 대표적인 오페라 축제인 글라인드본 페스티벌이 개

최된다 ─ 옮긴이)에서는 항상 운이 좋았는데. 거긴 정말 완벽하다는 말 외에 달리 표현할 말이 없다고. 그 음악이며…… 눈부시게 아름다운 꽃을 두른 정원이며…… 특히 하얀 꽃을 두른 정원이 최고지."

내가 클러치를 넣자 허미아가 말했다. 우리는 잠시 동안 글라인드본과 그곳의 음악에 대해 이야기를 나누었다.

"아침 먹으러 도버에 가는 건 아니겠지?"

허미아가 갑작스럽게 물었다.

"도버? 왜 그런 생각을 했는지 모르겠네. 나는 당연히 우리가 판타지에 갈 거라고 생각했는데 말이야. 장엄한 유혈과 음울함이 가득한 「맥베스」를 본 후에는 정말 좋은 음식을 먹을 필요가 있어. 셰익스피어는 항상 나를 허기지게 만들거든."

"바그너의 음악도 마찬가지야. 중간 휴식 시간에 코벤트 가든에서 먹는 연어 샌드위치로는 그 비통함을 유지할 수가 없지. 도버 얘기를 꺼낸 건 지금 당신이 그 방향으로 차를 몰고 있기 때문이야."

"일부러 조금 돌아가는 거야."

내가 궁색하게 변명했다.

"하지만 돌아가는 것 치고 너무 많이 왔는걸. 올드 켄트 로(路)에서 상당히 멀리 왔어."

나는 주위를 둘러보았고, 늘 그랬듯이 이번에도 허미아가 옳다는 걸 인정해야만 했다.

"여기 오면 항상 헷갈려."

"워털루 역 주변을 빙빙 돌다 보면 헷갈리게 되어 있어."

다행히 허미아가 동의해 주었다.

웨스트민스터 다리를 겨우겨우 빠져나온 우리는 방금 보고 나온 「맥베스」의 연출에 대한 토론을 계속했다. 허미아 레드클리프는 비교적 예쁘장한 얼굴을 가지고 있었고, 나이는 스물여덟 살이었다. 씩씩한 기질을 타고난 그녀의 그리스 조각상처럼 완벽한 얼굴 윤곽 주위로는 풍성하고 짙은 적갈색 머리카락이 구불거렸다. 누나는 그녀를 말할 때 항상 인용 부호를 붙인 것처럼 강조해서 '마크의 여자 친구'라고 했는데, 그 표현은 늘 은근히 내 신경을 긁었다.

판타지에서는 우리를 따뜻하게 환영해 주었고, 진홍색 벨벳 벽 옆에 있는 조그만 테이블로 안내했다. 판타지는 그 명성에 걸맞게 늘 사람들이 들끓었고, 테이블 간격이 매우 가까운 편이었다. 자리에 앉자, 옆 테이블에 있던 사람이 반갑게 인사를 건네 왔다. 옥스퍼드 대학교에서 역사학 강의를 하고 있는 데이비드 아딩글리였다. 같이 있는 예쁘게 생긴 여자와도 인사를 나누었다. 그녀는 무엇보다 헤어스타일이 무척 인상적이었다. 머리카락을 높이 끌어올려 하나로 묶은 뒤, 머리 위에 얹은 보관을 중심으로 머리카락을 사방으로 늘어뜨린 독특한 스타일이었는데, 신기하게도 그녀에게는 잘 어울렸다. 또 푸른 눈이 유난히 컸고 입은 반쯤 벌리고 있었다. 데이비드의 모든 여자 친구가 그랬듯이 대단히 멍청해 보였다. 지나치게 머리가 좋은 데이비드는 다소 지능이 떨어지는 여자들과 있을 때에만 기분이 편안해진다고 했다.

데이비드가 그녀를 소개했다.

"이쪽은 내 특별한 애인인 포피야. 이쪽은 마크와 허미아. 이 사람들은 대단히 진지하고 교양 있는 사람들이니까 당신도 어울리려면 무척 노력해야 해. 우린 방금 「짜릿하게 살아라」를 보고 온 길이야. 아주 멋진 공연이었어! 당신 둘은 틀림없이 셰익스피어나 재상연되는 입센을 보고 오는 길이겠지?"

허미아가 말했다.

"올드 빅에서 「맥베스」를 봤어."

"그래? 배터슨의 연출은 어땠어?"

"좋았어. 조명이 아주 흥미로웠지. 게다가 그렇게 잘 연출된 무도회 장면은 본 적이 없어."

"그럼 마녀들은 어땠어?"

"끔찍했어. 뭐 늘 그랬지만 말이야."

허미아의 말에 데이비드도 동의했다.

"무언극적인 요소를 도입했다고 들었어. 마녀들이 껑충껑충 뛰어다니면서 마왕처럼 행동했을 거야…… 대강 짐작이 가. 아마 스팽글이 달린 흰옷을 입은 선한 요정이 나타나서 단조로운 목소리로 이렇게 말했겠지.

그대의 악은 결코 승리하지 못하리라.
결국 맥베스는 머리가 돌게 될 것이다.

어때? 내 말이 맞지?"

우리는 모두 웃음을 터뜨렸다. 하지만 눈치 빠른 데이비드가 내게 날카로운 시선을 던지며 물었다.

"무슨 일 있어?"

"아니, 별일 없어. 그냥 얼마 전에 악마와 마왕 그리고 선한 요정이 등장하는 무언극을 직접 목격한 적이 있는데, 그날을 잠시 떠올렸을 뿐이야."

"어디였는데?"

"첼시에 있는 카페였어."

"자네 정말 재치 있군. 첼시가 배경이라니! 그곳에서는 가난한 차림의 부유한 상속녀가 가짜 건달과 결혼을 하곤 하지. 그곳이야말로 포피가 있어야 할 곳인데……. 그렇지 않아, 귀염둥이?"

그러자 포피가 큰 눈을 더 크게 뜨며 항의하듯 말했다.

"난 첼시가 싫어요. 판타지가 훨씬 좋잖아요. 식사도 훨씬 더 근사하고요."

"다행이야, 포피. 어쨌거나 당신은 첼시에 어울릴 정도의 부자는 아니니까. 「맥베스」에 대해 더 얘기해 줘, 마크. 끔찍한 마녀에 대해서도 말이야. 내가 연출을 한다면 마녀를 어떻게 표현할지 따로 생각해 둔 게 있어."

데이비드는 한때 옥스퍼드 대학교 극회의 우수 회원이었다.

"어떻게 할 건데?"

"나라면 세 마녀를 아주 평범한 모습으로 만들 거야. 음흉하고 조용한 나이 든 여자들로 말이야. 시골 마을에 사는 마녀처럼."

"하지만 요즘에는 마녀가 없잖아요."

포피가 데이비드를 빤히 쳐다보며 말했다. 그러자 데이비드가 검지 손가락을 좌우로 흔들며 말했다.

"당신이 런던 사람이라서 그런 말을 하는 거야. 영국의 시골에는 아직도 마을마다 마녀가 있어. 언덕 위 세 번째 오두막집에 사는 늙은 블랙 부인이 있는데, 어린 소년들은 그 부인을 화나게 하지 말라는 소리를 듣고 자라지. 블랙 부인은 가끔 계란이나 집에서 구운 케이크 같은 선물을 받기도 해. 왜냐하면 그녀를 화나게 하면 암소의 젖이 더 이상 나오지 않는다거나 감자 농사를 망치게 되거든. 혹은 어린 조니가 발목을 삘 수도 있어. 그 때문에 항상 늙은 블랙 부인을 제대로 대우해 줘야 해. 누구도 입 밖으로 말하진 않지만 그 사실을 모두 잘 알고 있지!"

"농담하는 거죠?"

포피가 입을 삐죽 내밀었다.

"아니, 농담하는 거 아냐. 내 말이 맞지, 마크?"

"그런 미신은 교육으로 인해 완전히 사라졌다고 생각해."

허미아가 회의적으로 대꾸했다.

"시골에서는 그렇지 않아. 네 생각은 어때, 마크?"

"자네 말이 맞을 거라고 생각해. 하지만 나도 시골에서 살아 본 적은 없어서 정확히는 모르겠군."

나는 신중하게 대답했다.

"어떻게 마녀를 평범한 노파로 연출할 수 있다는 건지 모르겠어.

마녀들은 대부분 초자연적인 분위기를 풍기잖아."

허미아가 조금 전에 데이비드가 한 말로 화제를 돌렸다.

"한번 생각해 봐. 이건 일종의 광기와 같아. 만약 어떤 사람이 미치광이처럼 머리에 지푸라기를 붙인 채 중얼대거나 비틀거린다면 신비감도 없고 전혀 무섭지도 않을 거야. 전에 정신 병원에서 일하는 의사를 만나러 간 적이 있었어. 의사를 기다리기 위해 어느 방에 들어갔는데, 그곳에 아주 멀쩡해 보이는 노파가 우유를 마시고 있었지. 그런데 그 여자가 의례적인 인사로 날씨 얘기를 몇 마디 하더니, 갑자기 몸을 앞으로 숙이고 낮은 목소리로 묻는 거야. '저기 벽난로 뒤에 네 아이가 묻혀 있지?' 그리고 나서 혼자 고개를 끄덕이더니 말했어. '정확히 12시 10분, 매일 같은 시간이야. 핏자국을 못 본 척하렴.' 실제로 보고 있는 것처럼 말하는데, 그래서 등골이 더 오싹하지 뭐야."

"정말 그 벽난로 뒤에 누가 묻혀 있었나요?"

포피가 순진하게 물었다.

하지만 데이비드는 포피를 무시하고 이야기를 계속했다.

"영매도 마찬가지야. 순간적인 신들린 상태나 어두컴컴한 방, 무언가를 톡톡 두드리는 신호. 하지만 의식이 끝나면 일어서서 머리를 매만지고 집으로 가서 식사 준비를 하는 거야. 평범하고 유쾌한 보통 여자로 돌아가는 거지."

"그러니까 자네가 생각하는 세 마녀란 신비한 능력을 가진 할멈이로군. 비밀리에 가마솥 주위를 빙빙 돌며 주문을 중얼거리거나 마술을 부리고, 또 가끔 영혼을 불러내기도 하지만, 평상시에는 보통의 할머니 같은 모습으로 살아가는 여자란 말이지? 그거야말로 정말로 인상적이군."

"그런 연기가 가능한 배우를 찾을 수나 있을까?"

허미아가 시큰둥하게 말하자 데이비드가 인정했다.

"맞는 말씀이야. 대본에 광기에 대해 슬쩍 암시만 되어 있어도 지나칠 정도로 멋지게 보여 줄 결심을 하는 것 같아. 갑작스러운 죽음도 마찬가지야. 어떤 배우도 그냥 조용히 쓰러져 죽지 않아. 신음 소리를 내거나 몸을 비틀고, 눈을 뒤집고 숨을 헐떡거리면서 심장을 쥐어뜯어. 그렇게 해서 대단한 연기로 만들려고 하지. 참, 연기에 대한 말이 나와서 말인데, 맥베스 역을 맡은 필딩의 연기는 어땠어? 평론가들 사이에서는 의견이 완전히 갈리던데……."

"난 굉장하다고 생각해. 몽유병 장면 다음에 의사가 나오는 장면에서 '병든 마음은 치유될 수 없으리.'라고 하지 뭐야. 난 전혀 생각하지도 못했는데, 명확하게 해석했어. 맥베스는 의사에게 아내를 죽이라고 명령했지만 동시에 아내를 사랑하기도 했지. 두려움과 사랑 사이를 오가는 갈등을 아주 훌륭하게 소화했더라고. '그대는 결국 죽어야 하리.'라는 대사가 가슴에 와닿았어."

허미아의 말에 나는 냉담하게 말했다.

"막상 셰익스피어는 요즘 상연되는 자신의 작품을 보면 엄청 놀랄 거야."

"버베이지 극단도 셰익스피어가 살아 있을 당시 그의 정신을 상당히 왜곡했다고 들었네."

데이비드도 냉소적으로 말했다.

"연출가의 해석은 작가의 의도와 항상 부딪힐 수밖에 없어."

허미아가 중얼거리듯이 말했다.

"실제로는 베이컨이라는 사람이 셰익스피어의 극을 썼다고 하지 않았던가요?"

포피의 질문에 데이비드가 친절하게 설명해 주었다.

"그 이론은 요즘 한물 갔어. 그런데 베이컨이란 사람을 어떻게 알고 있지?"

"화약을 발명했잖아요."

포피가 자랑스럽게 말했다.

"하하, 내가 왜 이 여자를 사랑하는지 알겠지? 늘 예상치 못한 걸 알고 있다니까. 포피, 그 베이컨은 로저 베이컨이 아니라 프랜시스 베이컨이야."

"나는 필딩이 「세 번째 살인자」에서 한 연기가 흥미로워. 그런 일이 실제로 있었을까?"

허미아가 다시 화제를 돌렸다.

"아마 있었을 거야."

데이비드는 음료를 한 모금 마신 후 계속해서 말했다.

"무척이나 편리한 시대였다고 생각해. 처리하고 싶은 사람이 있을 때마다 손쉽게 살인자를 부를 수 있었으니 말이야. 요즘도 그럴 수 있다면 재미있을 텐데……."

"갱단이나 깡패들은 그렇게 하잖아."

허미아가 이의를 제기했다.

"깡패나 공갈범 같은 부류를 말하는 게 아니야. 그냥 누군가를 제거하고 싶어 하는 보통 사람을 말하는 거지. 사업상의 경쟁자라든지 부유하면서 목숨까지 긴 에밀리 고모, 아니면 늘 방해만 되는 바보 같은 남편을 없애고 싶을 때 해로즈 백화점에 전화를 걸어서 '여기 솜씨 좋은 살인자 두 명만 보내 주세요.'라고 할 수 있다면 얼마나 편리하겠어?"

우리는 모두 웃음을 터뜨렸다.

"하지만 그런 일들…… 실제로 가능하지 않나요?"

포피가 불쑥 말했다.

그러자 우리 세 사람의 시선이 동시에 그녀에게 향했다.

"어떻게 말이야?"

데이비드가 물었다.

"글쎄요, 내 말은…… 당신 말처럼 우리 같은 보통 사람들도 원한다면 가능하다는 거예요. 비용이 굉장히 비싼 것 같긴 하지만요."

포피의 크고 동그란 눈과 약간 벌어진 입은 여전히 순진해 보일 뿐이었다.

"그게 무슨 뜻이지?"

데이비드가 궁금해하며 물었다. 그러자 포피는 순간 당황한 표정이 되었다.

"오, 내가 또 뭘 헷갈렸나 봐요. '창백한 말'을 말한 건데……."

"창백한 말? 창백한 말이 뭐야?"

포피의 얼굴이 빨개지면서 시선을 떨구었다.

"내가 바보 같은 말을 했어요. 누군가 그런 말을 하는 걸 얼핏 들은 것 같은데……. 하지만 틀림없이 잘못 들었을 거예요."

"난 또……. 여기 후식이 맛있어. 한번 먹어 봐."

데이비드가 포피의 어깨를 다독이며 다정하게 말했다.

II

살면서 겪는 가장 이상한 일 중 하나가 어떤 이야기를 한 번 듣고 나서 24시간 이내에 우연히 그것을 다시 듣거나 마주치는 일이다. 다음 날 아침 나는 실제로 그런 상황과 맞닥뜨리게 되었다.

아침 일찍 전화벨이 울렸다.

"네, 플랙스먼 73841번입니다."

가쁜 숨소리가 전화선으로 들려오더니 다짜고짜 이렇게 말했다.

"생각해 봤는데, 갈게!"

무슨 소리인지 도무지 감이 오지 않았다.

나는 잠시 동안 머뭇거리다가 물었다.

"실례지만 누구신지……."

"한 번 벼락을 맞은 곳은 두 번 다시 맞지 않으니까."

"전화를 제대로 거신 건 맞나요?"

"물론이지. 당신 마크 이스터브룩이잖아."

"아, 알겠다! 올리버 부인이시군요."

그러자 올리버 부인이 놀란 목소리로 말했다.

"어머, 누군지 못 알아들은 거야? 그런 줄도 몰랐어. 로다의 바자회 이야기야. 가서 책에 사인하도록 할게."

"굉장히 상냥하시네요. 물론 로다도 무척 좋아할 거예요."

올리버 부인이 불안해하며 물었다.

"파티는 없겠지, 그렇지? 그런 거 알잖아. 사람들이 잔뜩 몰려들어서 지금 새 책을 쓰고 있는지 물어 대는 거 말이야. 내가 그 순간 글을 쓰고 있는 게 아니라 진저에일이나 토마토 주스를 마시고 있는 것을 빤히 보면서도 그래. 그러고는 내 책을 좋아한다고 말하지. 물론 기분은 좋지만 어떤 대답을 해야 할지 전혀 모르겠어. '기뻐요.'라고 말하면, '당신을 만나서 기뻐요.'처럼 들려. 좀 고리타분한 대사잖아. 설마 사람들이 나한테 '분홍색 말'에 가서 술을 먹자고 하지는 않겠지?"

"분홍색 말이라뇨?"

"아, '창백한 말'이 맞아. 술집이야. 난 술은 정말 못 마셔. 바에 가서 맥주 정도는 마실 수 있지만 금세 어지러워져서 정신을 차릴 수 없다니까."

"왜 창백한 말이라고 하는 거예요?"

"아마 거기에 그런 이름의 술집이 있을걸. 아니면 분홍색 말이었나? 다른 곳일 수도 있겠다. 내가 상상해 낸 것일 수도 있고. 난 제법 여러 가지 것을 상상해 내곤 하거든."

"앵무새는 어떻게 정리하셨어요?"

"앵무새?"

올리버 부인의 목소리가 아득하게 들렸다.

"그럼 크리켓 공은요?"

"당신 미쳤거나 술에 취해 제정신이 아닌 모양이지. 창백한 말 이야기를 하다가 난데없이 앵무새와 크리켓 공이라니⋯⋯."

올리버 부인이 전화를 끊었다.

전화벨이 다시 울린 건 여전히 두 번째 들은 '창백한 말'에 대해 생각하고 있을 때였다.

이번에는 소머스 화이트 씨였다. 유명한 변호사인 그가 내게 전화를 한 이유는, 대모였던 레이디 헤스케스 드보아의 유언에 따라 내게 그림 세 점을 선택할 권리가 주어졌다는 걸 알려 주기 위해서였다. 소머스 화이트 씨가 변호사다운 암울한 어조로 말했다.

"물론 눈에 띄게 값비싼 그림은 없습니다. 하지만 언젠가 당신이 그중 몇몇 그림을 보고 칭찬했다고 들었습니다."

"이것에 대해서 이미 편지로 알려 주신 것 같은데, 제가 그만 잊어버린 것 같습니다. 인도의 풍경을 그린 매력적인 수채화가 몇 점 있었지요?"

"그랬던 것 같군요. 유언장의 검증이 이제 끝났습니다. 제가 유언 집행인 중 한 명으로서 고인 소유의 런던 집을 처분할 준비를 하고 있습니다. 혹시 가까운 장래에 엘즈미어 스퀘어에 오실 수 있다면⋯⋯."

"바로 가겠습니다."

역시 일을 하기에는 적합하지 않은 아침이었다.

나는 직접 고른 수채화 세 점을 옆에 끼고 엘즈미어 스퀘어를 나오다 정문 앞 계단을 올라오던 사람과 부딪쳤다. 사과를 주고받고 난 뒤 지나가는 택시를 잡으려다가 갑자기 머릿속에 뭔가 떠올라서 몸을 홱 돌리며 물었다.

"잠깐, 혹시 코리건 아닌가?"

"아, 그래 맞아. 마크 이스터브룩이군!"

짐 코리건과 나는 옥스퍼드 시절을 함께한 친구였다. 하지만 서로 얼굴을 못 본 지 15년이 넘었다.

"아는 사람 같긴 한데, 긴가민가하더라고. 자네가 쓴 기사를 가끔 읽었어. 재미있더군."

코리건이 말했다.

"자넨 어때? 연구를 계속 하고 있나?"

내 질문에 코리건이 한숨을 내쉬었다.

"아니. 사실 새로운 이론을 발견하거나 그것에 대해 계속 연구하려면 돈이 많이 들지. 만만한 백만장자나 손쉬운 재단을 찾아내지 않는 한은 어렵다네."

"간질증(소, 양 등의 쓸개관에 발생하는 질병으로 사람에게도 발생한다 — 옮긴이)이었던가?"

"굉장한 기억력이군! 간질증은 그만뒀어. 요즘 내 관심사는 맨더
린 선(腺) 분비물의 특성이야. 그런 분비선에 대해서는 아마 들어
본 적도 없을 거야! 비장(脾臟)에 연결되어 있는데, 별다른 기능이
없기는 해."

코리건이 과학자다운 열정을 드러내며 말했다.

"그럼 뭐가 굉장해서 연구하는 거지?"

"내 이론은 그 분비선이 인간의 행동에 어떤 영향을 끼친다는 거
야. 자동차 브레이크 속에 든 유액 같은 역할을 한다고 할 수 있지.
유액이 없으면 브레이크가 작동하지 않잖아. 단지 이론일 뿐이지만
인간에게 이 분비물이 결핍되면 범죄자가 될 가능성도 있다고 난
생각하거든."

나는 코리건의 말에 휘파람을 불었다.

"그럼 인간의 원죄는 어떻게 되는 거지?"

"그건 그래. 목사들은 좋아하지 않을 거야, 그렇지? 불행한 얘기
지만, 다른 사람들은 내 이론에 그다지 관심을 갖지 않더라고. 그래
서 지금은 북서부 경시청에서 법의학자로 일하고 있어. 꽤 재미있
는 일이야. 다양한 범죄자 유형을 볼 수 있거든. 하지만 일 얘기로
자네를 지루하게 해서는 안 되겠지? 같이 점심이나 먹으러 가지 않
겠나?"

"그러고 싶군. 하지만 자네는 방금 저 집으로 들어가려던 참이 아
니었나?"

나는 코리건의 뒤쪽에 있는 집을 턱으로 가리켰다.

"꼭 그런 건 아냐. 초대받지도 않았으니까 말이야."

"저기에는 관리인 말고는 아무도 없어."

"그러리라 생각했어. 하지만 죽은 헤스케스 드보아 부인에 대해 뭐라도 알아낼 게 있을까 해서 말이야."

"관리인보다는 내가 더 많이 알려 줄 수 있을 거야. 내 대모님이 셨거든."

"정말이야? 이거 기쁜 소식인걸. 어디 가서 뭐 좀 먹을까? 라운즈 스퀘어에 조그만 레스토랑이 있어. 대단하지는 않지만 해물 수프는 맛있게 만들지."

나는 코리건과 함께 조그만 레스토랑에 들어가 자리를 잡았다. 프랑스 해군 바지를 입은 얼굴빛이 창백한 젊은이가 김이 모락모락 나는 수프를 가져다주었다.

내가 수프 맛을 보며 말했다.

"맛있군. 그런데 내 대모님에 대해 뭘 알고 싶은 거야? 그리고 왜 알고 싶어 하는 건데?"

"이유를 말하자면 제법 길어. 먼저 부인이 어떤 사람이었는지 말 해 주게."

코리건의 말에 나는 잠시 생각한 뒤 입을 열었다.

"빅토리아 시대에 어울리는 고풍스러운 타입이야. 이름이 알려지지 않은 외딴 섬의 총독을 지낸 남자의 미망인이지. 돈도 많았고 사치를 즐겼어. 겨울에는 에스토릴 같은 해외에서 지냈지. 저택 안에

는 빅토리아 풍 가구와 장식이 화려한 빅토리아 풍 은식기로 가득
해. 아이가 없는 대신 말 잘 듣는 푸들 강아지 두 마리를 끔찍하게
사랑했지. 또 독선적이고 완고한 보수 당원이었어. 친절하지만 독재
적이었고, 자기 방식이 확고했어. 더 알고 싶은 게 있나?"

"그 정도면 된 것 같네. 혹시 부인이 생전에 협박을 당했을 가능
성이 있나?"

"협박? 그런 건 상상조차 할 수 없는 일이야. 어째서 그런 걸 묻는
거지?"

나는 깜짝 놀라 물었다. 그리고 그때 처음으로 고먼 신부의 살인
사건을 둘러싼 이야기를 듣게 되었다.

나는 스푼을 내려놓으며 물었다.

"그 이름이 적힌 목록 말인데, 갖고 있어?"

"원본은 아니지만 복사해서 갖고 있네. 이거야."

나는 코리건이 호주머니에서 꺼낸 종이를 받아들고 꼼꼼히 살펴
보았다.

"파킨슨? 파킨슨이라면 두 명을 알아. 해군에 들어간 아서 파킨슨
과 행정부에 들어간 헨리 파킨슨. 오메로드? 근위기병대에 오메로
드 소령이 있지. 샌드포드는 어릴 때 교구 목사가 샌드포드였어. 하
몬즈워스? 아는 사람이 없군. 터커튼?"

나는 순간적으로 말을 멈췄다.

"터커튼이라…… 설마 토마시나 터커튼은 아니겠지?"

코리건이 궁금한 눈으로 나를 바라보았다.

"가능성은 있지. 누군데? 뭐 하는 사람이야?"

"지금은 아무 일도 안 해. 일주일 전쯤에 신문에 부고가 났더군."

"그렇다면 큰 도움은 안 되겠군."

나는 목록을 계속 읽어내려 갔다.

"쇼? 쇼라는 이름의 치과 의사를 알아. 그리고 왕실 고문 변호사인 제롬 쇼라는 사람도 알고 있지. 델라폰테인은 최근에 들은 적이 있는데, 어디서였는지 기억이 안 나는군. 코리건? 혹시 자네를 말하는 건가?"

"그렇지 않기를 간절히 바라고 있네. 그 목록에 이름이 오르는 건 왠지 불길하거든."

"그렇겠지. 그런데 이 목록에 이름이 있는 사람들이 협박을 받았다는 건가?"

"정확히 말하자면 그건 르죄느 경감님의 생각이야. 현재로서는 그것이 가장 그럴듯해 보여. 물론 다른 가능성도 많지. 마약 밀매업자의 목록일 수도 있고, 마약 중독자 혹은 비밀 요원의 목록일 수도 있어. 사실 뭐라도 가능하지 않겠나? 하지만 한 가지 확실한 건, 그걸 빼앗기 위해 살인을 저지를 만큼 중요한 단서라는 거야."

"경찰 수사에 항상 그렇게 관심을 갖나?"

내가 불쑥 묻자 코리건이 고개를 가로저었다.

"꼭 그렇진 않아. 내 관심사는 범죄자의 심리야. 배경이나 성장 과정, 그리고 호르몬의 기능 같은 거 말이야!"

"그럼 왜 이 사건에는 관심을 갖는 거지?"

"나도 그게 궁금해. 아마 내 이름이 거기 적혀 있어서 그렇겠지? 코리건이여, 일어나라! 코리건이 또 다른 코리건을 구하는 거지."

"구한다고? 그럼 자네는 이 목록을 범죄자 목록이 아니라 희생자 목록이라고 보고 있군. 어찌 됐든 둘 중 하나인 게 확실하지?"

"자네 말이 맞아. 내가 이 목록을 희생자 명단이라고 확신하는 게 이상하겠지만, 아마 고면 신부님이 관련되어서 그럴 수도 있어. 자주 마주친 적은 없지만 그는 분명히 좋은 사람이었고 교구민에게도 많은 사랑을 받았어. 또 씩씩한 기개도 높이 살 만했지. 신부님이 이걸 놓고 심각한 고민에 빠졌을 거라는 생각이 머릿속에서 지워지지 않는단 말이지."

"경찰 수사에는 진척이 없나?"

"응. 시간이 오래 걸릴 것 같아. 여기저기 캐고는 있어. 그날 밤 신부님을 부른 죽은 여자의 전력도 알아보고 있는 중이야."

"어떤 여자야?"

"미심쩍은 점은 전혀 없어. 미망인인데, 남편이 경마와 관련되어 있지 않을까 추측했지만 그런 것 같지는 않아. 그녀는 소비자 조사를 하는 조그만 회사에서 일했어. 문제가 될 만한 건 전혀 없더군. 작지만 평판이 좋은 회사였고, 직장 사람들은 죽은 여자에 대해 거의 모르고 있었어. 여자는 북부 랭커셔 출신이야. 한 가지 이상한 점은 개인 소지품이 거의 없다는 거야."

나는 어깨를 으쓱했다.

"우리가 생각하는 것 이상으로 훨씬 많은 사람들이 그렇게 살아.

외로운 세상이거든."

"그건 자네 말이 맞아."

"어쨌거나 손을 대기로 작정한 거지?"

"그냥 여기저기 냄새나 맡고 다니는 거야. 헤스케스 드보아는 흔한 이름이 아니라서 혹 그 부인에 대해 조금이라도 알아낸다면 어떤 단서가 되지 않을까 생각했는데……."

코리건은 말끝을 흐리더니 이내 실망한 듯이 말했다.

"하지만 자네 말을 들어 보면 별로 그럴듯한 단서가 보이지도 않는군."

"마약 중독자거나 마약 밀매업자는 아니야. 비밀 요원이 아닌 것도 확실해. 협박과는 거리가 먼 삶을 살았어. 내 머리로는 대모의 이름이 올라갈 만한 불법 리스트는 상상할 수가 없어. 보석은 은행에 모두 맡겨 두었으니 강도가 노릴 리도 없지."

"다른 헤스케스 드보아는 없어? 아들은 없나?"

"아이는 없어. 남자 조카와 여자 조카가 하나씩 있었던 것 같아. 하지만 그 이름은 아니야. 남편이 독자였거든."

코리건은 얼굴을 찡긋하더니 그래도 많은 도움이 되었다고 했다. 그러고는 시계를 보더니 해야 할 검시가 있다며 자리에서 일어났다.

코리건과 헤어진 나는 생각에 잠겨 집으로 돌아왔다. 일에 집중하려 애서 봤지만 불가능했다. 결국 충동적으로 데이비드 아딩글리에게 전화를 걸었다.

"데이비드? 나 마크일세. 전날 밤에 자네랑 같이 있었던 포피라는 아가씨의 성이 뭐지?"

"내 여자 친구한테 집적거리려는 거야?"

굉장히 재미있어 하는 목소리였다.

"자넨 여자 친구가 굉장히 많잖아. 하나쯤은 나한테 양보해도 되지 않겠어?"

내가 지지 않고 되받아쳤다.

"이봐, 자네 역시 여자 친구가 있잖아. 그녀와 진지한 교제를 하고 있다고 생각했는데……."

'진지한 교제'란 말은 참 싫은 말이다. 하지만 그거야말로 적절한 표현이라는 생각이 들었다. 허미아와 내 관계를 너무나 잘 묘사한 말이기 때문이다. 그런데 그 말이 내 기분을 울적하게 만들었다. 마음 한구석에서는 언젠가 허미아와 결혼할 거라고 늘 생각해 왔는데……. 다른 누구보다도 그녀를 좋아하고 있다. 우리는 공통점도 많고…….

하지만 아무런 이유도 없이 나는 몹시 끔찍한 기분이 들었다. 우리의 미래가 훤히 보였다. 허미아와 나는 진지한 연극을 같이 보러 다니고, 예술과 음악에 대해 깊이 있는 토론을 할 것이다. 거기에는 의심의 여지가 없었다. 허미아는 완벽한 동반자였다.

'하지만 별로 재미있지는 않아.'

무의식 속에서 조그만 악마가 불쑥 튀어나와 조롱하듯 말하자 나는 큰 충격을 받았다.

"잠이라도 들었나?"

수화기 저편에서 데이비드가 물었다.

"물론 아니지. 솔직히 말하자면 난 자네 여자 친구가 대단히 신선하게 느껴져."

"멋진 말이군. 실제로도 그래. 조금씩만 맛보면 말이야. 진짜 이름은 파멜라 스털링이야. 그리고 메이페어에 있는 꽃 가게에서 일해. 죽은 나뭇가지 세 개에 꽃잎을 뒤로 젖힌 튤립 하나, 그리고 얼룩덜룩하게 만든 월계수 이파리로 예술 작품을 흉내 내지. 그래도 가격은 3기니나 해."

데이비드는 주소도 알려 주더니 인정 많은 아저씨처럼 말했다.

"데리고 나가서 기분 전환 좀 시켜 줘. 굉장히 편안한 기분이 될 거야. 포피는 아는 게 정말 없거든. 머리가 텅텅 비었지. 자네가 하는 말은 뭐든지 믿을 거야. 그래도 정숙한 여자니까 이상한 생각은 하지 마."

IV

나는 약간 긴장한 상태로 꽃 가게들이 늘어선 거리로 들어섰다. 치자나무의 자극적인 향기 때문에 쓰러질 것만 같았다. 연녹색 나뭇잎이 그려진 옷을 입은 여자들이 많았는데, 모두 포피와 비슷해 보여서 혼란스러웠다. 마침내 포피가 내 시야에 들어왔다. 주소를 적는 중이었는데, 포테스큐 크레센트의 철자를 몰라 난처한 표정을 짓고 있었다. 그 뒤에는 5파운드 지폐를 받고 잔돈을 거슬러 줘야 하는 더 심각한 난관에 봉착했다. 어렵사리 그 일이 끝나는 것을 보고 나서야 나는 포피에게 아는 척을 했다.

"전에 만난 적이 있는데, 데이비드 아딩글리와 함께였죠."

나는 포피가 기억하기 쉽게 도와주었다.

"아, 그래요!"

포피가 다정하게 고개를 끄덕였다. 하지만 시선은 모호하게 내 머리 위를 향한 채였다.

"저, 묻고 싶은 게 있어요."

그렇게 말을 꺼냈으나 나는 갑자기 불안해져서 화제를 돌렸다.

"여자 친구에게 어떤 꽃을 선물하는 게 나을까요?"

"아름다운 장미가 있어요. 오늘 들어온 거라 싱싱해요."

포피는 작동 버튼이 눌러진 자동 인형처럼 말했다.

"이 노란 장미를 말하는 건가요? 얼마죠?"

어디서나 흔하게 볼 수 있는 장미였다.

"아주 싸요. 한 송이에 겨우 5실링인걸요."

포피가 장사꾼처럼 달콤한 목소리로 말했다. 나는 침을 꿀꺽 삼키고 여섯 송이를 달라고 했다.

"이 멋진 나뭇잎도 함께 포장해 드릴까요?"

나는 포피가 가리킨 시들한 나뭇잎을 의심스러운 눈초리로 쳐다보았다. 결국 나는 밝은 녹색의 아스파라거스를 골랐고, 그 덕분에 포피에게 점수를 조금 깎이고 말았다.

"묻고 싶은 게 좀 있어요."

포피가 서툰 손놀림으로 장미 주위에 아스파라거스를 늘어뜨리는 동안 내가 다시 말을 꺼냈다.

"그날 저녁에 당신이 창백한 말에 대해 언급했잖아요."

포피가 움찔하더니 장미와 아스파라거스를 바닥에 떨어뜨렸다.

"그 얘기를 더 해 줄 수 있어요?"

포피가 꽃을 줍기 위해 구부렸던 허리를 똑바로 폈다.

"뭐라고 하셨죠?"

"창백한 말에 대해 묻고 있는 거예요."

"창백한 말이라니요? 그게 무슨 소리예요?"

"전날 저녁에 당신이 말했잖아요."

"그런 말 한 적 없어요! 그런 건 들어 본 적도 없다고요."

"분명히 당신에게 그것에 대해 말해 준 사람이 있을 거예요. 그게 누구였어요?"

포피가 깊이 숨을 들이쉰 다음 매우 빠르게 말했다.

"무슨 말을 하는 건지 전혀 모르겠어요! 그리고 우리는 규칙상 손님들과 오랫동안 얘기를 나눌 수 없어요."

포피는 내가 고른 꽃을 급히 포장했다.

"35실링입니다."

나는 2파운드짜리 지폐를 건네주었다. 포피는 6실링을 내 손 안에 밀어넣고는 재빨리 다른 손님에게로 가 버렸다. 그녀의 손이 살짝 떨리고 있었다는 걸 알 수 있었다.

나는 가게를 천천히 걸어 나왔다. 얼마 걷지 않아서 나는 그녀가 가격을 잘못 불렀고(덩굴 아스파라거스는 7실링 6펜스였다.), 거스름 돈까지 너무 많이 줬다는 걸 깨달았다. 먼저 손님과는 반대였다.

사랑스럽지만 백치미가 느껴지는 얼굴과 커다란 푸른 색의 눈을 다시 한 번 떠올려 보았다. 두 눈에 뭔가가 드러났었다.

"두려워해. 겁에 질려 있었어……. 하지만 왜? 어째서지?"

제5장

마크 이스터브룩의 이야기

I

"휴, 별일 없이 끝났다고 생각하니 얼마나 안심이 되는지 몰라!"

올리버 부인이 한숨을 내쉬며 말했다.

느긋한 휴식 시간이었다. 로다의 교회 바자회는 바자회다운 방식
으로 진행되었다. 이른 아침에는 변덕스러운 날씨 때문에 엄청나게
걱정했다. 상품 진열대를 바깥에 설치할지, 아니면 헛간이나 대형
천막에 설치할지에 대해 상당히 오랜 시간 토론이 오고 갔다. 그런
뒤에는 차 대접이나 농산물 진열대 설치 등에 대해서도 다양하고
열띤 논쟁이 벌어졌다. 로다는 그 모든 것을 솜씨 좋게 풀어 나갔다.
귀엽지만 버릇없는 강아지는 집 안에 얌전히 갇혀 있는 대신 몇 번
이고 밖으로 달아났다. 이런 커다란 행사에서 강아지들이 늘상 하
기 마련인 행동들을 어김없이 보여 준 것이다.

얼마 뒤에는 모피로 온몸을 감싼 예쁘장한 여배우가 도착해서 바자회의 시작을 알렸다. 그녀는 자기 몫을 그런 대로 잘해 냈지만 뜬금없이 난민들에 대한 감동적인 말을 몇 마디 덧붙임으로써 모두를 곤혹스럽게 했다. 바자회의 목적이 난민 구호가 아니라 교회 탑 복구에 있었기 때문이었다. 술 판매는 대단히 성공적이었다. 항상 그렇듯이 거스름돈이 부족해서 애를 먹었다. 티타임에는 사람들이 한꺼번에 천막 안으로 몰려들어 자기 몫을 받으려는 통에 난장판이 되었다.

　마침내 평화로운 저녁 시간이 찾아왔다. 헛간에서는 여전히 댄스 공연이 계속되고 있었고 불꽃놀이와 모닥불이 남아 있었다. 하지만 피곤한 주최자들은 대부분 집으로 돌아갔다.

　우리는 거실에서 차갑게 식은 음식들로 간단히 식사를 했다. 한동안 모두들 자기 생각만 늘어놓고 남의 말은 그다지 귀담아 듣지 않는 다소 산만한 대화를 나누었다. 온통 뒤죽박죽이었지만 편안했다. 풀려난 개들은 식탁 밑에서 행복하게 뼈다귀를 물어뜯었다.

　"지난해 어린이 돕기 행사 때보다 더 많이 모인 것 같아."

　로다가 뿌듯한 표정으로 말했다.

　"마이클 브렌트가 3년 연속으로 보물찾기에서 이기다니 참 이상해. 혹시 사전에 정보를 얻은 게 아닐까?"

　스코틀랜드 출신 가정 교사인 매컬리스터 양이 말했다.

　"브룩뱅크 부인은 우승 상품으로 받은 돼지가 맘에 들지 않았나봐. 무척 당황해하던걸."

로다가 말했다.

그곳에 모인 사람은 내 사촌인 로다와 로다의 남편인 디스퍼드 대령, 맥킬리스터 양, 진저라는 이름과 딱 어울리는 빨간 머리를 가진 아가씨, 올리버 부인, 교구 목사인 케일럽 데인 캘스롭과 그의 아내였다. 데인 캘스롭 목사는 매력적이고 나이 지긋한 학자풍의 사람으로, 평소 고전에서 적절한 인용문을 찾아내는 걸 가장 즐거워했다. 가끔 듣는 사람을 당혹시키거나 대화를 끊기도 하지만, 요즘엔 다들 당연하게 받아들이고 있다. 목사 스스로도 낭랑하게 라틴어를 읊는 것보다 적절한 인용문을 찾아낸 것 자체에 만족하는 것처럼 보였다.

"호라티우스가 말하길⋯⋯."

데인 캘스롭 목사가 테이블을 둘러보며 말했다.

여느 때와 다름없이 잠시 말이 끊어졌지만 곧 다시 이어졌다.

"내 생각에는 호스폴 부인이 샴페인 병에 사기를 친 것 같아요. 부인의 조카가 그 병을 갖고 갔지만 말이에요."

진저가 생각에 잠겨 말했다.

눈이 예쁜 데인 캘스롭 부인은 가끔 상대방을 당황시키는 질문을 하곤 했는데, 생각에 잠긴 표정으로 올리버 부인을 응시하다가 불쑥 질문을 했다.

"이번 바자회에서도 무슨 일이 일어날 거라고 생각하셨나요?"

"글쎄요, 살인이나 그 비슷한 걸 말씀하시는 거예요? 하지만 왜 그걸 묻는 거죠?"

데인 캘스롭 부인은 흥미 있는 표정이었다.

"딱히 이유가 있는 건 아니에요. 사실 아무 사건도 일어나지 않았고요. 하지만 지난번에 참가했던 바자회에서는 일어났잖아요."

"알겠어요. 그 일 때문에 많이 놀랐었나 보군요."

"네, 대단히."

데인 캘스롭 목사가 주제를 라틴 쪽에서 그리스 쪽으로 바꾸었다.

잠시 말이 다시 끊겼고, 곧 맥컬리스터 양이 오리 복권에 대해 강한 의혹을 제기했다.

디스퍼드 대령이 말했다.

"킹스 암스의 루그가 술 판매 코너에 열두 박스나 되는 맥주를 보낸 거 알아요? 굉장히 고마운 일이에요."

"킹스 암스?"

내가 날카롭게 물었다.

"동네 술집 이름이야."

로다가 친절하게 설명해 주었다.

"이 근방에 술집이 또 하나 있지 않나요? '창백한 말'이라고 했었죠, 올리버 부인?"

내가 올리버 부인을 돌아보며 물었다.

그러나 내가 반쯤 예상했던 반응은 전혀 나타나지 않았다. 나를 돌아보는 얼굴들은 하나같이 멍하고 무관심했다.

"창백한 말은 술집이 아니야. 그러니까 내 말은 지금은 아니란 뜻이야."

로다가 말했다.

"오래된 여인숙이거든요. 물론 술도 팔았지. 하지만 그것도 16세기에나 그랬을 거예요. 지금은 그냥 보통 집입니다. 집 이름을 바꾸는 게 나았을 텐데……."

디스퍼드 대령의 말에 진저가 큰 소리로 반박했다.

"아니에요. 그 집을 '길가에 있는 집'이나 '경치가 좋은 집' 따위로 부른다면 정말 바보 같을 거예요. '창백한 말'이 훨씬 더 나아요. 게다가 멋진 여인숙 간판까지 그대로 있잖아요. 그 사람들이 액자에 넣어서 홀에 걸어 놨더군요."

"그 사람들이라뇨?"

내가 호기심 가득한 표정으로 묻자 로다가 말했다.

"집주인은 사이어자 그레이야. 오늘 안 만났어? 짧은 회색 머리를 한 키가 큰 여자였는데."

"그 여자는 굉장히 불가사의해요. 강신술, 영매술, 주술 따위에 미쳐 있거든요. 위령 미사(죽은 이를 위해 사제가 검은 제의를 입고 드리는 미사 — 옮긴이) 같은 건 아니지만, 뭐 비슷한 종류지."

디스퍼드 대령이 말했다. 그 순간 진저가 갑자기 크고 낭랑하게 웃음을 터뜨렸다. 그러고는 곧 사과했다.

"미안해요. 그레이 씨가 몽테스팡 부인(루이 14세의 애인 — 옮긴이)처럼 검은 벨벳 제단 앞에 서 있는 걸 상상했거든요."

"진저! 목사님 앞에서 그러면 안 돼요."

로다가 주의를 주었다.

"죄송해요, 데인 캘스롭 목사님."

"괜찮아요."

데인 캘스롭 목사가 미소 띤 얼굴로 너그럽게 대답했다. 그리고 얼마간 그리스 고전에 대해 이야기했다.

"고대인들은……."

존중을 표하기 위해 잠시 조용히 들은 다음, 나는 다시 질문 공격에 들어갔다.

"'그 사람들'이 대체 누구인지 전 여전히 궁금합니다만. 그레이 씨랑 또 다른 누구 말인가요?"

"아, 같이 사는 친구들이 있거든요. 시빌 스탬포디스는 영매인 것 같아요. 아마 당신도 봤을 거예요. 구슬을 주렁주렁 달고 다니니까요. 이유는 모르겠지만 가끔은 사리를 입기도 해요. 인도에 가 본 적도 없으면서요."

"그리고 벨라도 있고요. 그 집 요리사 겸 영매예요. 리틀 더닝이란 마을 출신인데, 거기서도 주술로 상당한 명성을 얻었다고 하더군요. 집안 내력이래요. 어머니 역시 영매였고요."

데인 캘스롭 부인이 사실을 전달한다는 듯한 태도로 말했다.

"주술이나 마법을 믿으시는 것 같군요, 데인 캘스롭 부인?"

"당연하지요! 은밀하거나 신비로울 것도 없어요. 물려받은 재산 같은 것이죠. 아이들은 그 집 고양이를 괴롭히지 말라는 주의를 받고, 때때로 치즈나 집에서 만든 잼을 갖다 주기도 하죠."

나는 미심쩍은 마음으로 데인 캘스롭 부인을 바라보았다. 하지만 그녀는 상당히 진지했다.

로다가 미소 지으며 말했다.

"시빌은 오늘 점집을 열어 우리를 도와줬어. 녹색 텐트에 있던 게 그녀야. 내 생각에는 꽤 재능이 있는 것 같아."

진저가 말했다.

"제게도 멋진 예언을 해 주더군요. 수중에 돈이 들어오고, 외국에서 온 잘생긴 남자를 만난대요. 그리고 남편은 둘에, 아이는 여섯이래요. 정말이지 너무 후해요."

로다가 말했다.

"나는 커티스 가의 딸이 낄낄대며 나오는 걸 봤어요. 남자 친구에게 굉장히 엄한 표정으로 이 세상에 남자가 당신 하나만 있을 거란 생각은 하지도 말라고 하더군요."

"불쌍한 톰! 그래, 그가 뭐라고 대꾸했지?"

디스퍼드 대령이 놀라며 물었다.

"톰은 '내 점괘는 너한테 말하지 않을래. 아마 별로 네 맘에 들지 않을 거야!'라고 하던데."

"잘했군."

"늙은 파커 부인은 상당히 언짢아했어요. '몽땅 바보 같은 소리야! 둘 다 저런 건 한 마디도 믿지 마.'라고 말하더군요. 그러자 크립스 부인이 큰 소리로 화를 냈어요. '리지, 그런 소리 하지도 마! 스탬포디스 양은 남이 못 보는 걸 볼 줄 알아. 그레이 양은 사람이 언제 죽는지 날짜까지 맞출 수 있고, 한 번도 틀린 적이 없어! 난 때때로 소름까지 돋는다니까.' 그러자 파커 부인이 '어쨌거나 난 저 세 사람의 기분을 상하게 하고 싶지는 않아. 그런 일은 하지 않을 테니 걱정 마!'라고 말하더군요."

진저가 낄낄거리며 말했다.

"굉장히 흥미진진하네요. 그 세 사람을 만나 봤으면 좋았을 텐데……."

올리버 부인이 아쉬워하며 말했다.

"내일 만나게 해 드리지요. 그 오래된 여인숙은 정말 봐 둘 만합니다. 원래 상태를 망치지 않은 채로 가능한 한 편안하게 개조했으니까요."

디스퍼드 대령이 약속했다.

"내일 아침에 사이어자에게 전화를 걸게요."

로다도 말했다.

나는 다소 김빠진 기분으로 잠자리에 들었다. 미지의 사악한 존재라고 어렴풋이 생각하고 있던 창백한 말이 전혀 그렇지 않은 것으로 밝혀졌다. 물론 다른 어딘가에 창백한 말이 또 있다면 모르지만! 잠들 때까지 나는 창백한 말에 대해 몇 번이고 곱씹었다.

II

다음 날은 일요일이었으므로 파티 후의 느긋한 분위기가 감돌았다. 잔디밭에는 천막과 텐트가 아침 바람에 펄럭거리며 어서 철거

해 주길 기다리고 있었다. 손상된 곳은 없는지 살펴보고 주변 청소
도 해야 했다. 하지만 로다는 오늘은 웬만하면 쉬면서 밖에서 시간
을 보내는 게 낫겠다고 했다. 현명한 판단이었다.

우리는 모두 교회에 가서 데인 캘스롭 목사의 설교를 들었다. 이
사야 서에서 발췌한 구절에 대한 학자다운 설교는 너무나 학술적이
라서 설교라기보다는 페르시아 역사를 강연하는 것 같았다.

예배가 끝나자 로다가 말했다.

"비너블스 씨와 점심을 먹을 예정이야. 그분을 좋아하게 될 거야,
마크. 굉장히 재미있는 분이거든. 안 가 본 곳이 없고, 안 해 본 일이
없대. 그래서인지 온갖 종류의 이상한 일들을 다 알아. 3년 전에 프
라이어스 코트라는 저택을 샀는데, 그걸 고치는 데 쏟아 부은 돈이
어마어마하대. 하지만 급성 소아마비로 인한 반신 불수라서 휠체어
를 타고 있어. 예전에는 대단한 여행가였다는데, 굉장히 안된 일이
지. 물론 돈이 넘칠 만큼 많기 때문에 크게 불편하지는 않아. 그래서
집도 그렇게 꾸밀 수 있었겠지. 그전에는 거의 쓰러져 가는 폐허였
는데 말이야. 지금은 멋진 가구와 물건들로 가득해. 요즘 비너블스
씨는 경매가 가장 큰 관심사래."

프라이어스 코트는 교회에서 겨우 몇 킬로미터 떨어져 있는 큰
저택이었다. 차가 도착하자, 주인이 휠체어를 타고 나와서 우리를
반겨 주었다.

"이렇게 찾아주시다니 정말 고맙습니다. 어제 행사로 굉장히 지
쳤을 텐데 말입니다. 어제 바자회는 전체적으로 굉장히 성공적이었

어요, 로다."

집주인인 비너블스가 친절하게 말했다.

비너블스는 대략 50세쯤 된 남자로, 매처럼 생긴 마른 얼굴에 툭 튀어나온 매부리코가 조금은 오만해 보였다. 하지만 옷차림은 무척 고풍스러웠다.

로다가 비너블스에게 우리를 소개했다.

비너블스는 올리버 부인에게 미소를 지으며 말했다.

"어제도 만났지요? 사인을 여섯 권이나 받았어요. 크리스마스 선물을 여섯 개나 마련한 셈이지요. 당신 책은 굉장합니다, 올리버 부인. 작품을 더 많이 써 주세요. 아무리 많아도 모자라니까요."

진저에게는 매너 좋게 씩 웃어 보였다.

"이 젊은 숙녀분은 하마터면 살아 있는 오리로 날 넘어뜨릴 뻔했지요."

그런 다음 나를 쳐다보고는 진지하게 말했다.

"지난 달 《리뷰》에 실린 기사를 재미있게 읽었습니다."

로다가 고마움을 표했다.

"바자회에 직접 와 주셔서 얼마나 고마웠는지 몰라요, 비너블스 씨. 기부금을 후하게 보내 주셔서 와 주시는 건 바라지도 못했는데 말이에요."

"오, 나는 바자회를 좋아해요. 영국식 전원 생활의 일부지요, 그렇지 않나요? 어제는 고리 던지기 놀이에서 얻은 끔찍한 큐피 인형을 쥐고 돌아왔습니다. 우리 시빌로부터 호화롭지만 결코 실현될 것 같지 않은 멋진 예언도 들었어요. 시빌은 반짝거리는 터번에 1톤은 됨 직한 가짜 이집트 구슬을 잔뜩 걸치고 있더군요."

"좋은 사람이지요. 오늘 오후에는 그 댁을 방문해서 차를 마실 예정입니다."

디스퍼드 대령이 말했다.

"'창백한 말'을 말씀하시는 건가요? 여인숙으로 남아 있었으면 훨씬 좋았을 텐데……. 왠지 신비스럽고 사악한 과거의 역사가 느껴지는 곳이에요. 바다 가까운 곳이 아니니 밀수와 관계가 있을 리는 없고, 혹시 노상 강도들의 쉼터가 아니었을까요? 아니면 돈 많은 여행자가 하룻밤 묵어 갔는데 다시는 그를 볼 수 없었다든지. 그 노처녀들이 사람이 살 만한 집으로 바꾸고 나니 어느 정도 그런 분위기가 옅어진 것은 사실입니다."

로다가 반박하듯 큰 소리로 말했다.

"오, 저는 그 세 사람을 결코 그런 식으로는 생각할 수가 없어요! 시빌 스탬포디스는 어쩌면, 사리와 구슬들을 걸치고 다니는 거나, 가끔 다른 사람의 머리 주위에서 영기(靈氣)를 본다고 하는 거나, 조금은 우스꽝스러운지도 몰라요. 하지만 사이어자한테는 두려움을 불러일으키는 뭔가가 있어요. 동의하지 않으세요? 내 생각을 읽는 것 같다니까요. 투시력이 있다는 말을 자기 입으로 하지는 않았지만 모두 그렇다고 말하더군요."

"그리고 벨라는 노처녀와는 거리가 멀어요. 남편 둘을 먼저 보냈으니까요."

디스퍼드 대령이 덧붙였다.

"저런, 그녀에게는 진심으로 사과해야겠네요."

비너블스가 웃으면서 말했다.

"그녀에게는 이웃 사람들의 악의적인 해석이 늘 따라다녀요. 남편들이 기분 나쁘게 굴었는데, 벨라가 노려보자 시름시름 앓다 죽어 버렸다는 겁니다!"

디스퍼드 대령이 말했다.

"당연한 일이네요, 제가 깜빡했군요, 그녀는 이 동네의 마녀였죠?"

"데인 캘스롭 부인의 말에 의하면 그렇죠."

"주술이란 흥미로운 거죠. 전 세계에 걸쳐 다양한 모습으로 존재하죠. 내가 동아프리카에 있을 때였는데……."

비너블스는 그 주제를 쉽고 재미있게 풀어 나갔다. 아프리카의 주술사와 보르네오의 거의 알려지지 않은 의식에 대해서도 이야기했다. 게다가 점심을 먹은 후에는 서아프리카에서 가져온 주술사의 가면을 보여 주겠다고 약속했다.

"이 집안에는 온갖 것이 다 있군요."

로다가 웃으면서 말했다.

"보러 나갈 수 없다면 안으로 불러들일 수밖에 없지요."

비너블스가 어깨를 으쓱했다. 목소리에 순간적으로 쓸쓸함이 묻어났다. 비너블스는 마비된 다리를 향해 덤덤한 시선을 던졌다.

"세상은 온갖 것으로 가득하지요. 그들이 내 파멸의 원인이었던 것 같습니다. 보고 싶은 것도, 알고 싶은 것도 너무 많았으니까요!

한창 때의 삶은 나쁘지는 않았어요. 심지어 지금도 그런대로 괜찮아요. 삶에는 항상 위안거리가 존재하니까요."

"왜 여기로 오셨죠?"

올리버 부인이 느닷없이 물었다.

비극적인 일에 대한 암시가 공기 중에 떠돌면 흔히 그렇듯이 사람들은 다소 불편해했다. 하지만 올리버 부인만은 전혀 영향을 받지 않았다. 그렇게 물은 건 단순한 호기심 때문이었다. 그리고 그녀의 솔직한 호기심은 분위기를 다시 가볍게 했다.

비너블스가 되묻는 듯한 시선을 올리버 부인에게 던졌다.

"제 말은 왜 굳이 이곳으로 이사를 오셨냐는 거예요. 이곳은 세상사와는 거리가 먼 곳이잖아요. 여기에 친구들이라도 있나요?"

"아닙니다. 이곳을 선택한 건 그 반대로 친구들이 한 명도 없기 때문이랍니다."

냉소적인 미소가 그의 입술에 희미하게 비쳤다.

나는 육체적인 결함이 그에게 정신적으로 얼마나 깊은 영향을 끼쳤을지 궁금해졌다. 마음대로 움직이며 세상을 탐험할 자유를 잃어버린 것이 얼마나 그의 영혼을 상처 입게 했을까? 정신적 위대함으로, 혹은 그에 비길 만한 체념으로 변형된 환경에 스스로를 적응시킨 건 아닐까?

마치 내 생각을 읽기라도 한 것처럼 비너블스가 물었다.

"이스터브룩 씨, 기사에서 보니 '위대함'이란 단어의 의미에 대해 심도 있는 질문을 했더군요. 동양과 서양에서 의미를 서로 다르게 부여한 것을 비교했지요. 하지만 요즘 영국에서 '위대한 사람'이란 말을 쓸 때, 그건 어떤 의미일까요?"

"지성의 위대함 또는 강인한 정신이 아닐까요?"

나는 당황하며 말했다. 그러자 나를 바라보는 그의 눈이 예리하게 빛났다.

"그렇다면 악한 사람 중에서는 위대하다고 불리는 사람이 없을까요?"

"물론 있지요. 나폴레옹이나 히틀러, 그 외에도 많아요. 그들은 모두 위대한 사람이었어요."

로다가 큰 소리로 말했다.

"그 사람들이 끼친 영향 때문이라고 할 수 있지. 하지만 만약에 개인적으로 그 사람들을 알았다고 해도 똑같은 인상을 받았을지는 의문이야."

디스퍼드 대령이 반박하듯 말했다.

진저가 앞으로 몸을 기울이더니 숱 많은 빨간 머리를 손가락으로 쓸며 말했다.

"흥미로운 생각이네요. 아마도 그들은 왜소한 체구를 감추기 위해 거의 병적으로 거드름을 피우거나 잘난 체했을 거예요. 아니면 거물처럼 보이려고 잔뜩 으스댔거나요. 자신과 세상을 맘대로 휘저어 놓으면서 말이에요."

"오, 아니에요. 그런 사람이었다면 그런 놀라운 결과를 만들어 낼 수 없었을 거예요."

로다가 열성적으로 변호하며 말했다.

"난 잘 모르겠네요. 결국 가장 바보 같은 아이가 가장 쉽게 불을 지를 수도 있잖아요."

올리버 부인이 말했다.

"나는 악을 실제로 존재하지 않는 어떤 것으로 무조건 경시하려는 현대적인 태도에 찬성할 수가 없어요. 악은 존재합니다. 그리고 강력하지요. 때때로 선보다 훨씬 강력하기도 합니다. 우린 악을 알아보고 맞서 싸워야 해요. 그렇지 않으면……."

비너블스가 두 손을 펼쳐 보였다.

"어둠 속으로 추락하고 말 것입니다."

올리버 부인이 변명조로 말했다.

"물론 나도 악마에 대해 알고 있어요. 악마가 있다는 걸 믿는다는 말이지요. 하지만 아시다시피 악마가 하는 짓이 너무 바보 같아 보여서요. 말굽과 꼬리 같은 걸 갖고 있고, 연기가 서툰 배우처럼 깡충깡충 뛰어다니죠. 물론 나 역시 소설 속에서는 거물급 범죄자를 만들어 내요. 사람들이 좋아하니까요. 하지만 점점 그 일이 어렵답니다. 사람들이 그의 실체를 모르는 동안에는 강렬한 인상을 줄 수 있지만 모든 게 밝혀지면 너무 부실해 보이거든요. 맥 빠지는 결말인 셈이지요. 돈을 횡령하는 은행 간부나 아내를 없애고 아이들의 보모와 결혼하고 싶어 하는 남편을 만드는 것이 훨씬 더 쉬워요. 훨씬 더 자연스럽지요."

그 말에 사람들이 크게 웃음을 터뜨리자 올리버 부인이 변명조로 말했다.

"제대로 설명하지 못한 건 알아요. 하지만 내 말이 무슨 뜻인지 아시죠?"

우리 모두는 무슨 말인지 잘 알고 있다고 대답했다.

제6장

마크 이스터브룩의 이야기

비너블스는 맛있는 점심을 대접한 뒤, 우리에게 집 구경을 시켜 주었다. 손님들에게 자신의 다양한 소장품을 보여 주는 걸 정말로 기뻐하는 것 같았다. 프라이어스 코트는 보물로 가득한 집이었다.

우리는 4시가 넘어서 프라이어스 코트를 떠났다.

"돈이 흘러 넘칠 정도로 많은 것이 분명해. 그 멋진 비취며 아프리카 조각상을 봤어? 질 좋은 도자기와 활은 말할 것도 없지."

그 집을 나서며 내가 말했다.

"정말 그렇지? 여기 사람들은 다들 훌륭하지만 좀 재미가 없는 편이야. 하지만 비너블스 씨는 확실히 이국적인 데가 있어."

로다가 조금은 흥분한 듯 말했다.

"돈을 어떻게 모았을까? 아니면 원래 돈이 많았을까?"

올리버 부인이 궁금해했다.

디스퍼드 대령은 요즘에는 다들 큰 유산을 물려받아도 자랑하지 않는다고 했다. 어차피 상속세나 세금을 통해 알려지게 되지만 말이다.

"들리는 말로는 부두에서 하역 인부로 시작했다는 소문이 있더군요. 하지만 전혀 그렇게 보이지는 않아요. 어린 시절이나 가족에 대해 한 번도 말한 적이 없어요."

디스퍼드 대령이 말을 덧붙이고 나서 올리버 부인 쪽을 쳐다보며 말했다.

"당신에게 딱 맞는 미스터리 가득한 사람이지요."

하지만 올리버 부인은 사람들이 항상 원하지도 않는 소재를 주려 한다고 나무라듯 말했다.

'창백한 말'은 반은 나무로 된 목조 건물인데, 큰길에서 약간 안으로 들어간 곳에 있었다. 담 너머로 힐끗 보이는 정원은 옛 시절의 정겨운 모습을 고스란히 보여 주었다.

나는 조금 실망스러운 기분이 들어 투덜거렸다.

"음침해 보이진 않는데요. 전혀 그런 분위기가 아니에요."

"안에 들어갈 때까지 기다려요."

진저가 차분히 말했다.

우리는 차에서 내려 대문을 향해 걸어갔다. 우리가 거의 다다를 때쯤 문이 열리고 사이어자 그레이가 나왔다. 그녀는 트위드 코트와 스커트를 입었는데, 큰 키에 약간 남성적인 체구였다. 높은 이마위에는 억센 회색 머리카락이 흩어져 있었고, 큰 매부리코에 매우 날카로워 보이는 푸른 눈동자를 가지고 있었다.

"드디어 오셨군요. 길을 잃은 게 아닐까 걱정하던 참이었답니다."

사이어자 그레이가 낮고 굵직한 목소리로 말했다. 그녀의 어깨
너머로 어두운 홀 안에서 우리 쪽을 내다보는 얼굴이 보였다. 기묘
하면서도 특징 없는 얼굴이었다. 마치 우연히 조각가의 작업실에
들어간 어린아이가 퍼티 가루를 가지고 놀다가 생각 없이 만들어
놓은 얼굴 같았다. 때때로 이탈리아나 플랑드르의 고대 그림에서
볼 수 있는 군중의 얼굴 같기도 했다.

로다가 우리들을 소개하고는 프라이어스 코트에서 비너블스와
점심을 먹고 오는 길이라고 설명했다

"아! 그래서 늦었군요. 정말 음식이 맛있지요? 이탈리아 인 요리
사 솜씨가 제법 괜찮다고 들었어요. 온갖 보물로 가득한 보물섬 같
은 집도 멋져요. 하지만 불쌍한 사람이에요. 기분을 북돋아 줄 무언
가가 필요할 겁니다. 그건 그렇고, 어서 안으로 들어오세요. 작지만
우리 집도 자랑할 만하답니다. 15세기 건물이거든요. 일부는 14세
기 것이고요."

홀은 낮고 어두웠으며, 구부러진 계단이 2층으로 이어졌다. 널찍
한 벽난로가 있었고, 그 위에는 액자에 넣어진 커다란 그림이 걸려
있었다.

"여인숙 간판이에요. 이 정도 빛으로는 제대로 안 보이겠지만.
'창백한 말'이에요."

내 시선을 눈치 챈 사이어자 그레이가 말했다.

"깨끗하게 만들어 드릴게요. 맡겨 주시면 그 결과에 깜짝 놀라실 거예요."

진저가 끼어들며 말했다.

"글쎄요, 믿기 힘드네요."

사이어자 그레이가 말했다. 그리고 솔직하게 덧붙였다.

"그러다가 망가뜨리면 큰일이잖아요."

진저가 발끈해서 말했다.

"절대 망가뜨리지 않아요. 그게 내 일인걸요. 나는 런던 미술관에서 일하고 있어요. 굉장히 재미있는 일이지요."

"내게는 현대의 그림 복원술이 좀 낯설어요. 국립 미술관에 갈 때마다 숨을 들이키게 되지요. 그림들이 모두 방금 표백제에서 목욕하고 나온 것처럼 보이거든요."

"그림이 이렇게 온통 거무튀튀하고 싯누런 상태로 있는 것보다는 나아요."

진저가 항변했다. 그리고 여인숙 간판을 응시했다.

"훨씬 더 잘 보이게 될 거예요. 어쩌면 저 말 위에 사람이 타고 있을 수도 있어요."

나도 그녀와 합류라도 하듯 그림을 응시했다. 오래되고 더러우며 의심쩍은 그림이라는 점을 제외하면 별로 봐줄 만한 것이 없는 조잡한 그림이었다. 말의 흐릿한 형체가 어둡고 뚜렷하지 않은 배경 위에 어렴풋이 나타나 있었다.

"이봐, 시빌. 손님들이 우리 말 그림을 보고 흠 잡고 있어. 무례하기도 하지!"

사이어자가 안에 대고 외쳤다.

그러자 시빌 스탬포디스가 우리를 맞이하러 나왔다. 키가 크고 기름기가 흐르는 검은 머리를 가진 갸날픈 여성으로, 억지로 웃는 듯한 부자연스러운 표정과 물고기 같은 입을 갖고 있었다. 입고 있는 밝은 에메랄드 색 사리도 멋지게 보이는 데는 전혀 도움이 되지 않았다. 목소리는 약하고 불안정했다.

"제가 아끼는 소중한 말이에요. 우린 이 낡은 여인숙 간판을 보자마자 너무나 좋아하게 되었어요. 간판 때문에 집을 샀다고 해도 과언이 아니지요. 그렇지 않아, 사이어자? 자, 들어오세요. 어서요!"

그녀가 안내한 방은 아담하고 네모난 방이었다. 아마도 옛날에 술 마시던 바로 사용된 곳인 것 같았다. 지금은 사라사 천과 치펜데일 풍 가구로 꾸며져 있었는데, 숙녀용 휴게실로 사용되는 게 분명했다. 국화를 띄운 물 그릇도 여러 개 장식되어 있었다.

잠시 뒤, 우리는 밖으로 나가서 여름이면 더 매력적인 모습으로 변할 것 같은 정원을 구경했다. 다시 집 안으로 들어오니 차가 준비되어 있었다. 샌드위치와 집에서 만든 케이크도 있었다. 자리에 앉자 아까 홀에서 힐끗 보았던 여자가 은으로 된 찻주전자를 들고 나타났다. 그녀는 짙은 녹색의 수수한 옷을 입고 있었다. 가까이에서 살펴보아도 어린애가 점토로 대충 만든 얼굴 같은 인상을 떨칠 수가 없었다. 우둔해 보이는 얼굴인데, 왜 사악하다고 생각했는지 도무지 이유를 알 수 없었다.

갑자기 나는 나 자신에게 화가 났다. 개조한 여인숙과 세 명의 중년 여성을 놓고 이 무슨 허튼 생각이란 말인가!

"고마워, 벨라."

사이어자가 말했다.

"더 필요하신 건 없나요?"

웅얼거리는 말투였다.

"없어. 고마워."

벨라는 사람들에게 전혀 시선을 주지 않았는데, 나가기 직전에 눈을 들어 재빨리 나를 쳐다보았다. 그런데 그 시선에 섬뜩한 느낌을 주는 뭔가가 있었다. 뭐라고 설명하기는 어렵지만 그 안에는 분명히 적의가 들어 있었다. 또 왠지 불가사의하고 은밀한 비밀 같은 것도 들어 있었다. 그녀는 내가 어떤 생각들을 하고 있는지 정확하게 꿰뚫고 있는 게 분명했다.

사이어자 그레이가 내 반응을 알아차렸다.

"사람을 당황하게 만들어요. 그렇죠, 이스터브룩 씨? 벨라가 당신을 쳐다보는 걸 봤어요."

"이곳 출신인가요?"

나는 예의 바른 관심 정도로만 보이기 위해 몹시 노력해야 했다.

"네. 아마 마녀라고 말하는 사람들도 있을 거예요."

시빌 스탬포디스가 유리알 목걸이를 짤랑거렸다.

"솔직하게 말해 보세요, 성함이……."

"이스터브룩입니다."

"이스터브룩 씨. 우리 세 사람이 주술을 한다는 소리를 들었겠죠? 자, 고백하세요. 아시다시피 동네에서는 평판이 꽤 자자하잖아요."

"완전히 틀린 말도 아니에요. 사실 시빌은 굉장한 재능을 갖고 있거든요."

사이어자도 거들었다. 재미있어 하는 것 같았다.

시빌이 기분 좋은 한숨을 내쉬었다.

"나는 항상 초자연적인 신비에 끌렸어요. 어린 시절에 내게 이상한 힘이 있다는 걸 깨달았어요. 처음에는 그게 뭔지도 몰랐어요. 상당히 자연스럽게 시작되었거든요. 손에 연필을 들고 앉아서 무슨 일이 일어나고 있는지도 모른 채 글자를 써 내려갔어요. 그 당시 저는 무척 예민했어요. 한번은 친구네 집에 차를 마시러 갔다가 기절한 적이 있어요. 그 방에서 끔찍한 일이 있었다는 걸 느낄 수 있었거든요. 나중에 설명을 들어 알게 되었는데, 25년 전에 바로 그 방에서 살인 사건이 있었다고 하더군요."

시빌이 고개를 끄덕이고는 스스로 만족스러워하며 우리를 죽 둘러보았다.

"대단히 비범하셨군요."

디스퍼드 대령이 혐오감을 감추며 예의 바르게 말했다.

시빌이 으스스하게 말했다.

"흉악한 일은 이 집에서도 일어났어요. 하지만 이미 우리가 필요한 조치를 취했어요. 이 집에 묶인 영혼들을 모두 풀어줬지요."

"봄맞이 영혼 대청소 같은 건가요?"

내가 물었다.

시빌이 기분이 조금 언짢은 것처럼 나를 바라보았다.

"입고 있는 사리의 색이 너무 예뻐요."

로다가 눈치 빠르게 말했다. 그러자 시빌의 얼굴이 확 밝아졌다.

"그렇죠? 인도에 갔을 때 구했어요. 그곳에서 정말 재미있게 지냈답니다. 요가라는 것을 배웠어요. 하지만 지나치게 세련된 느낌이 들었어요. 자연스럽고 원시적인 것과는 거리가 멀었거든요. 나는 누구나 초기의 자연적이고 원시적인 힘으로 돌아가야 한다고 생각해요. 사실 나는 아이티를 찾아간 몇 안 되는 여자 중 한 명이었어요. 아이티에서는 초자연적인 신비의 근원과 만날 수 있어요. 물론 어느 정도 타락과 왜곡으로 얼룩져 있긴 하지만 근원적인 뿌리가 그곳에 있었어요. 굉장히 많은 걸 보여 주었어요. 특히 내게 쌍둥이 언니가 있다는 걸 알고 나서는 더 많은 걸 보여 주었답니다. 쌍둥이 중에서 나중에 태어난 아이는 특별한 힘을 갖게 된다고 하더군요. 흥미롭지 않나요? 죽음의 춤은 굉장했어요. 죽음의 온갖 장신구들, 해골과 십자뼈, 무덤 파는 인부들이 쓰는 삽과 곡괭이……. 사람들은 온통 검은 옷으로 차려입어요. 교주는 사메디 남작이고, 레그바는 그랜드 마스터가 불러낸 신인데, 장벽을 제거하는 신이에요. 죽음을 불러들이기 위해 죽음의 신을 앞으로 보내는 거죠. 기묘한 생각이에요, 그렇지요?"

시빌이 말하다 말고 창틀에 놓여 있던 물건을 가져왔다.

"이게 내 아손이에요. 말린 호리병 박인데, 구슬을 엮어 장식했어요. 안에 뱀의 뼈가 들어 있어요. 보이죠?"

우리는 예의를 차리느라고 그걸 들여다보긴 했지만 열광하지는 않았다. 하지만 시빌은 그 끔찍한 장난감을 사랑스럽다는 듯이 짤랑거렸다.

"대단히 흥미롭습니다."

디스퍼드 대령이 공손하게 말했다.

"들려줄 얘기가 너무 많은데……."

그쯤에서 내 생각은 정처 없이 헤매기 시작했다. 시빌이 마법이나 부두교에 대한 지식을 계속해서 자랑하는 동안 내 귀에는 쪼개진 단어들이 아지랑이처럼 흘러들어 왔다. 고개를 돌렸더니 사이어자가 기묘한 시선으로 나를 바라보고 있었다.

"전혀 안 믿는군요, 그렇죠? 하지만 안 돼요. 모든 걸 다 미신이나 공포 혹은 종교적 광신 같은 것으로 치부해서는 안 돼요. 근원적인 진실과 근원적인 힘은 실제로 존재합니다. 항상 존재해 왔고, 앞으로도 그럴 거예요."

"반박할 수 있을 것 같진 않군요."

나도 예의 바르게 대답했다.

"현명하신 분이군요. 절 따라오세요. 제 서재를 보여 드릴게요."

나는 사이어자를 따라 프랑스식 창문을 열고 정원으로 나간 다음 집 벽면을 따라 걸어갔다.

"낡은 마구간을 서재로 만들었어요."

사이어자가 설명했다.

낡은 마구간은 커다란 서재로 개조되어 있었다. 긴 한쪽 벽면에 책이 빼곡히 꽂혀 있었다. 나는 책을 쭉 훑어보며 감탄했다.

"희귀한 책들을 갖고 계시는군요. 이건 『말레우스 말레피카룸('마녀의 망치'로도 통하는 1487년의 마녀사냥 관련서 ― 옮긴이)』의 초판본 아닌가요? 맙소사, 정말 보물을 소장하고 계시군요."

"그래요, 보물 중에 보물이지요."

"이 마법서도 정말 희귀한 책이죠."

나는 책을 한 권씩 꺼내 보며 탄성을 질렀다. 사이어자는 그런 나를 계속 진지한 눈으로 바라보았다. 이해할 수 없는 조용한 만족감이 그녀를 감싸고 있었다.

내가 『사두키스무스 트리움파투스(마녀와 초자연 현상에 관한 중세의 책 ― 옮긴이)』라는 책을 내려놓자 사이어자가 말했다.

"보물을 알아봐 주는 사람을 만나다니 기쁘네요. 대부분의 사람들은 지루해서 하품을 하거나 아예 관심이 없거든요."

"마법이나 주술 같은 것에 대해 무척 해박하시겠군요. 언제 처음 그런 것에 흥미를 느끼셨는지 여쭤 봐도 될까요?"

"글쎄요……. 워낙 오래전 일이라서 정확히 기억나지는 않네요……. 느긋하게 뭔가를 조사하고 있었는데, 어느새 몰두해 있더군요. 사람들이 믿는 대상이라는 점에서는 매혹적인 연구 분야예요. 하지만 대부분 얼마나 바보 같은 것들을 믿는지 몰라요!"

나는 슬며시 웃음이 나왔다.

"그거 신선하네요. 당신이 읽은 것들을 전부 맹신하지는 않는다니 말이에요."

"오! 시빌과 나를 똑같이 판단하지 마세요. 아까 보니 시빌의 말을 거의 흘려듣고 있더군요. 조금은 우습다는 듯 말이에요! 하지만 당신이 틀렸어요. 물론 여러 가지 면에서 조금 바보 같긴 해요. 시빌은 부두교나 악마학, 흑마술이나 초자연적 신비에 온갖 것을 꾸겨 넣지만, 실제로 아주 특별한 힘을 갖고 있어요."

"힘이라고요?"

"그걸 달리 어떻게 불러야 할지 모르겠네요……. 이 세상과 낯설고 불가사의한 다른 세상을 연결할 수 있는 다리가 되는 사람들이 있어요. 시빌도 그런 사람 중 하나예요. 일급 영매라고 할 수 있지요. 우리 모두 돈을 목적으로 그런 일을 한 적은 없어요. 하지만 뛰어난 능력을 가지고 있는 건 확실해요."

"벨라도 능력이 있나요?"

"그럼요. 벨라도 자신만의 특별한 힘을 갖고 있어요. 우리 모두 각자 다른 영역을 담당하고 있는 한 팀이라고 할 수 있지요."

사이어자는 거기에서 말을 잠시 멈추었다.

"주술 회사라도 차리셨나요?"

내가 미소를 지으며 물었다.

"그렇게 말할 수도 있겠네요."

나는 무심코 손에 들고 있던 책을 힐끗 내려다보았다.

"『노스트라다무스』랑 이런 것들을요?"

"『노스트라다무스』랑 이런 것들을요."

"정말로 믿고 계시군요, 그렇죠?"

"믿는 게 아니라 아는 거죠."

사이어자가 의기양양하게 말했다. 나는 그녀를 보았다.

"하지만 어떻게 그럴 수 있지요? 그럼 도대체 이 많은 책들을 왜 읽으시는 겁니까?"

사이어자가 책장에 있는 책들을 가리키며 말했다.

"저것들 대부분은 허튼소리죠! 우스꽝스럽고 황당한 문구로만 가득해요! 하지만 미신과 그 시대의 편견을 깨끗이 쓸어내면 진실만이 남을 거예요! 사람들에게 영향을 주기 위해서는 그걸 몸에 멋지게 걸치기만 하면 된답니다."

"무슨 말씀인지 잘 이해하지 못하겠어요."

"과거나 현재, 전 시대를 통틀어서 왜 사람들은 마법사나 주술사를 찾는 걸까요? 이유는 딱 두 가지예요. 무서운 저주를 무릅쓸 만큼 사람들이 간절히 원하는 것은 오직 두 가지뿐이거든요. 사랑의 묘약, 아니면 독이 든 잔이죠."

"그럴 수 있지요."

"너무나 간단해요, 그렇죠? 사랑과 죽음. 사람들은 원하는 남자를 얻기 위한 사랑의 묘약이나 연인을 지키기 위한 비밀 의식을 부탁해요. 사랑의 묘약은 대부분 만월인 밤에 먹게 되어 있어요. 악마나 영혼의 이름을 읊조리고 바닥이나 벽에 그럴듯한 문양을 그려요. 하지만 그 모든 것이 다 속임수예요. 진실은 음료에 든 최음제랍니다!"

"그럼 죽음은요?"

"죽음 말인가요?"

사이어자가 낄낄거리며 웃었다. 마음을 불편하게 하는 기묘한 웃음이었다.

"당신은 죽음에 관심이 있나 보군요?"

"그렇지 않은 사람도 있나요?"

내가 가볍게 대꾸했다.

사이어자는 탐색하는 듯한 날카로운 시선으로 나를 쳐다보았다. 사람을 움츠러들게 만드는 시선이었다.

"글쎄요. 죽음이라……. 거기에는 사랑의 묘약보다 더 큰 돈이 오고가지요. 하지만 과거에는 얼마나 유치했는지 몰라요. 수수께끼의 독약으로 유명한 보르자 가문이 실제로 뭘 사용했는지 알아요? 평범한 비소였어요. 뒷골목의 변변찮은 아내 독살범이 사용하는 것과 같은 하얀 비소 말이에요. 하지만 오늘날 우리는 그보다 훨씬 더 진보했다고 할 수 있어요. 과학을 이용함으로써 그 지평을 훨씬 넓힌 거예요."

"흔적이 남지 않는 독약 같은 걸 만들었나요?"

내 목소리가 매우 회의적으로 들렸다.

"독약이라뇨! 비외 죄.(낡아 빠졌군요.) 그건 유치한 놀이예요. 우리에겐 새로운 길이 열려 있답니다."

"그게 어떤 건지 물어봐도 될까요?"

"마음에 대한 지식만 있으면 돼요. 즉 마음이 무얼 할 수 있고, 어떤 식으로 조작될 수 있는지에 대한 지식이 필요하지요."

"너무나 흥미진진하군요. 더 듣고 싶어요."

"원칙은 이미 잘 알려져 있어요. 원시 부족의 주술사들이 수세기 동안 사용해 왔으니까요. 희생자를 직접 죽일 필요는 없어요. 죽으라고 한마디 하는 걸로 할 일이 끝나죠."

"암시 같은 건가요? 하지만 희생자가 그걸 믿지 않는다면 효과가 없을 텐데요?"

"유럽 인들에게는 효과가 없을 거라는 뜻이죠?"

사이어자가 내 말을 수정했다.

"때로는 그렇기도 해요. 하지만 요점은 그게 아니에요. 우리는 원시 부족의 주술사가 했던 것보다 훨씬 더 고차원적인 방법을 써요. 심리학자들이 그 방법을 보여 주고 있잖아요. 죽음을 바라는 마음은 누구에게나 있어요. 우리는 죽고 싶다는 그 욕구를 자극하기만 하면 된답니다."

"흥미로운 생각입니다. 특정한 대상이 자살을 하도록 영향을 준다는 거지요? 맞습니까?"

나는 과학적인 호기심을 보이며 아는 척을 했다.

"여전히 제대로 이해하지 못하셨군요. 정신적 충격에 의한 질병이라는 말은 들어 본 적이 있겠죠?"

"물론입니다."

"일하러 나가고 싶지 않다는 강렬한 소망을 지닌 사람은 무의식적으로 진짜 병을 만들어 냅니다. 꾀병이 아닌 진짜 병이라서 증상도 있고 통증도 있어요. 오랫동안 의사들을 골치 아프게 해 온 문제였지요."

"조금은 알아듣겠군요."

"특정 대상을 없애기 위해서는 보이지 않는 무의식적인 자아에 힘을 가해야 해요. 누구에게나 잠재되어 있는 죽음에 대한 욕망을 강하게 자극하는 거지요."

사이어자는 점점 흥분된 어조로 말했다.

"그러면 진짜 병세가 나타나게 되는 거예요. 죽음을 갈망하는 자아가 원인이 되어서요. 아프길 원해서 병이 나고, 죽길 원해서 죽는 거지요."

사이어자는 승리자라도 되는 것처럼 머리를 꼿꼿이 쳐들었다. 갑자기 한기가 느껴졌다. 모두 허튼소리임이 분명했다. 이 여자는 약간 미쳤다. 하지만…….

"제 말을 믿지 않는군요, 그렇죠?"

사이어자가 갑자기 웃음을 터뜨리며 물었다.

"매혹적인 이론이에요. 현대적인 사고와도 잘 맞는다는 걸 인정합니다. 하지만 어떤 방법으로 사람들이 가지고 있는 죽음을 바라는 욕구를 자극할 수 있다는 건지 알 수 없군요."

"그건 비밀이에요. 하지만 접촉이 없이도 자극을 전달하는 방식이 존재한다는 걸 말해 주고 싶군요. 무선이나 레이저, 텔레비전을 생각하고 있죠? 하지만 초감각적 지각에 대한 실험은 사람들이 바라는 만큼 발달하지는 못했어요. 간단한 원리를 깨닫지 못했기 때문이지요. 어쩌다가 운 좋게 성공하기도 하지만, 일단 작용하는 방식을 알고 나면 언제나 자유롭게 사용할 수 있게 된답니다."

"당신은 그 방식을 알고 있다는 뜻인가요?"

사이어자는 잠시 뜸을 들이더니 정원으로 난 문 쪽으로 걸어 나가면서 이렇게 말했다.

"비밀을 모두 말해 달라는 건가요, 이스터브룩 씨?"

나도 그녀를 따라 걸어가면서 물었다.

"어째서 이런 이야기를 제게 해 주신 거죠?"

"제가 가진 책들을 이해하고 있으니까요. 때로는 함께 이야기를 나눌 사람이 필요해요. 게다가…… 느낌이 와요."

"네?"

"벨라도 마찬가지로 생각하고 있어요. 당신은 곧 우리를 필요로 하게 될 거예요."

"당신들을 필요로 한다고요?"

"벨라는 당신이 우리를 찾으러 이곳에 왔다고 생각해요. 그녀는 거의 틀린 적이 없어요."

"왜 제가 당신들을 찾아올 거라고 생각하는 거죠?"

"그건 저도 몰라요. 아직은요."

사이어자가 부드러운 어조로 말했다.

제7장

마크 이스터브룩의 이야기

I

"여기 있었네! 어디 갔나 한참 찾았어."

로다가 문을 열고 들어오자 나머지 사람들도 뒤를 따라 줄줄이 들어왔다. 로다가 주변을 둘러보며 말했다.

"여기가 강신술(降神術)을 하는 곳이군요, 그렇죠?"

사이어자가 유쾌하게 웃었다.

"잘 아시는군요. 때로는 나도 모르는 일을 마을 사람들이 더 잘 알고 있어요. 우리에 대한 명성이 요란하다는 것은 나도 들어서 알고 있어요. 100년 전이었다면 익사를 당하거나 장작 더미 위에 올려져 화형을 당하기 십상이죠. 확실하지는 않지만 내 4대조나 5대조쯤 되는 할머니는 아일랜드에서 마녀로 몰려 화형을 당했다고 하더군요. 정말 끔찍한 시대였어요!"

"스코틀랜드 출신이라고 알고 있었는데요?"

"아버지 쪽이 스코틀랜드예요. 그래서 투시력이 있죠. 어머니 쪽은 아일랜드 계랍니다. 시빌은 그리스 인의 피를 물려받은 영매이지요. 벨라는 앵글로색슨의 피를 물려받았고요."

"무시무시한 종족들이 한자리에 모였군요."

디스퍼드 대령이 말했다.

"그렇다고 할 수 있지요."

"재미있네요."

진저가 재밌다는 듯이 오른쪽 입끝을 올리며 말했다.

사이어자는 한순간 진저를 쏘아보았다.

"그래요, 어떤 면에서는 그렇죠."

그녀는 올리버 부인에게로 시선을 돌리며 말했다.

"흑마술을 이용한 살인에 대해 책을 한번 써 보시는 게 어때요? 관련된 정보를 많이 드릴 수 있어요."

갑작스러운 제안에 올리버 부인은 순간 당황하는 표정을 지었다.

"나는 그냥 보통 살인 사건만 쓰고 있어요."

올리버 부인이 사과하듯 말했다.

그 말은 꼭 '난 그냥 보통 요리만 해요.'라고 하는 것처럼 들렸다.

올리버 부인이 덧붙였다.

"방해가 되는 누군가를 제거하고 싶을 때 어떻게 하면 잘 해치울지 교묘하게 머리를 굴리는 사람들에 대해서요."

"제 눈에는 대체로 다들 지나칠 정도로 교묘하던데요."

디스퍼드 대령이 툴툴거리더니, 시계를 보고 말했다.

"로다, 내 생각엔……."

"아, 맞아. 이제 떠날 시간이 됐네. 생각한 것보다 훨씬 오래 머물러 있었네요."

로다가 눈치 빠르게 대꾸했다.

감사 인사와 작별 인사가 오갔다. 우리는 다시 집 안으로 들어가지 않고 옆문으로 빠져나왔다.

철망으로 만들어 놓은 울타리 안을 들여다보고 디스퍼드 대령이 말했다.

"닭을 많이 키우는군요."

"난 암탉이 너무 싫어요. 얼마나 시끄럽게 울어 대는지 짜증이 날 정도예요."

진저가 고개를 흔들며 말했다.

"여기 있는 건 대부분 수평아리예요."

벨라가 불쑥 나타나 말했다. 뒷문으로 나온 모양이었다.

"하얀 수평아리로군요."

내 말이 끝나기 무섭게 디스퍼드 대령이 물었다.

"식용인가요?"

"그 외에도 쓸모가 많은 녀석들이죠."

벨라가 의미심장하게 말했다. 윤곽이 없는 통통한 얼굴을 입술이 가로지르며 긴 곡선을 그리고 있었다. 두 눈에 교활하고도 빈틈없는 표정이 나타났다.

"그건 벨라의 전공이에요."

사이어자 그레이가 우리의 시선을 돌리듯 가볍게 말했다.

우리는 벨라에게 작별 인사를 했다. 마침 시빌 스탬포디스도 정문으로 나와 작별 절차를 더 빨리 끝낼 수 있었다.

"나는 저 여자가 마음에 안 들어요. 왠지 불쾌해요."

차가 출발하자마자 올리버 부인이 말했다. 그러자 디스퍼드 대령이 너그럽게 말했다.

"사이어자가 한 말에 대해 너무 심각하게 받아들일 필요는 없어요. 저런 이야기들을 상대에게 쏟아붓고 나서 어떤 반응을 보이는지 지켜보는 걸 재미있어 할 테니까요."

"그녀를 말한 게 아니에요. 그녀도 음흉한 눈빛으로 뭔가를 노리는 것 같지만 다른 한 명처럼 위험하지는 않아요."

"벨라를 말하는 거예요? 좀 불가사의하긴 하죠."

"그녀 말고 시빌 말이에요. 보기에는 단순하고 멍청해 보여요. 구슬, 옷, 부두교의 온갖 물건들, 그리고 그녀가 떠들어 댄 환상적인 윤회 이야기도 그렇고요. (왜 부엌에서 일하는 하녀나 못생긴 농부는 환생하지 않지요? 항상 이집트의 공주나 아름다운 바빌로니아 노예뿐이에요. 그것 자체가 의심스럽다니까요.) 하지만 나는 그녀가 어떤 기묘한 일을 정말로 해낼 수 있을 것 같은 느낌을 받았어요. 설명이 제대로 된 건지 모르겠지만, 그러니까 내 말은 너무나 바보 같기 때문에 효과가 있다는 거예요. 이런, 다들 무슨 말인지 알아듣지 못한 표정이군요."

올리버 부인이 애처로이 말을 끝맺었다.

"전 알아들었어요. 부인 말이 옳다고 생각해요."

진저가 발랄하게 말했다.

"저 사람들이 하는 강신술 의식에 꼭 가 봐야겠어요. 상당히 재미있을 것 같아요."

로다가 눈빛을 반짝이며 말했다.

"아니, 그러지 않는 게 좋아. 나는 당신이 저런 종류의 일에 말려들지 않게 할 거야."

디스퍼드 대령이 단호하게 말했다.

두 사람 사이에 잠시 즐거운 논쟁이 이어졌다. 나는 올리버 부인이 내일 아침 열차 시간에 대해 묻는 걸 듣고 대화에 끼어들었다.

"저와 함께 차를 타고 돌아가면 되잖아요."

그러자 올리버 부인이 애매모호한 표정을 지었다.

"열차를 타는 게 나을 것 같은데……."

"왜요? 전에도 같이 타고 간 적이 있잖아요. 제 운전 솜씨가 의심스럽다는 건가요?"

"그런 게 아니야, 마크, 내일 장례식에 가야 해. 그래서 일찍 돌아가야 해."

올리버 부인이 한숨을 내쉬며 말했다.

"휴, 장례식에 가는 건 정말 싫어."

"꼭 가야 해요?"

"가야 할 것 같아. 이번에 죽은 메리 델라폰테인은 아주 오래된 친구야. 아마 꼭 와 주길 바라고 있을 거야.”

“그렇고 말고요. 델라폰테인…… 당연하지요.”

나는 외침에 가까운 큰 소리를 냈다. 그러자 모두 깜짝 놀라 나를 돌아보았다.

“미안합니다. 저는 단지…… 최근에 델라폰테인이란 이름을 들었는데, 어디에서 들었는지 궁금해하고 있었거든요. 당신이었어요, 그렇죠? 요양원으로 찾아갔던 얘기를 해 주었잖아요.”

나는 올리버 부인을 바라보았다.

“내가? 그랬었나?”

“어쩌다 돌아가셨어요?”

올리버 부인이 이마에 주름을 그리며 기억을 더듬었다.

“중독성 다발 신경염이라나 뭐라나.”

진저가 호기심 가득한 눈길로 나를 바라보았다. 내가 무슨 생각을 하고 있는지 알아내고 싶어 하는 듯한 날카로운 시선이었다.

차에서 내리자마자 나는 불쑥 말했다.

“산책 좀 하고 올게요. 음식을 너무 많이 먹었나 봐요. 점심도 과하게 먹고, 거기다 차까지 마셨잖아요. 어쨌든 걸으면 소화가 좀 될 것 같아요.”

나는 누가 따라나설까 봐 재빨리 자리를 떴다. 혼자서 머릿속을 조용히 정리하고 싶었기 때문이다.

도대체 어떻게 된 일일까? 포피가 별 생각 없이 내뱉은 이야기로 모든 것이 시작되었다. 그녀는 누군가를 없애고 싶다면 ‘창백한 말’

이라는 곳을 찾아가 보라고 했다.

그 뒤 얼마 되지 않아 짐 코리건을 만났고, 고먼 신부의 죽음과 관련된 이름들이 나열된 종이를 보았다. 목록에는 헤스케스 드보아와 터커튼이라는 이름이 적혀 있었다. 터커튼이라는 이름은 루이지라는 카페에 갔던 그날 저녁을 떠올리게 했다. 델라폰테인이라는 이름도 있었는데, 그 당시에는 어디서 들었는지 잘 기억나지 않았다. 그런데 알고 보니 그 이름을 언급한 사람이 바로 올리버 부인이었고, 요양원에 있는 아픈 친구라고 했다. 그리고 그 아픈 친구는 지금 죽어서 장례식을 앞두고 있다.

그 다음에 나는 궁금함을 참지 못하고 포피를 만나러 꽃 가게로 찾아갔다. 포피는 창백한 말에 대해 묻자 자기가 언제 그런 말을 했냐고 강하게 부정했다. 중요한 건 포피가 두려워하고 있었다는 사실이다.

그리고 오늘 드디어 사이어자 그레이를 만났다. 하지만 창백한 말과 그곳에 사는 사람들은 종이에 적혀 있던 이름들과는 어떤 연관성도 없었다. 나는 무슨 이유로 그들이 연관되었다고 생각한 것일까?

델라폰테인 부인은 아마 런던에 살았을 것이다. 토마시나 터커튼의 집은 서리 주 어딘가에 있었다. 아마 목록에 적힌 다른 사람들도 머치 디핑이라는 조그만 마을과는 관련이 없을 것이다.

이런저런 생각을 하며 걷다 보니 어느덧 킹스 암스로 접어들게 되었다. 킹스 암스는 외관이 멋진 여관 겸 술집인데, 간판에 '점심 ·

저녁·차'라는 글자가 새로 씌어 있었다.

나는 문을 열고 안으로 들어갔다. 아직 영업 전인 바는 내 왼쪽에 보였고, 오른쪽으로는 담배 냄새가 나는 긴 라운지가 보였다. 계단 옆에 '사무실'이란 표지가 있었다. 유리로 된 사무실 문은 단단히 닫혀 있었고, '벨을 눌러 주세요.'라고 인쇄한 문구가 붙어 있었다. 하루 중 이 시간대에 다른 술집들이 풍길 법한 황량한 분위기가 감돌았다. 사무실 문 옆 선반 위에 너덜너덜해진 숙박부가 놓여 있었다. 숙박부를 들고 페이지를 넘겨 보았다. 단골은 별로 없었다. 일주일에 대여섯 명의 손님이 있었고, 대개 하룻밤만 묵고 갔다. 나는 뭔가를 찾는 형사처럼 페이지를 뒤적이며 이름을 죽 살펴보았다.

한 권을 전부 훑어보는 데는 그리 오랜 시간이 걸리지 않았다. 딱히 아는 이름은 없었다. 사실 주인에게 마땅히 물어보고 싶은 것도 없었기 때문에 나는 다시 부드럽고 축축한 오후의 공기 속으로 걸어 나왔다.

샌드포드와 파킨슨이라는 사람이 작년에 킹스 암스에 묵었던 것이 우연일까? 두 이름 모두 코리건이 보여 준 목록에 있던 이름들이다. 하지만 둘 다 흔한 이름이다. 내 시선을 끄는 특별한 이름이 하나 더 있었다. 마틴 디그비라는 이름이었다. 만약 그 사람이 내가 알고 있는 디그비라면, 내가 항상 민 이모라고 불렀던 헤스케스 드보아 부인의 조카의 아들일 것이다.

나는 갈 곳을 정하지도 않은 채 휘적휘적 걸었다. 간절하게 누군가와 이야기하고 싶었다. 짐 코리건? 아니면 데이비드 아딩글리?

침착하고 지극히 상식적인 허미아는 어떨까? 머릿속은 혼란스러운 생각들로 뒤죽박죽이었고, 누군가의 조언이 필요했다. 솔직히 말하면 내 생각이 틀렸다고 설득해 줄 사람을 원하고 있었다.

30분 정도 질퍽한 흙길을 걸어서 마침내 목사관 대문 앞에 다다랐다. 나는 전혀 관리가 안 된 진입로를 지나 정문 옆에 매달린 녹슨 벨을 잡아당겼다.

II

"그거 소리가 안 나요."

데인 캘스롭 부인이 요정처럼 갑자기 문가에 나타나 말했다. 나도 이미 그렇게 생각하고 있던 참이었다.

"두 번이나 고쳤는데 계속 망가지네요. 그래서 바깥쪽에 늘 신경을 곤두세우고 있어요. 중요한 손님이 찾아올 경우를 대비해서 말이에요. 물론 당신 일도 중요한 일이겠죠?"

"글쎄요…… 내게는 중요한 일입니다만……."

"내 말이 그 말이에요. 얼굴 표정이 상당히 안 좋아 보여요……. 누굴 원하세요? 목사님을 만나러 오셨나요?"

데인 캘스롭 부인이 사려 깊게 나를 살피며 물었다.

"꼭 그런 건 아니지만……."

나는 목사를 만나 의논하고 싶었다. 하지만 지금 이 순간은 어쩐지 확신이 서지 않았다. 이유는 전혀 알 수 없었다. 데인 캘스롭 부인이 내가 망설이고 있다는 걸 눈치 채고 말했다.

"남편은 매우 선량한 사람이에요. 게다가 성직자이기도 하지요. 하지만 때로는 그게 일을 어렵게 만들기도 해요. 선한 사람은 악을 이해하지 못하니까요."

그녀가 잠시 말을 멈췄다가 활기 있게 말을 이었다.

"내 생각에 오늘은 내가 더 나을 것 같군요."

나는 부인의 재치에 슬며시 미소를 지었다.

"악은 부인께서 담당하시나요?"

"그래요. 교구 내에서 진행되고 있는 여러 가지 종류의 죄에 대해서 아는 건 매우 중요해요."

"죄는 목사님의 분야가 아닌가요? 말하자면 공식적인 업무처럼 말입니다."

"정확히 말하자면 죄를 용서하는 일이지요."

데인 캘스롭 부인이 내 말을 수정했다.

"목사님은 면죄를 해 줄 수 있고, 나는 그렇지 못해요. 하지만 나는 목사님을 도와 죄를 정리하고 분류할 수 있어요. 죄를 잘 알고 다룰 수 있다면 그것이 다른 사람을 해치지 않도록 막을 수는 있어요. 그렇지만 죄를 지은 당사자는 도울 수 없어요. 당신도 알다시피, 오직 하느님만이 회개를 시킬 수 있답니다. 어쩌면 모를 수도 있겠군요. 요즘에는 많은 사람들이 그 사실을 모르고 있으니까."

"부인의 전문적인 지식에는 비할 수 없겠지만 나 또한 사람들이 해를 입는 걸 막고 싶습니다."

데인 캘스롭 부인이 내게 날카로운 시선을 던졌다.

"그런 일이라면 안으로 들어오세요. 그게 편하겠어요."

목사관의 응접실은 크지만 허름했다. 가지치기를 하려면 꽤 걸릴 것 같은 커다란 빅토리아 풍 관목 때문에 응접실에는 그늘이 졌다. 하지만 그 어둑함에도 불구하고 우울함이라고는 전혀 없었다. 오히려 평온한 느낌이었다. 커다랗고 허름한 의자에는 몇 년 동안 그 자리에서 쉬고 간 사람들의 기억이 배어 있었다. 벽난로 위에 걸린 묵직한 시계가 편안하고 규칙적인 소리를 냈다. 여기에는 이야기를 나눌 시간이 충분히 준비되어 있었다. 하고 싶은 말을 모두 풀어 놓을 수 있는 시간과 바깥의 쾌청한 날씨가 가져오는 걱정거리로부터 쉴 수 있는 충분한 시간이 있었다.

여기서라면 임신한 사실을 알고 절망에 빠진 커다란 눈망울의 소녀가 데인 캘스롭 부인에게 걱정거리를 털어놓은 뒤, 원칙에서 살짝 빗나간 건강한 충고를 얻을 수 있을 것이다. 참을성을 잃은 부인들이 며느리나 사위에 대한 분노를 풀어 놓은 곳도 이곳이었을 것이다. 이곳에서 어떤 부모들은 자기 자식이 원래 나쁜 아이가 아닌데 좀 지나치게 흥분한 것 같다고 해명하고, 소년원에 보내는 것은 불합리한 처사라고 하소연했을 것이다. 또 어떤 남편이나 아내는 힘든 결혼 생활에 대해 털어놓았을 것이다.

그리고 오늘은 학자이자 작가인 평범한 남자가 회색 머리에 여러 가지 풍상을 겪은 것처럼 눈매가 깊은 여자와 마주 앉아서 그녀의 무릎 위에 고민거리를 내려놓을 준비를 하고 있었다. 어째서일까?

나도 모르겠다. 단지 데인 캘스롭 부인이야말로 적합한 사람이라는 이상한 확신이 들었을 뿐이다.

"방금 전에 사이어자 그레이와 차를 마시고 왔습니다."

내가 말문을 열었다.

데인 캘스롭 부인에게 설명하는 일은 그렇게 어렵지 않았다. 그녀는 이야기를 이끌어 줄 준비가 된 사람이었다.

"오, 알겠어요. 그래서 심란해졌군요? 그 세 사람은 조금 독특하죠. 나도 그들을 보면 신기하게 느껴질 때가 한두 번이 아니에요. 허풍도 센 편이죠. 하지만 내 경험상 진짜 사악한 사람은 그렇게 떠벌리지 않아요. 자신들의 사악함에 대해 입을 굳게 다물고 있지요. 하지만 사소한 죄를 일삼는 가벼운 사람들은 떠벌리고 싶어 안달을 해요. 원래 죄란 그렇게 비열하고 비천한 것이니까요. 그것을 크게 부풀려서 중요한 것처럼 보이게 하지요. 마녀들은 대부분 어리석고 심술궂은 사람들이에요. 남을 겁주길 좋아하거나 소소한 이익을 얻고 싶어 할 뿐이지요. 물론 그런 일은 의외로 쉬워요. 브라운 부인의 암탉이 죽었을 때 고개를 끄덕이면서 음산하게 한마디만 하면 되거든요. '그 집 암탉이 지난 주 화요일에 내 고양이를 못살게 굴었지.'라고 말이에요. 벨라 웨브는 아마 그런 종류의 마녀일 거예요. 하지만 그 이상일 수도 있겠지요. 원시 시대부터 존재해 왔고, 이따금씩 시골에서 모습을 드러냈던 음산하고 무서운 존재……. 단지 주목받고 싶다는 욕망이 아니라 진짜 사악함이 존재한다는 거예요. 시빌 스탬포디스는 내가 아는 한 가장 바보 같은 여자지만 영매인 건 사실이에요. 사이어자는…… 나도 모르겠어요. 무슨 말을 하던가요? 그 말이 당신을 혼란스럽게 했나요?"

"아마도 부인에게는 여러 가지 경험이 많으실 겁니다. 혹시 사람이 먼 곳에 떨어진 아무 상관없는 사람을 파괴하는 게 가능하다고 생각하세요?"

데인 캘스롭 부인의 눈이 약간 커졌다.

"파괴한다는 말이 죽인다는 말로 받아들여지네요. 육체적인 파괴를 말하는 거죠?"

"예."

"허튼소리라고 생각해요."

데인 캘스롭 부인이 단호하게 말했다.

"그렇지요?"

나는 그 한마디가 해답이라도 되는 것처럼 안심했다.

"하지만 내가 틀렸을 수도 있겠지요. 우리 아버지라면 비행기가 허튼소리라고 할 테고, 내 할아버지라면 아마 기차가 허튼소리라고 할 거예요. 사실 두 분 다 맞는 말씀을 하신 거예요. 그분들이 사실 당시에는 그런 것들이 불가능했으니까 말이에요. 하지만 비행기나 기차는 지금 엄연한 현실이에요. 혹 사이어자가 죽음의 광선이나 그 비슷한 걸 쏠 수 있다고 하던가요? 아니면 세 사람 모두 오각 별이라도 그리면서 저주를 한대요?"

나는 살짝 미소를 지었다.

"상황을 명확하게 볼 수 있게 해 주시는군요. 아마 내가 그 여자의 최면에 걸렸나 봅니다."

"오! 아니에요. 그랬을 리 없어요. 당신은 암시에 걸리기 쉬운 타입이 아니에요. 뭔가 다른 일이 있는 게 틀림없어요. 그들을 만나기 전에 무슨 일이 있었나요?"

"맞습니다."

나는 할 수 있는 한 최대한 간략하게 고먼 신부의 살인 사건과 우연히 듣게 된 창백한 말에 대해 이야기했다. 그런 다음 코리건이 보여 준 종이에서 베껴 적은 이름 목록을 데인 캘스롭 부인에게 보여 주었다.

데인 캘스롭 부인은 목록을 보며 얼굴을 찡그렸다.

"이 사람들의 공통점은 뭐죠?"

"아직 잘 모릅니다. 협박일 수도 있고, 아니면 마약 같은 범죄일 수도 있겠지요."

"어림없어요. 당신이 걱정하는 건 그게 아니잖아요. 실제로는 저 사람들이 모두 죽었다고 생각하는 거죠?"

나는 깊은 한숨을 내쉬었다.

"맞아요. 그렇게 생각합니다. 하지만 정말 그런지는 모르겠습니다. 그중 세 명은 죽었습니다. 헤스케스 드보아, 토마시나 터커튼, 메리 델라폰테인. 세 사람 모두 침대 위에서 자연사했습니다. 그런데 그들의 죽음이 사이어자 그레이가 주장하는 강신술 때문일 수도 있어요."

"자기가 그런 일을 했다고 주장하던가요?"

"아니, 그렇지는 않습니다. 실제 사람들에 대해서는 한 마디도 하지 않았어요. 그저 자신은 과학적인 가능성을 믿고 있다고 말했을 뿐입니다."

"표면적으로는 허튼소리로 들리네요."

데인 캘스롭 부인이 생각에 잠겨 말했다.

"나 역시 다른 때 같으면 예의 바르게 대한 다음 웃어 버리고 말았을 겁니다. 창백한 말에 대한 언급만 없었다면 말입니다."

"맞아요. 창백한 말이라…… 대단히 암시적이죠."

데인 캘스롭 부인은 잠시 침묵하고 있다가 고개를 들고 말했다.

"예감이 좋지 않아요. 무엇이 도사리고 있든 간에 중지시켜야만 해요. 당신도 그렇게 생각하고 있죠?"

"그렇다고 할 수 있습니다. 하지만 무얼 할 수 있을까요?"

"무슨 일이 벌어지고 있는지 바로 알아내야 해요. 낭비할 시간이 없어요."

데인 캘스롭 부인이 자리에서 벌떡 일어났다.

"한번은 파고 들어야 할 거예요. 혹시 당신을 도와줄 만한 친구는 없나요?"

나는 누가 있는지 생각해 보았다. 짐 코리건? 누구보다 바쁜 친구다. 또 그 나름대로 이미 할 수 있는 모든 일을 하고 있을 것이다. 데이비드 아딩글리는 어떨까? 하지만 데이비드가 이런 일을 과연 믿어나 줄까? 명석한 두뇌와 감탄스러운 논리력을 겸비한 허미아도 있다. 같은 편으로 설득할 수만 있다면 엄청난 힘이 되어 줄 것이다.

어차피 그녀와 나는……. 나는 거기에서 잠시 뜸을 들였다. 허미아가 내 여자 친구고 이 일에 제격인 것은 틀림없는 사실이다.

"누군가를 생각하고 있나 봐요? 잘됐군요."

데인 캘스롭 부인은 활발하고 능률적인 여자였다.

"나는 마녀 세 명을 계속 지켜봐야겠어요. 그녀들이 진짜 답은 아니라고 느껴지긴 하지만 말이에요. 시빌 스탬포디스가 이집트의 신비나 피라미드 문자에서 나온 예언에 대해 바보 같은 말을 잔뜩 쏟아 낼 때와 마찬가지예요. 그런 말들은 그냥 헛소리일 뿐이에요. 하지만 피라미드 문자와 사원의 신비는 실재해요. 나는 사이어자 그레이가 뭔가 쥐고 있다고 느껴지네요. 어떤 비밀을 알아냈거나 들은 것이 있는데, 그것으로 본인의 신통함을 더 부각시키거나 신비로운 힘을 지니고 있다며 광고하는 데 이용하고 있는 것 같아요. 사람들은 사악함을 너무나 자랑스러워해요. 이상하지 않아요? 왜 선한 사람들은 자신들의 선함을 자랑스러워하지 않을까요? 그들은 자신들이 선하다는 것조차 모르고 있어요. 사실 따지고 보면 그게 바로 기독교적 겸손이지요."

그녀는 잠시 침묵했다가 다시 현실로 돌아왔다.

"우리에게 정말 필요한 건 일종의 연결점이에요. 여기 적힌 이름과 창백한 말 사이의 연결점을 찾아야 해요. 손에 잡힐 것처럼 구체적인 걸로요."

제8장

르죄느 경감은 바깥 복도에서 들려오는 '오플린 신부'의 휘파람 소리를 듣고 고개를 들었다. 곧바로 코리건이 안으로 들어왔다.

"모두의 희망을 저버려서 미안하지만 재규어의 운전자는 술을 한 방울도 마시지 않았습니다. 엘리스 경사가 맡은 냄새는 그의 상상이거나 심한 입 냄새였을 거예요."

하지만 르죄느 경감은 그런 일상적인 교통법 위반 사건에 대해서는 아무런 관심이 없었다.

"이거 한번 보게나."

코리건은 르죄느 경감이 건네주는 편지를 받았다. 작고 깔끔한 글씨로 씌어 있었다. 발신인의 주소는 '본머스 글렌다워 클로스 에베레스트'였다.

친애하는 르죄느 경감님!

고먼 신부님이 살해되던 날 밤에 그 뒤를 따라간 남자를 보게 되면 연락해 달라고 하셨지요? 한동안 근방을 오가는 사람들을 계속 지켜보았지만 그 남자를 다시 볼 수는 없었습니다.

어제는 이곳에서 32킬로미터쯤 떨어진 마을의 교회 바자회에 참석했습니다. 사실 유명한 추리 소설가인 올리버 부인이 와서 책에 사인을 해 준다는 소리에 이끌려서 갔습니다. 제가 추리 소설의 열광적인 팬이라서 올리버 부인을 직접 만나 보고 싶었거든요.

그런데 그곳에서 제가 얼마나 놀랐는지 상상도 못 하실 겁니다. 고먼 신부님이 살해되던 날 밤에 약국 앞을 지나간 그 남자를 보았습니다. 그런데 그 사람이 휠체어를 타고 있었어요. 그때 이후 사고를 당한 게 틀림없어요. 그 사람이 누구인지 신중하게 알아봤습니다. 비너블스라는 사람인데, 그 마을에 산다고 하더군요. 머치 디핑에 있는 프라이어스 코트라는 저택에 살고 있다고 합니다. 상당한 자산가라고 들었습니다.

이 정보가 도움이 되길 바랍니다.

자카리아 오즈본

"어떤가?"

르죄느 경감이 물었다.

"별로 신빙성이 없어요."

코리건은 시큰둥하게 대답했다.

"아마 표면적으로는 그럴 거야. 하지만 예상 외의 수확이 있을 수도 있네."

"오즈본이란 친구 말인데요, 그날처럼 안개 낀 밤에는 사람 얼굴을 분명하게 볼 수 없었을 거예요. 아마 우연히 닮은 사람을 본 게 아닐까 생각됩니다. 사람들이 어떤지 알잖아요. 실종 광고를 보고 그 사람을 봤다는 전화가 전국에서 걸려 와요. 하지만 열에 아홉은 광고지에 있는 인상착의와는 전혀 딴판이에요!"

"오즈본은 그런 종류의 사람이 아니야."

르죄느 경감이 말했다.

"어떤 사람입니까?"

"활달한 성격의 약사인데, 평판이 좋은 편이네. 구식이지만 상당히 착실한 편이고, 사람에 대한 관찰력도 뛰어나지. 약국에서 비소를 사 간 아내 독살범을 법정에 나가서 증언하는 게 일생의 꿈이라고 하더군."

그러자 코리건이 웃음을 터뜨렸다.

"그렇다면 이번 사건은 그 남자의 숙원을 이루는 좋은 기회인 셈이네요."

"어쩌면 그럴 수도 있지."

코리건이 의아해하며 르죄느 경감을 바라보았다.

"뭔가 있다고 생각하시는군요? 그럼 이 편지에 대해서도 어떤 조치를 취하실 건가요?"

"비너블스에 대해 몇 가지 좀 더 조사해 본다고 해도 해로울 건 없겠지."

르쾨느 경감은 편지를 다시 힐끗 보고 말했다.

"흠, 머치 디핑의 프라이어스 코트에 산단 말이지……."

제9장

마크 이스터브룩의 이야기

I

"시골에서도 그런 드라마틱한 일이 일어나다니!"

허미아가 가볍게 응수했다. 우리는 조금 전에 저녁 식사를 끝냈다. 그리고 지금은 블랙 커피가 앞에 놓여 있다.

허미아의 대답은 내가 예상한 말이 아니었다. 나는 지난 15분 동안 내가 알고 있는 이야기를 모두 들려주었다. 허미아는 관심 있어하며 이야기를 끝까지 들었다. 하지만 반응은 전혀 예상 밖이었다. 마치 응석을 받아 주는 듯한 너그러운 말투였다. 충격을 받거나 혼란스러워하지도 않았다.

"시골은 지루하고 도시는 자극적이라고 말하는 사람들은 자기가 무슨 말을 하는지도 모를 거야. 살아남은 마녀들은 시골로 가서 허물어져 가는 오두막에 숨었고, 타락한 젊은이들은 외진 저택에서 비밀 의식을 거행해. 미신은 고립된 시골 마을에서 점점 부풀려지지. 중년의 독신 여성이 부적을 짤랑거리며 강령회를 열고, 점괘 조각이 하얀 백지 위를 누비고 다니는 거야. 흥미진진한 글을 연작으로 쓸 수 있을 거야. 당신이 직접 써 보는 게 어때?"

"허미아, 내가 한 말을 제대로 이해하지 못한 것 같은데……."

"이해하고 있어, 마크! 굉장히 흥미진진한 이야기야. 역사의 한 페이지에 등장하는, 그러니까 잊혀지면서도 근근이 이어져 내려오는 중세의 전승담 같은 걸 말한 거잖아."

"나는 지금 역사에 관심 있는 게 아니라 현실에서 벌어지고 있는 일에 관심이 있어. 여기 이 종이에 나열된 이름에 관심이 있단 말이야. 그중 몇몇 사람에게는 어떤 일이 일어났는지 알고 있어. 나머지 사람들에게도 이미 어떤 일이 일어났을지, 아니면 앞으로 어떤 일이 일어나게 될지 궁금해."

"너무 지나치게 열중한 거 아냐?"

"아니야. 그렇게 생각하지 않아. 실제로 어떤 악의가 있다고 생각해. 게다가 나만 그렇게 생각하는 것도 아니야. 목사 부인도 같은 생각이었어."

내가 완고하게 말했다.

"아, 목사 부인!"

허미아의 목소리는 냉소적이었다.

"아니, 그냥 '목사 부인'이 아냐! 데인 캘스롭 부인은 대단히 비범한 여자야. 이 모든 게 사실이란 말이야."

허미아가 어깨를 으쓱했다.

"그럴 수도 있겠지."

"하지만 당신은 그렇게 생각하지 않지?"

"마크, 내 생각엔 당신의 상상력이 좀 지나치게 뻗어 나간 것 같아. 당신 이야기 속에 등장하는 세 여자는 당연히 그런 것들을 믿고 있겠지. 대단히 심술궂은 성격일 거야!"

"하지만 실제로 마녀는 아니라는 거지?"

"당연히 아니지. 마녀가 실제로 존재한다고 믿어?"

나는 순간 침묵했다. 마음이 추처럼 흔들렸다. 밝음에서 어둠으로 이동했다가 다시 밝음으로 돌아왔다. 창백한 말이 어둠을 상징한다면 허미아는 일상생활의 상식적인 밝음을 상징한다. 소켓에 끼워진 전등의 불빛이 어두운 구석을 비추면 그곳에는 아무것도 없다. 방 안에서 늘상 보던 일상적인 물건들뿐이다. 허미아의 밝음은 사물을 분명하게 보게 한다. 하지만 그것도 결국은 인공적인 밝음이다. 내 의지는 다시 단호하게, 그리고 완고하게 제자리로 돌아왔다.

"허미아, 나는 더 알아내고 싶어. 무슨 일이 진행되고 있는지 바닥까지 파 볼 거야."

"알았어. 그렇게 해 봐. 꽤 흥미로울 거야. 사실 상당히 재미있을 것 같아."

"재미가 아니라니까!"

내가 날카롭게 말했다. 그리고 조금은 정중하게 말을 덧붙였다.

"날 도와줄 수 있는지 궁금해, 허미아."

"돕는다고? 뭘?"

"조사하는 걸 도와줘. 어떻게 된 일인지 좀 더 자세히 알아내는 거야."

"하지만 난 요즘 끔찍하게 바빠. 저널에 실을 기사도 써야 하고, 비잔티움에 관련된 일도 하고 있어. 오늘도 학생 두 명과 약속했는데……."

허미아는 합리적이면서도 분별력 있게 이야기를 계속했다. 하지만 나는 거의 듣지 않았다.

"알겠어. 이미 할 일이 잔뜩 쌓여 있다는 거잖아."

"맞았어."

허미아는 내 말에 눈에 띄게 안심했다. 그녀는 내게 미소를 지어 보였다. 다시 한 번 나는 그녀의 너그러운 표정에 충격을 받았다. 어머니가 새로운 장난감에 푹 빠진 어린 아들에게 보여 줄 수 있는 그런 표정이었다.

나는 어린애도 아니고, 엄마를 원하지도 않는다. 허미아 같은 타입의 엄마는 더욱 아니다. 내 어머니는 매력적이지만 연약한 분이셨다. 그래서 아들을 포함해서 가까이 있는 모든 사람이 그분을 보살펴 주고 싶어 했다.

나는 테이블 건너편에 있는 허미아를 냉정하게 바라보았다. 그녀는 너무나 예쁘고, 너무나 성숙하고, 너무나 지적이고, 너무나 아는 것이 많았다! 그리고 너무나…… 그걸 뭐라고 말해야 할까?…… 그래, 너무나 지루하다!

II

다음 날 아침, 짐 코리건에게 연락을 해 봤지만 전화를 받지 않아서 한잔하러 올 수 있다면 6시와 7시 사이에 집에 있을 테니 찾아오라는 메시지를 남겼다. 워낙 바쁜 사람이라 그런 짧은 메시지를 듣고 찾아올지 의심스러웠는데, 6시 50분에 그가 정말로 찾아왔다. 내가 위스키를 준비하는 동안 코리건은 방 안에 있는 그림과 책을 둘러보았다. 그러더니 심한 스트레스와 과로가 뒤따르는 법의학자 대신에 무굴 제국의 황제가 되어도 나쁘지 않겠다고 했다.

"하지만 황제는 여자 문제로 상당히 머리가 아팠을 거야. 최소한 나한테는 그런 문제가 없으니, 뭐 지금도 나쁘지만은 않군."

코리건이 의자에 자리를 잡고 앉으며 말했다.

"그럼 아직 결혼 안 했나?"

"그렇지. 그건 자네랑 마찬가지지? 왠지 모를 편안함이 느껴지는 이 난장판을 보면 자네가 아직 독신이라는 것을 한눈에 알 수 있어. 아내가 있었으면 수시로 깔끔하게 치워 댔을 테니까."

나는 여자가 있는 게 그 정도로 나쁘지는 않을 거라고 대답했다. 그러고는 술잔을 들고 코리건의 맞은편 자리에 앉아 이야기를 시작했다.

"자네를 왜 이렇게까지 급하게 만나고 싶어 했는지 궁금할 거야. 사실 지난번 만났을 때 나누었던 이야기와 관련된 일을 알게 돼서 그랬어."

"그게 뭐였지? 아, 고먼 신부님의 일이로군."

"맞아. 하지만 그보다 먼저 할 말이 있어. '창백한 말'에 대해 들어 본 적이 있나?"

"창백한 말? 창백한 말이라……. 아니, 전혀 들은 바가 없어. 왜 그러지?"

"그곳이 자네가 보여 준 목록과 어떤 연관이 있을지도 모른다는 생각이 들어. 얼마 전 친구들과 함께 머치 디핑이라는 시골에 갔었어. 그곳에서 '창백한 말'이라는 이름을 가진 오래된 여인숙, 아니 옛날에 여인숙이었던 그곳을 방문했네."

"잠깐만! 머치 디핑이라고? 머치 디핑…… 본머스 근처 아닌가?"

"본머스에서 24킬로미터쯤 떨어진 곳에 있어."

"거기서 비너블스라는 사람을 만난 적이 있나?"

"만났네."

"그랬어?"

코리건이 흥분한 듯 자세를 똑바로 하고 앉았다.

"자네에게는 제대로 된 장소를 찾아가는 요령이 있나 보군. 비너블스는 어떤 사람이지?"

"매우 뛰어난 사람이야."

"그래? 어떤 방면에서 뛰어나다는 거지?"

"대단히 강인한 품성을 가지고 있네. 소아마비 때문에 다리를 전혀 움직이지 못하는 데도 불구하고 말이야."

"소아마비라고?"

코리건이 날카롭게 끼어들었다.

"몇 년 전에 소아마비를 앓았대. 허리 아래 부분이 완전히 마비된 상태야."

코리건이 실망한 표정으로 의자 등받이에 몸을 내던졌다.

"다 틀렸네! 어쩐지 너무 잘 풀린다고 생각했어."

"뭐가 말인가? 무슨 말인지 전혀 모르겠네."

그러자 코리건이 자세히 설명해 주었다.

"르죄느 경감님을 만나 볼 필요는 있겠어. 자네가 한 말에 관심을 보일 테니까. 르죄느 경감님은 고먼 신부님이 살해당한 날 밤 거리에서 신부님을 본 사람들이 있으면 제보해 달라고 했네. 늘 그렇듯이 대부분이 쓸모없는 제보였어. 하지만 그 지역에서 약국을 하고 있는 오즈본이란 약사가 그날 밤 고먼 신부님이 지나가는 걸 봤고, 그 뒤를 따라가는 남자도 봤다지 뭔가. 그 당시에는 당연히 별다른 생각 없이 봤겠지만, 그럼에도 불구하고 그 남자의 모습을 아주 자세히 기억하고 있었지. 다시 봐도 그 사람을 알아보겠다 싶을 정도로 말이야. 그런데 며칠 전에 르죄느 경감님이 오즈본에게서 편지 한 통을 받았어. 최근 약국을 그만두고 본머스로 이사를 했는데, 우연히 지역 바자회에 갔다가 문제의 그 남자를 봤다는 소식을 전해 왔지. 오즈본이 그 남자에 대해 알아봤더니, 이름이 비너블스라고 하더래."

코리건은 거기까지 말하고는 묻는 듯한 시선으로 나를 바라봤다. 나는 고개를 끄덕였다.

"맞아, 비너블스야. 바자회에 왔었어. 하지만 고먼 신부를 따라서 패딩턴 거리를 걷던 남자일 가능성은 없어. 하체 마비라서 육체적으로 불가능해. 오즈본이 잘못 본 걸 거야."

"오즈본은 남자의 인상착의를 아주 꼼꼼하게 묘사했네. 키가 대략 180센티미터에, 눈에 띄는 매부리코, 툭 튀어나온 결후. 어떤가?"

"맞아, 비너블스와 거의 일치해. 하지만……."

"나도 알아. 오즈본이 스스로 생각하는 것만큼 사람을 잘 알아보는 사람이 아닐 수도 있겠지. 분명히 닮은 사람을 보고 헷갈렸을 거야. 하지만 오히려 자네까지 머치 디핑에 대해 언급하고, 창백한 말인지 뭔지에 대해 얘기하니 신경이 쓰이는군. 도대체 창백한 말이 어쨌다는 건가? 어서 이야기를 해 봐."

"믿지 못할 거야. 사실 나도 완전히 믿고 있지는 않거든."

내가 미리 운을 띄웠다.

"어서 이야기해 보게."

나는 사이어자 그레이와 나눴던 대화를 코리건에게 그대로 들려주었다. 반응은 즉각적으로 나타났다.

"말도 안 되는 소리!"

"그렇게 말할 줄 알았어."

"당연하지! 자네 어떻게 된 거 아닌가? 하얀 수탉은 제물이겠지? 영매, 마녀, 죽음의 광선을 쏘아 보낼 수 있는 시골의 중년 독신 여성. 이봐, 그런 건 완전히 미친 소리야!"

"그래, 미쳤어."

내가 침울한 목소리로 말했다.

"이런! 그렇게 자꾸 동의하지는 말게. 자네가 그렇게 생각할 때는 분명히 그럴 만한 근거가 있었을 거야. 자네는 뭔가가 있다고 믿고 있어, 그렇지?"

"먼저 하나 물어볼게. 모든 사람이 죽음을 바라는 마음, 혹은 은밀한 자살 충동을 갖고 있다는 말이 과학적으로 근거가 있는 이야기일까?"

내 질문에 코리건이 잠시 망설이더니 대답했다.

"나는 심리학자가 아니야. 자네니까 하는 말인데, 나는 사실 심리학자들 중 반은 망상증 환자라고 생각해. 모두 이론에만 정신이 팔려 있는 자들이야. 현실에서는 지나치게 멀리 가 버렸어. 실제로 경찰은 돈 때문에 늙고 무력한 노파를 살해한 젊은이의 심리 상태를 설명하러 나온 심리학자의 고리타분한 의견을 그다지 좋아하지 않는다네."

"그럼 자네가 관심 있어 하는 분비선 이론에 대해서는 어떻게 설명할 건가?"

내 말에 코리건이 씩 웃어 보였다.

"그래, 좋아. 나 역시 이론가야. 인정하지. 하지만 내 이론 뒤에는 물리적 근거가 충분해. 증명할 수만 있다면 말이야. 하지만 무의식적인 작용이니 뭐니 하면서 떠들어 대는 건 모두 헛소리야!"

"믿지 않는다는 거로군."

"아주 안 믿는 건 아니야. 하지만 심리학 이론은 너무 멀리까지가 버렸어. 물론 무의식적인 '죽음을 바라는 마음'과 같은 그런 온갖 것들에도 어느 정도 근거가 있긴 해. 하지만 심리학자들이 주장하는 것만큼 근거가 타당하진 않아."

"하지만 그런 것이 존재하긴 하지?"

나는 끝까지 물고 늘어졌다.

"차라리 심리학 책을 사서 읽어 보는 게 나을 거야."

"사이어자 그레이는 자신이 심리학에 대해서도 정통하고 있다고 하더군."

"사이어자 그레이! 그 어쭙잖은 시골 여인네가 심리학에 대해 뭘 안다는 거지?"

"글쎄, 꽤 해박해 보이던걸."

"모두 허튼소리라니까!"

"이미 익숙한 이론에 부합하지 않는 새로운 이론에 대해서 사람들이 항상 해 온 말 같군."

"그러니까 자네는 그 여자가 말한 모든 헛소리를 곧이곧대로 믿는다는 거야?"

"나는 단지 거기에 과학적인 근거가 있는지 알고 싶을 뿐이야."

코리건이 어처구니가 없다는 듯이 코웃음을 쳤다.

"과학적 근거는 전혀 없다니까!"

"알았어. 난 단지 알고 싶었을 뿐이야."

"다음에는 그녀가 이상한 상자를 가진 여자라고 말하겠군."

"그게 무슨 소리야?"

"이따금 떠도는 황당한 이야기 가운데 하나야. 노스트라다무스가 한 얘기라나? 어떤 사람들은 그런 사소한 것까지 믿으려 드니까."

"최소한 이름이 적힌 그 목록이 어느 만큼 진행되었는지는 말해 줄 수 있겠지?"

"다들 열심히 알아보고 있어. 하지만 이런 일에는 시간이 많이 걸려. 잡다한 서류 처리도 많은 데다 주소나 세례명이 없는 이름은 추적하기도 어렵지."

"다른 각도에서 살펴보세. 한 가지는 확실한 것 같아. 짧은 기간 안에, 그러니까 1년이나 1년 반 사이에 그 이름들은 대부분 부고란에 실릴 거야. 그렇지 않나?"

코리건이 내게 기묘한 시선을 던졌다.

"그래, 그럴 수 있지."

"그들이 갖고 있는 공통점은 바로 죽음이야."

"맞아. 하지만 그것 또한 별 의미가 없을 수도 있어. 마크, 영국에서 하루에 얼마나 많은 사람이 죽는지 알고 있나? 그리고 그 목록에는 아주 흔한 이름도 들어 있어. 죽음은 별로 도움이 되지 않는 공통점이야."

"델라폰테인은 그렇게 흔한 이름은 아니야, 그렇지? 메리 델라폰테인이란 사람의 장례식이 지난 화요일이었네."

코리건이 놀란 듯 나를 힐끗 쳐다보았다.

"어떻게 그걸 알았지? 신문에서 봤나?"

"델라폰테인 부인의 친구에게서 직접 들었어."

"그 부인의 죽음에는 미심쩍은 구석이 전혀 없어. 그건 확실히 말해 줄 수 있어. 사실 경찰에서 지금 조사 중이네만 다른 사람들의 죽음에도 문제가 될 만한 건 거의 없어. 만약 사고사였다면 의혹을 샀을 거야. 하지만 모든 죽음이 완벽한 자연사야. 급성 폐렴, 뇌출혈, 뇌종양, 담석, 척수성 소아마비 등이지. 의심스러운 구석이 전혀 없어."

나는 고개를 끄덕였다.

"사고도 아니고 중독도 아니야. 죽음에 이르는 평범한 병일 뿐……. 사이어자 그레이가 주장한 그대로군."

"그 여자가 몇십 킬로미터 떨어진 곳에서 한 번도 본 적이 없는 사람을 폐렴에 걸려 죽게 할 수 있다는 거야?"

"내 말이 아니라 그 여자가 한 말이야. 나도 그런 건 불가능하다고 말하고 싶어. 하지만 호기심을 자극하는 요소가 확실히 있어. 누군가를 제거하는 것과 관련해서 '창백한 말'이라는 이름이 튀어나왔어. 그리고 거기 사는 이상한 여자는 그런 일이 실제로 가능하다고 대놓고 자랑하고 있지 않은가. 또 그 여자의 이웃에 사는 남자는 고먼 신부가 살해되던 날 밤에 신부를 따라 걷던 남자일 수도 있다고 했네. 죽은 신부는 죽어 가는 한 여자에게 불려 가서 어떤 사악함에 대한 이야기를 들었어. 우연의 일치가 지나치게 많다는 생각이 들지 않나?"

"고먼 신부를 쫓아가던 남자가 비너블스일 리 없어. 자네 말에 의하면 몇 년 전에 하반신 마비가 되었다고 했으니까 말이야."

"의학적인 관점에서 가능하지 않나? 마비가 된 척 위장할 수도 있잖아."

"의학적으로는 거의 불가능해. 다리가 위축되거든."

"좋아. 그렇다면 모든 의심이 확실하게 풀리는군."

나는 한숨을 내쉬며 인정했다.

"유감이네. 그걸 뭐라 불러야 할지 잘 모르겠지만, 만약 '청부 살인'을 전문으로 하는 단체가 있다면 비너블스의 머리 정도는 되어야 할 거야. 집 안에 갖고 있는 소장품을 보면 돈도 엄청나게 많다는 걸 알 수 있어. 그 많은 돈이 어디서 나왔을까?"

나는 말을 잠시 멈췄다가 한 마디를 덧붙였다.

"침대에서 깔끔하게 자연사한 이 사람들 덕분에 이익을 보는 사람들이 있었나?"

"누군가의 죽음에는 반드시 이익을 보는 사람들이 있는 법이야. 각기 차이는 조금씩 있겠지만 말이야. 자네 질문에 대한 답을 하자면 눈에 띄게 의심스러운 상황은 없네. 자네도 알고 있는 헤스케스드보아 부인은 조카와 질녀에게 약 5만 파운드를 남겼어. 조카는 캐나다에 살고 있고, 질녀는 결혼해서 잉글랜드 북부에 살고 있지. 토마시나 터커튼은 아버지로부터 어마어마한 유산을 물려받았어. 결혼을 하지 않고 스물한 살 이전에 죽는다면 그 돈은 자연히 계모에게 가게 되어 있지. 하지만 아직까지 계모는 흠잡을 데가 없어 보이더군. 그 다음은 자네가 말한 델라폰테인 부인이네. 돈을 사촌에게 남겼는데……."

"그래, 사촌은?"

"남편과 함께 케냐에 있어."

"모두 멋지게 부재중이잖아."

내가 퉁명스럽게 말하자, 코리건이 조금은 짜증 난 시선을 내게로 던졌다.

"세상을 떠난 세 명의 샌드포드 중에 한 명은 매우 젊은 아내를 남겼는데, 상당히 빨리 재혼했어. 죽은 샌드포드는 로마 가톨릭 신자라서 아마 이혼해 주지 않았을 거야. 뇌출혈로 죽은 시드니 하몬즈워스라는 친구는 신중한 협박 편지로 수입을 늘려 가는 중이었다네. 틀림없이 높은 자리에 있는 몇 사람은 그 친구가 없어졌다는 소식에 크게 안도했을 거야."

"결과적으로 자네가 말하고 싶은 건 그들의 죽음이 다른 사람들을 위해서도 어느 정도는 모두 유익한 죽음이었다는 거로군. 코리건은 어때?"

코리건이 씩 웃었다.

"코리건은 흔한 이름이야. 꽤 많은 코리건이 죽었어. 하지만 우리가 알고 있는 한 특별히 누군가의 이익이 될 만한 사람은 없었어."

"그럼 결론이 나는걸. 자네가 다음번 희생자일 거야. 부디 몸 조심하게나."

"그러지. 자네의 그 마녀가 십이지장 궤양이나 스페인 독감으로 날 해치울 거라고 생각하진 말라고. 나는 온갖 풍파를 이겨 낸 사람이라서 말이야."

"이보게, 코리건. 나는 사이어자 그레이가 주장한 것을 더 조사해 보고 싶어. 도와줄 수 있어?"

"아니, 그러고 싶지 않아. 자네같이 영리하고 교육까지 받은 친구가 그런 헛소리에 사로잡힌 이유를 모르겠어."

맥이 탁 풀리고 한숨이 절로 나왔다.

"다른 단어를 쓸 수는 없을까? 그 단어에는 이제 질려서 말이야."

"허튼소리! 이 말이 더 마음에 드나?"

"그것도 별로 좋지 않아."

"완고한 친구로군."

"내 생각으로는, 누군가는 해야만 할 것 같다고!"

제10장

글렌다워 클로스는 최근에 새로 단장을 한 마을이었다. 반원형 땅을 감싸고 있는 길 아래쪽에서는 인부들이 아직도 작업을 하고 있었다. 길의 중간쯤 되는 곳에 '에베레스트'라는 이름이 새겨진 대문이 있었다.

정원 울타리 너머로 구부리고 앉아서 구근을 심고 있는 등이 보이자 르죄느 경감은 단번에 그 사람이 자카리아 오즈본이라는 것을 알 수 있었다. 몸을 일으킨 오즈본은 방문자를 보기 위해 뒤돌아섰다. 르죄느 경감을 본 오즈본의 불그스름한 얼굴에 기쁨 때문인지 홍조가 더욱 짙게 피어올랐다. 시골에서 만난 오즈본은 런던에 있을 때와 별로 달라 보이지 않았다. 시골에서 지내기에 알맞은 튼튼한 신발을 신고 소매 있는 셔츠를 입고 있었지만, 그런 허술한 차림을 하고 있어도 산뜻하고 깔끔한 이미지는 그대로였다. 햇빛이 반사되는 둥근 대머리에는 땀방울이 송글송글 맺혀 있었다. 오즈본은 손님을 맞으러 앞으로 나서기 전에 손수건을 꺼내 땀방울을 꼼꼼하게 닦아 냈다.

"르죄느 경감님! 이거 영광입니다. 정말이에요, 경감님. 답장은 받았지만 이렇게 직접 오실 줄은 기대하지 못했습니다. 여기 에베레스트에 오신 걸 환영합니다. 에베레스트란 이름 때문에 놀라셨죠? 저는 히말라야 산에 관심이 아주 많답니다. 히말라야 원정대의 일정을 꼼꼼히 체크했었지요. 영국의 승리였습니다. 에드먼드 힐러리 경은 정말 대단한 사나이예요! 그 인내심이란! 그런 위험을 굳이 감수할 필요가 없는 저로서는 정복되지 않은 산을 오르거나 극점의 비밀을 발견하기 위해 얼음으로 덮인 바다를 항해하는 사람들의 용기를 높이 평가합니다. 아무튼 일단 안으로 들어가서 간단한 음료수라도 드시지요."

오즈본은 조그만 방갈로 안으로 르죄느 경감을 안내했다. 가구가 거의 없었지만 오즈본이 얼마나 깔끔한지를 잘 보여 주고 있었다.

"아직 다 꾸며 놓지를 못했어요. 하지만 기회가 있을 때마다 지역 경매에 참석한답니다. 상점 가격의 4분의 1 정도면 제법 좋은 물건을 살 수 있거든요. 자, 뭘 드시겠습니까? 셰리주를 드릴까요? 아니면 맥주? 차는 어떤가요? 잠깐이면 물을 끓일 수 있어요."

르죄느 경감은 맥주가 좋겠다고 했다.

"여기 있습니다."

잠시 후 오즈본이 커다란 백랍 잔 두 개에 맥주를 가득 따라서 돌아왔다.

"에베레스트(Everest)! 우리도 언젠가는 자리를 잡고 쉬게 될 거예요. 이 집의 이름에는 이중적인 의미가 있답니다.('ever rest'는 '영원히 쉬다'라는 의미가 있다 — 옮긴이) 이래 보여도 제가 농담을 아주 좋아하거든요."

의례적인 인사치레가 오간 뒤, 오즈본은 기대에 차서 몸을 앞으로 숙였다.

"제 정보가 도움이 되었습니까?"

르쾨느 경감은 가능한 한 침착하게 말했다.

"우리가 기대한 만큼은 아니었습니다."

"아, 솔직히 실망스럽군요. 하긴 고면 신부님과 같은 방향으로 걷고 있던 남자가 반드시 살인범이라고 할 수는 없겠지요. 그야말로 기대가 너무 컸나 봅니다. 그 비너블스라는 사람은 유복하고 평판도 좋아서 사교 모임 중에서도 최고급 모임에 들어가 있더군요."

"중요한 건 그날 저녁 당신이 본 사람이 비너블스일 리가 없다는 점입니다."

"오! 하지만 확실합니다. 제 마음에는 한 치의 의심도 없어요. 절대로 잘못 보지 않았습니다."

르쾨느 경감이 부드럽게 말했다.

"이번에는 잘못 보신 것 같습니다. 비너블스는 소아마비 환자입니다. 3년 전부터 하반신이 마비된 상태라서 다리를 사용할 수가 없습니다."

"소마아비라고요!"

오즈본이 놀랐는지 크게 외쳤다. 그러더니 애써 목소리를 가다듬으며 말했다.

"그렇다면 그가 혐의를 벗게 되겠군요. 하지만 르죄느 경감님, 기분 나쁘게 듣지 않으시기를 바랍니다. 정말 그럴까요? 제 말은 거기에 대해 명백한 의학적 증거가 있냐는 겁니다."

"그렇습니다, 오즈본 씨. 증거가 있습니다. 비너블스는 할리 가(街)의 윌리엄 더그데일 경의 환자입니다. 더그데일 경은 의학계에서도 가장 유명한 의사입니다."

"오, 물론 알다마다요! 왕립 의과 대학의 평의원이죠? 아주 유명한 사람이지요. 맙소사! 제가 큰 실수를 저질렀군요. 너무나 확신했거든요. 괜히 아무것도 아닌 일로 경감님을 번거롭게 해드렸군요."

"그렇게까지 생각할 필요는 없습니다. 알려 주신 정보는 여전히 매우 중요한 단서입니다. 당신이 본 남자는 비너블스와 몹시 닮았습니다. 흔치 않은 외모라서 그건 대단히 가치 있는 정보입니다. 그런 외모를 가진 사람이 그리 많지는 않을 테니까요."

"그렇군요."

오즈본은 기분이 다시 유쾌해졌다. 그래서 다소 기대감에 찬 목소리로 말했다.

"비너블스와 외모가 닮은 범죄자라…… 확실히 그런 사람이 많을 리 없겠군요. 런던 경시청에 있는 파일들을 보면……."

르죄느 경감이 느린 어조로 오즈본의 말허리를 잘랐다.

"그렇게 간단하지는 않을 겁니다. 경시청에 기록이 전혀 없을 수도 있습니다. 그리고 말씀하셨듯이 그날 밤의 남자가 고먼 신부님의 살해 사건과 관련되었다고 확신할 만한 증거도 딱히 없습니다."

오즈본은 다시 낙담한 모습이 되었다.

"사과해야겠군요. 헛된 희망 때문에 너무 앞서 나갔나 봅니다. 살인 사건 공판에서 증언할 기회를 너무나 바라다 보니……. 사람들이 뭐라 해도 제 증언 내용을 바꾸지 않을 자신이 있어요. 그건 확실해요. 그래요, 저는 제 증언을 끝까지 고집했을 거예요."

르죄느 경감은 아무 말도 하지 않고 생각에 잠긴 채 오즈본을 찬찬히 바라보았다.

"왜 그러시죠?"

"오즈본 씨, 무슨 이유로 그렇게 고집하는 겁니까?"

오즈본은 조금 당황했다.

"그야 제가 보기엔 너무나 확실하니까……. 오, 이런! 경감님의 말이 무슨 뜻인지 알겠어요. 그 남자가 비너블스가 아니라는 거지요? 그래서 제가 확신할 만한 아무런 근거가 없다는 거죠? 하지만 저는……."

르죄느 경감이 앞으로 몸을 내밀었다.

"제가 오늘 왜 당신을 만나러 왔는지 궁금하지 않습니까? 의학적 증거를 보면 목격된 남자가 비너블스일 리가 전혀 없는데, 왜 제가 이곳까지 왔을까요?"

"그렇긴 하네요. 르죄느 경감님, 왜 오셨는지 여쭤 봐도 될까요?"

"용의자의 인상착의에 대한 오즈본 씨의 강한 확신이 매우 인상적이었기 때문입니다. 그 확신이 어디에 근거한 건지 알고 싶었어요. 그날은 안개가 짙게 낀 밤이었지요. 저는 당신이 운영하던 약국 문가에 서서 거리 저쪽을 바라본 적이 있습니다. 안개 낀 밤이면 그 정도 멀리 있는 형체는 아주 흐릿하게 보일 것 같더군요. 얼굴의 특징을 선명하게 구별해 내는 건 거의 불가능할 것 같았습니다."

"물론 경감님의 말이 맞아요. 안개가 짙게 끼어 있었죠. 하지만 안개는 여러 덩어리로 뭉쳐 있기 때문에 이따금씩 선명한 공간이 조그맣게 생깁니다. 맞은편에 있는 길을 빠르게 걸어가는 고먼 신부님을 본 순간에도 그랬어요. 고먼 신부님과 뒤를 따라가는 남자를 그렇게 분명하게 볼 수 있었던 것도 바로 그 때문입니다. 게다가 뒤따라가던 남자가 정면에 멈추어 서더니 담배에 불을 붙이려고 라이터를 켜지 뭡니까. 그 순간 옆얼굴이 선명하게 보였습니다. 그 코며, 턱이며, 튀어나온 결후까지 말입니다. '강렬한 인상을 가진 남자구나.'라고 생각했지요. 전에는 그 남자를 한 번도 본 적이 없었어요. 한 번이라도 약국에 들렀다면 기억이 날 얼굴인데 말입니다."

오즈본이 거기에서 말을 멈추었다.

르죄느 경감이 생각에 잠긴 목소리로 대답했다.

"예, 알겠습니다."

오즈본이 기대를 갖고 다시 제안했다.

"형제라면 어떨까요? 어쩌면 쌍둥이 형제일 수도 있잖습니까? 그러면 문제가 해결될 텐데요."

"똑같이 생긴 쌍둥이 형제라고요? 소설에서는 너무나 편리한 해결책이지요. 하지만 실제 생활에서는 그런 일이 거의 없습니다. 아시다시피 불가능하다고도 할 수 있습니다."

르죄느 경감이 고개를 저었다.

"그래요…… 그럴 것 같군요. 하지만 그냥 형제라도 가능하지 않을까요? 가족끼리는 많이 닮으니까요."

오즈본은 아직 희망을 놓지 않았다.

"우리가 아는 한 비너블스는 형제가 없습니다."

르죄느 경감이 신중하게 말했다.

"우리가 아는 한?"

오즈본이 르죄느 경감의 말을 되풀이했다.

"비너블스는 영국 국적이긴 하지만 외국에서 태어났습니다. 부모가 열한 살 때 영국으로 데려왔지요."

"실제로는 그 사람에 대해 그다지 많이 알고 있지는 않군요. 가족에 대해서도……."

"그렇습니다. 직접 가서 묻지 않고는 그에 대해 알아내기가 쉽지 않으니까요. 사실 직접 찾아가서 물어볼 만한 근거도 없습니다."

르죄느 경감은 가급적이면 신중하게 말하려고 했다. 직접 가서 묻는 것 말고도 비너블스에 대해 알아내는 방법은 여러 가지가 있다. 하지만 오즈본에게 그것까지 말해 줄 생각은 전혀 없었다.

"만약 의학적 증거가 없었다면 당신이 본 남자의 신원에 대해서 확신하셨겠지요?"

르죄느 경감이 자리에서 일어서면서 물었다.

"오, 그럼요. 아시다시피 사람들의 얼굴을 기억하는 게 제 취미라고 할 수 있으니까요."

오즈본이 혀를 끌끌 찼다.

"그런 방법으로 여러 손님들을 깜짝 놀라게 했거든요. '천식은 어떠세요?'라고 물으면 사람들은 깜짝 놀란 표정을 짓는답니다. '지난 3월에 오셨잖아요. 하그리브스 선생의 처방전을 갖고 오셨죠?'라고 물으면 그 놀란 표정이라니! 장사하는 데도 많은 도움이 되었답니다. 사람들은 자기를 기억해 주는 걸 좋아하거든요. 비록 얼굴만큼 이름을 정확히 기억하지는 못했지만요. 이런 습관은 어릴 때부터 몸에 배어 있었답니다. '왕족들이 할 수 있는 거라면 너도 할 수 있어, 자카리아 오즈본!' 하며 최면을 걸곤 했지요. 나중에는 자동이었어요. 노력하지 않아도 한 번 본 사람은 절대 잊어버리지 않게 되었지요."

르죄느 경감이 한숨을 쉬었다.

"당신 같은 증인이 법정에 나왔으면 좋겠습니다. 신원 확인은 항상 까다로운 일이라서요. 모두 이런 식으로 말하지요. '오, 키가 좀 컸던 것 같아요. 금발에, 아니 밝은 금발은 아니고, 중간 정도예요. 흔한 얼굴이었어요. 눈은 파랗고, 아니 회색이었든가, 아마 갈색이었을 거예요. 회색 레인코트, 아니 짙은 파란색이었던 것 같아요.'"

오즈본이 그 말에 웃음을 터뜨렸다.

"모두 그런 식이라면 그다지 도움이 안 되겠군요."

"솔직히 말해서 당신 같은 증인은 하느님의 선물입니다!"

오즈본은 르쾨느 경감의 칭찬에 몹시 기쁜 표정이 되었다.

"재능을 타고났죠. 하지만 저는 그 재능을 갈고닦았어요. 어린애들이 하는 게임 중에, 여러 가지 물건들을 쟁반에 올려놓고는 몇 분 안에 그것들을 기억하는 게 있지요. 저는 매번 완벽하게 맞힐 수 있었어요. 사람들을 꽤 놀라게 했지요. 사람들은 하나같이 '정말 놀라워요.'라고 말해요. 놀라울 건 없어요. 단지 요령이죠. 부단한 연습으로 생기는 요령 말입니다."

오즈본은 만족스럽다는 듯이 미소를 지어 보였다.

"저는 솜씨 좋은 마술사이기도 했어요. 크리스마스 때는 아이들을 제법 즐겁게 해 주었지요. 실례지만 르쾨느 경감님, 가슴 앞 호주머니에 무얼 가지고 다니시나요?"

오즈본은 앞으로 몸을 숙이더니 르쾨느 경감의 호주머니에서 작은 재떨이를 빼냈다.

"쯧쯧, 경찰에서 일하시는 분이 이러시면 되나요?"

오즈본이 활짝 웃자 르쾨느 경감도 따라서 웃었다.

"이곳은 작지만 멋진 곳이에요. 이웃들도 유쾌하고 친절해요. 제가 오래전부터 고대해 온 삶이라고 할 수 있지요. 하지만 솔직히 말하자면 저는 예전이 많이 그립습니다. 수많은 손님이 약국을 찾아왔고 여러 가지 유형의 사람을 관찰할 수 있었으니까요. 지금은 제 소유의 조그만 정원을 갖게 되었고 다양한 취미도 가질 수 있게 되었습니다. 이따금씩 나비나 새를 관찰하기도 하지요. 하지만 지금에

와서 제가 인간적인 요소라고 부르는 것들을 이렇게 그리워하게 될 줄은 몰랐습니다. 외국 여행도 늘 가 보고 싶었습니다. 실제로 일주일 동안 프랑스에 다녀온 적도 있습니다. 꽤 괜찮았어요. 하지만 제게는 영국만으로도 충분하다는 걸 깨닫는 계기가 되었다고나 할까요? 한 가지 예로, 외국 음식이 별로 마음에 들지 않았어요. 계란과 베이컨을 요리하는 법에 대해 아무런 개념이 없어 보이더군요."

오즈본이 다시 한숨을 내쉬었다.

"살고 보면 결국 인간의 본성이 어떤 건지 적나라하게 보여 줄 뿐이에요. 저는 은퇴하기를 오랫동안 기대해 왔어요. 정말 그랬답니다. 하지만 지금은 여기 본머스에서 조그만 약국이라도 열어 볼까 생각 중입니다. 온종일 약국에 묶일 필요 없이 그저 흥미를 느낄 정도면 됩니다. 그러면 제 자신이 다시 사람들 속에서 살아가고 있다는 것을 느끼게 될 거예요. 경감님도 마찬가지일 겁니다. 저처럼 미리 계획을 세우겠지만, 막상 때가 오면 다시 과거의 흥분을 그리워하게 될 거예요."

르죄느 경감이 미소를 지으며 말했다.

"경찰관의 생활이란 게 생각하시는 것처럼 그렇게 낭만적인 흥분을 주는 생활이 아닙니다, 오즈본 씨. 그건 범죄에 대해 잘 모르셔서 하는 말입니다. 대부분은 지루한 일상 업무입니다. 늘 범인을 뒤쫓거나 불가사의한 단서를 따라다니는 건 아닙니다. 사실 그것조차 상당히 지루한 일이긴 해요."

오즈본은 믿지 못하겠다는 표정이었다.

"하긴 경감님 말씀이 맞겠지요. 어쨌든 도움이 되지 못해서 정말 유감입니다. 그럼 안녕히 가십시오, 르죄느 경감님. 만약 무슨 일이 있으면…….'

"알려 드리겠습니다."

르죄느 경감이 약속했다.

"교회 바자회가 있던 날에는 비너블스를 보고 정말 행운이라고 여겼는데……."

오즈본이 침울한 표정으로 중얼거렸다.

"압니다. 하지만 안타깝게도 의학적 증거가 너무나 확고합니다. 그런 종류의 병은 회복될 수 없으니까요, 그렇죠?"

"글쎄요……."

오즈본은 말끝을 흐렸다. 하지만 르죄느 경감은 알아차리지 못했다. 이미 성큼성큼 걸어서 멀어지고 있었기 때문이다. 오즈본은 르죄느 경감의 뒷모습을 바라보았다.

"의학적인 증거라……. 정말 의사들이란! 르죄느 경감이 의사라는 놈들에 대해 내가 아는 것의 반만 알았어도……. 순진한 사람들 같으니라고! 정말이지 의사들이란!"

제11장

마크 이스터브룩의 이야기

I

먼저는 허미아였고 이번에는 코리건에게까지 퇴짜를 맞았다.

좋다, 하지만 내가 정말로 바보짓을 하고 있다는 말인가?

나는 코리건이 말한 것처럼 헛소리를 확고한 진실이라도 되는 것처럼 받아들이고 있었다. 저 사기꾼 사이어자 그레이의 최면에 걸려 말도 안 되는 헛소리를 믿게 된 것이다. 너무나 쉽게 속아 넘어간, 미신에 빠진 얼간이다.

나는 말도 안 되는 이 일들을 모두 잊어버리기로 결심했다. 대체 나랑 무슨 상관이란 말인가?

각성의 안개 속을 지날 때쯤 데인 캘스롭 부인의 다급한 목소리가 다시 메아리쳤다.

'당신이 뭔가 해야만 해요!'

그런 말을 하기는 쉽다.

'당신을 도와줄 사람이 필요해요…….'

나는 허미아가 필요했다. 그리고 코리건이 필요했다. 하지만 둘 다 하고 싶어 하지 않았다. 그 외에는 달리 아무도 없었다.

나는 자리에 앉아서 누가 있을까 곰곰이 생각해 보았다. 그러다가 충동적으로 올리버 부인에게 전화를 걸었다.

"여보세요! 마크 이스터브룩입니다."

"무슨 일이지?"

"바자회 때 우리와 함께 있었던 여자의 이름이 뭐였죠?"

"어디 보자…… 그래, 진저! 그 이름 맞지?"

"그건 나도 알아요. 그 이름 말고 다른 이름요."

"어떤 다른 이름?"

"세례명이 진저일 것 같지는 않은데요. 그리고 틀림없이 성도 있을 테고요."

"글쎄, 당연히 그렇겠지. 하지만 나는 몰라. 성을 부르는 걸 들어본 적이 없는 것 같아. 그녀를 만난 건 나도 그날이 처음이었어."

올리버 부인은 잠깐 말을 끊었다가 다시 덧붙였다.

"로다에게 전화해서 물어보는 게 어때?"

나는 그 아이디어가 썩 마음에 들지 않았다. 다른 꿍꿍이가 있는 것처럼 생각할까 봐 가능하면 피하고 싶었다.

"그러고 싶지 않아요."

그러자 올리버 부인이 격려하듯 말했다.

"말도 못하게 간단한 일이야. 책을 한 권 보내 주기로 약속했는데 진저의 주소를 잃어버렸다고 하면 되잖아. 캐비어를 싸게 파는 집을 알려 주기로 했다든가, 언젠가 코피가 났을 때 그녀가 빌려 준 손수건을 돌려주기로 했다든가, 아니면 그림을 복원하고 싶어 하는 부유한 친구의 주소를 알려 주기로 했다고 말하면 되는 거야. 어떤 게 마음에 들어? 원한다면 더 생각해 낼 수도 있어."

"그중 하나면 충분할 거예요."

나는 올리버 부인을 안심시켰다. 그리고 전화를 끊고 나서 곧바로 로다에게 전화를 했다. 로다가 밝은 목소리로 전화를 받았다.

"진저? 아, 진저는 뮤스에 살아. 캘거리 플레이스 45번지. 잠깐 기다려 봐. 전화번호도 알려 줄게."

로다는 잠시 수화기를 내려놓았다 1분쯤 뒤에 다시 돌아왔다.

"카프리콘 35987이야. 적었어?"

"응, 고마워. 그건 그렇고 이름 좀 가르쳐 줘. 한 번도 들어 본 적이 없거든."

"이름? 아, 성을 말하는 거구나. 코리건이야. 캐더린 코리건. 방금 뭐라고 말한 거야?"

"응? 아무것도 아니야. 고마워, 로다."

내게는 기묘한 우연의 일치로 보였다. 코리건이라……. 두 명의 코리건. 아마 이건 무슨 징조일 것이다.

나는 곧바로 진저에게 전화를 걸었다.

II

　나는 진저와 '하얀 앵무새'란 술집에서 만났다. 테이블 맞은편에 앉은 진저는 머치 디핑에서 보여 준 것과 똑같이 상큼한 모습이었다. 흐트러진 듯한 빨간 머리와 주근깨가 있는 매력적인 얼굴, 그리고 민첩해 보이는 초록색 눈. 진저는 런던 풍의 옷차림을 하고 있었는데, 몸에 딱 붙는 바지와 느슨하게 늘어지는 스웨터, 거기다 검은색 울 스타킹을 신고 있었다. 하지만 그것 말고는 예전과 똑같은 모습이었고, 나는 그런 그녀가 마음에 들었다.

　"당신을 찾아내기 위해 많은 일을 해야 했어요. 성과 주소 그리고 전화번호까지 전혀 몰랐으니까요. 문젯거리가 생겼는데, 당신과 의논하고 싶어요."

　"우리 집 파출부가 항상 하는 말이에요. 대개는 스튜용 냄비나 브러시, 혹은 뭔가를 새로 사 줘야 한다는 뜻이지요."

　"이번엔 뭘 사 주진 않아도 돼요."

　나는 웃으며 그녀를 안심시켰다. 그런 다음 진저에게 이야기를 꺼냈다. 진저는 이미 '창백한 말'과 거기 사는 사람들을 알고 있었으므로 허미아에게 했던 만큼 길지는 않았다. 이야기를 끝낸 뒤 나는 일부러 그녀와 시선을 맞추지 않았다. 진저의 반응을 보고 싶지 않았다. 너그러운 웃음이나 단호한 불신 같은 건 더 이상 겪고 싶지 않았다. 다른 어느 때보다 더 바보처럼 느껴졌다. 누구도(데인 캘스롭 부인을 제외하고) 나처럼 생각하지는 않을 것이다. 나는 포크로

플라스틱 테이블 위에 아무 의미 없는 무늬를 그려 넣었다.

진저의 활발한 목소리가 들려왔다.

"그게 전부예요?"

"네, 그게 전부예요."

내가 솔직히 인정했다.

"어떠한 조치를 취해야 한다는 건가요?"

"그거야 당연하죠! 누군가는 해야 해요! 사람을 없애는 조직이 존재하는데 아무것도 하지 않을 수는 없잖아요."

"하지만 내가 뭘 할 수 있을까요?"

나는 진저의 목을 꼭 끌어안고 싶은 기분이었다.

진저는 퍼노드(감초로 맛을 낸 알코올 음료 — 옮긴이)를 홀짝거리면서 무슨 생각을 하는지 이마를 찡그렸다. 마음속에 따스한 기운이 번져 나갔다. 나는 이제 더 이상 혼자가 아니었다.

진저가 생각에 잠긴 목소리로 입을 열었다.

"어떻게 된 일인지 모두 알아내야 해요."

"나도 그렇게 생각해요. 하지만 어떻게 시작해야 할까요?"

"단서가 한두 개쯤 있는 것 같아요. 아마도 내가 도울 수 있을 거예요."

"당신이? 하지만 직장 때문에 바쁘잖아요."

"근무 시간이 끝난 뒤에 해도 충분할 거예요."

진저는 다시 이마를 찡그렸다.

"그 여자 말이에요……."

한참 뒤 진저가 입을 열었다.

"올드 빅에서 공연을 본 뒤 식사를 하다가 만난 여자 말이에요. 포피라고 했던가요. 그녀가 뭔가 알고 있어요. 그것부터 알아내야 해요."

"맞아요. 하지만 두려워하고 있었어요. 물어보려고 하자 잔뜩 경계하면서 나를 완전히 밀어내 버렸어요. 겁에 질려 있으니 아무 말도 하지 않을 겁니다."

그러자 진저가 자신 있게 말했다.

"그 부분은 내가 도울 수 있어요. 당신에게는 안 했지만 내게는 말할 거예요. 만날 수 있도록 주선해 줄래요? 당신 친구와 그녀, 당신과 나, 이렇게 넷이 함께 만나면 되겠죠? 쇼나 저녁 식사는 어때요? 그건 너무 비싼가요?"

진저는 조금 머뭇거리는 표정으로 조심스레 물었다. 나는 그 비용쯤은 얼마든지 댈 수 있다고 그녀를 안심시켰다.

"당신은 토마시나 터커튼 쪽을 찔러보는 게 좋겠어요."

진저가 내게 제안했다.

"하지만 어떻게요? 그녀는 이미 죽었잖아요."

"그리고 누군가 그녀가 죽기를 원했지요. 당신 생각이 맞다면 말이에요! 아마 창백한 말을 끼고 그 일을 준비했겠지요. 두 가지 가능성이 있어요. 계모 아니면 루이지의 가게에서 남자 때문에 토마시나와 싸웠다던 또 한 명의 여자. 아마도 토마시나는 그 남자와 결혼할 생각이었을 거예요. 만약 그 젊은 남자에게 결혼을 결심한 정

도로 푹 빠져 있었다면 계모나 싸운 여자 모두에게 달갑지 않은 일
이었겠지요. 둘 중 한 명이 창백한 말을 찾아갔을지도 몰라요. 거기
에서 단서를 찾게 될 수도 있잖아요. 그런데 토마시나와 싸운 여자
의 이름이 뭐였어요? 기억나요?"

"루였던 것 같은데……."

"옅은 색깔의 가늘고 긴 금발 머리, 중키에 가슴이 풍만한 여자?"

나는 진저의 묘사에 고개를 끄덕였다.

"나도 만나 본 적이 있어요. 루 엘리스라고 돈이 좀 있는 여자라
고 들었어요."

"그렇게 보이지는 않던데요."

"그렇게 보이지는 않지만 확실해요. 어쨌거나 창백한 말에서 요
구하는 비용 정도는 지불할 여유가 있을 거예요. 거기서도 아무 대
가 없이 그런 일을 하지는 않을 테니까요."

"그렇겠죠."

"당신은 토마시나의 계모한테 접근해 보세요. 나보다는 당신이
적합해요. 가서 만나면……"

"그녀가 어디에 살고 있는지도 모릅니다."

"루이지는 토마시나의 집안에 대해 알고 있었어요. 아마 그녀가
사는 주(州)도 알고 있을 거예요. 나머지는 책을 몇 권 뒤져 보면 나
오겠죠. 아참! 우린 진짜 바보예요!《타임》에 부고가 실렸잖아요. 가
서 파일을 뒤져 보면 되겠네요."

"계모에게 접근하려면 제법 그럴듯한 구실을 만들어 내야만 할

거예요."

나는 얼른 좋은 생각이 떠오르지 않았다.

하지만 진저는 아주 간단하다고 했다.

"당신은 유명 인사예요. 역사학자고 강의도 하죠. 이름 뒤에 학위를 붙일 수도 있어요. 오히려 터커튼 부인이 당신을 만나고 싶어서 안달할 거예요."

"그럼 어떤 구실이 좋을까요?"

"건축학적 특징에 대한 관심은 어때요? 오래된 집이라면 반드시 몇 개쯤 있을 테니까요."

진저가 애매하게 말했다.

"내 전공과는 전혀 상관이 없는데요."

내가 반대했다.

"상대방은 모를 거예요. 사람들은 백 년 이상 된 건 뭐든지 역사학자나 고고학자의 관심을 끌 거라고 생각하죠. 아니면 그림은 어때요? 집안에 오래된 그림이 있을 거예요. 어쨌거나 대충 약속을 만들고, 그 집에 가서 엄청 매력적으로 군 다음에, 딸을 만난 적이 있다고 하세요. 매우 유감이라고 말한 다음 갑자기 창백한 말을 언급하는 거예요. 내킨다면 조금 밉살스럽게 행동해도 돼요."

"그런 다음에는?"

"그럼 다음에는 반응을 관찰하는 거지요. 뜬금없이 창백한 말을 언급하면 양심에 찔리는 게 있을 경우, 분명히 뭔가 밖으로 표가 날 거예요."

"만약 성공하면 그 다음에는 어떻게 하죠?"

"중요한 건 우리가 제대로 된 길에 들어섰다는 걸 아는 거예요. 일단 확신하고 나면 전력 질주할 수 있을 테니까요."

진저는 또다시 생각에 잠겼다.

"또 한 가지 중요한 건 사이어자 그레이가 왜 당신에게 모든 걸 말했냐는 거예요. 그렇게 솔직할 필요가 있을까요?"

"상식적으로 대답하자면, 일종의 광기가 아닐까요?"

"그것보다 내 말은 왜 당신이냐는 거예요. 특별히 당신에게 말한 이유가 뭘까요? 어떤 연관이 있는 게 아닐까 싶어요."

"어떤 것과 말이죠?"

"잠깐만 기다려 주세요. 생각을 정리해 봐야겠어요."

나는 진저가 생각을 끝낼 때까지 기다렸다. 진저는 확신하듯 두어 번 머리를 끄덕였고 그런 다음 입을 열었다.

"단지 가정일 뿐이지만 이런 식으로 일이 흘러갔다고 생각해 봐요. 포피는 애매하긴 하지만 창백한 말에 대해 알고 있어요. 직접 경험해서가 아니라 우연히 얘기를 들어서 아는 거지만. 그녀는 대화가 진행될 때 거의 눈에 띄지 않는 여자예요. 하지만 그녀는 다른 사람들이 생각하는 것 이상으로 많은 내용을 주워들었어요. 약간 어리숙한 사람들이 흔히 그런 식이거든요. 그날 밤 포피는 그렇게 우연히 들은 걸 당신에게 말했고, 그 일로 누군가 그녀를 혼냈어요. 다음 날 당신이 찾아가서 이것저것 묻자 그녀는 겁에 질려서 입을 열지 않았어요. 하지만 당신이 찾아가서 질문을 했다는 사실이 그들에게 전해졌겠지요. 그렇다면 당신은 왜 질문을 하러 갔던 걸까요? 경찰도 아닌데 말이에요. 가장 그럴듯한 이유는 당신이 미래의 고객이라는 거예요."

"하지만 확실히……."

"논리적이죠. 당신은 이런 일에 대한 소문을 들었고, 자세히 알고 싶어 해요. 나름의 목적을 가지고 말이죠. 얼마 있지 않아 머치 디핑의 바자회에도 나타나고, 창백한 말에도 찾아갔어요. 당신이 데려다 달라고 부탁했기 때문이라고 생각하겠죠. 그리고 무슨 일이 벌어졌나요? 사이어자 그레이가 곧바로 판촉에 뛰어들었지요."

"그럴듯하네요, 진저. 그런데 사이어자 그레이가 정말 그런 일을 할 수 있을까요?"

"개인적으로는 물론 그럴 수 없다고 말하고 싶어요. 하지만 그런 이상한 일이 실제로 일어나기도 해요. 특히 최면술같은 경우에는 더욱 그렇죠. 다음 날 오후 4시에 양초를 한입 베어 먹으라고 최면을 걸면, 왜 그래야 하는지도 모르면서 다음 날 그렇게 하잖아요. 그런 종류의 이상한 일이 일어날 수도 있을 거라고 생각해요. 전류 상자에 피 한 방울을 떨어뜨리면 2년 내에 암에 걸릴지 그렇지 않을지 알려 준다고 해요. 거짓말처럼 들리죠? 하지만 완전히 근거 없는 이야기는 아닐 거예요. 사이어자에 관해서도 마찬가지예요. 꼭 진실이라고 생각하지는 않지만 혹시라도 진실일까 봐 두렵기도 해요."

"맞아요. 나 또한 같은 생각이에요."

나는 우울하게 말했다.

"루에 대해서라면 나한테 맡겨 두세요. 우연히 마주칠 만한 장소를 많이 알고 있거든요. 루이지도 몇 가지 알고 있을 테고. 하지만 가장 먼저 할 일은 포피와 만나는 거예요."

진저가 굉장히 적극적으로 말했다.

포피와의 약속은 상당히 쉽게 이루어졌다. 사흘 뒤 데이비드의 저녁 시간이 비어 있다고 해서 함께 뮤지컬을 보기로 한 것이다. 데이비드는 약속대로 포피를 데리고 나왔다. 우리는 뮤지컬을 보고 나서 저녁을 먹으러 판타지로 갔다. 화장을 고치러 파우더 룸으로 들어간 뒤 영 돌아오지 않던 진저와 포피가 굉장히 친해져서 돌아왔다. 진저의 지시에 따라 논쟁적인 화제는 테이블 위에 오르지 않았다. 그런 다음 우리는 그들과 헤어졌고, 나는 진저를 집까지 데려다 주었다.

진저가 유쾌하게 말했다.

"별로 보고할 만한 게 없어요. 루를 만났어요. 토마시나와 루는 진 플레이든이란 남자를 두고 싸웠대요. 다소 지저분한 녀석인 데다 여자 뒤꽁무니 쫓아다니는 데는 선수였대요. 여자들에게도 인기가 많았나 봐요. 진과 루가 한참 사귀고 있는데 토미가 나타났대요. 루는 그가 토미를 좋아한 게 아니라 돈을 쫓아간 거라고 말하더라고요. 아마도 그렇게 생각하고 싶은 거겠죠. 어쨌거나 그는 뜨거운 석탄 떨구듯 루를 떨궈 냈고, 루는 감정이 몹시 상했대요. 그녀 말에 의하면 대단한 소동은 아니고 그저 약간 흥분했었다고 하더군요."

"그게 약간 흥분한 거라고요? 그녀는 토미의 머리카락을 뿌리째 뽑았어요."

"나는 단지 루가 말한 대로 전했을 뿐이에요."

"대단히 솔직한 여자 같군요. 당신에게 사실대로 모두 털어놓던가요?"

"오! 모두들 연애사에 대해 말하는 건 좋아하니까요. 듣는 사람만 있으면 누구에게라도 말할 거예요. 어쨌거나 루는 지금 다른 남자 친구를 만들었고, 내 보기에는 역시 비슷한 녀석이지만, 이미 그 남자한테 푹 빠졌어요. 루가 창백한 말의 고객이었을 것 같지는 않아요. 창백한 말을 언급해도 아무런 반응이 없었거든요. 루는 제외시켜도 될 것 같아요. 루이지도 별일 아니었다고 하더군요. 반면에 토미는 그 남자에 대해 매우 진지한 것처럼 보였대요. 진도 토미한테 반해 있었고요. 계모에 대한 일은 어떻게 되었나요?"

"지금 해외에 나가 있어요. 내일 돌아온다고 하더군요. 방문하겠다는 편지를 한 통 썼어요. 사실은 비서에게 쓰라고 시켰지요."

"좋아요. 이제 뭔가 나오겠죠. 중간에 흐지부지되지 않기를 바랄 뿐이에요."

"뭔가 알아낼 수나 있을지 모르겠어요!"

"그렇게 될 거예요."

진저가 열정적으로 응원한 뒤 내게 물었다.

"그래서 말인데요, 모든 일의 처음으로 돌아가서 생각해 봐요. 고먼 신부님이 죽어 가는 여자에게 불려 간 다음에 살해되었다고 했지요? 결국 신부님은 여자가 말한 무엇 때문에 살해된 거예요. 그게 뭘까요? 참, 그 여자는 어떻게 되었죠? 죽었어요? 어떤 여자예요? 거기에도 단서가 있을 텐데요."

"죽었어요. 그녀에 대해서는 별로 아는 게 없어요. 성이 데이비스 였다는 게 고작이에요."

"더 알아볼 수 있어요?"

"원한다면요."

"배경을 알아낼 수 있다면 여자가 어떻게 그런 중요한 정보를 알게 되었는지 알 수 있을 거예요."

"무슨 말인지 알겠어요."

나는 다음 날 아침 일찍 코리건에게 전화를 걸어서 궁금한 걸 물어보았다.

"어디 보자, 좀 더 알아내긴 했지만 많이 알아내지는 못했네. 진짜 성이 데이비스가 아니라서 조사하는 데 시간이 좀 더 걸렸지. 잠깐만 기다려 봐. 몇 가지를 적어 두었는데……. 오, 찾았다! 본래 성은 아처고, 남편은 삼류 범죄자였어. 남편과 헤어지면서 처녀 때 성을 다시 쓰기로 한 것 같아."

"아처는 어떤 범죄자야? 지금은 어디에 있지?"

"아주 시시껄렁한 잡범이야. 백화점에서 물건을 슬쩍하거나 여기저기서 좀도둑질을 했지. 전과도 몇 건 있어. 지금 어디에 있냐고? 안타깝게도 지금은 죽었어."

"별거 없군."

"그래, 별거 없어. 데이비스 부인이 죽을 때까지 일하던 회사인

소비자 조사 연구소에서도 그녀에 대해서나 그녀의 배경에 대해서
는 전혀 모르고 있더군."

나는 고맙단 말을 하고 전화를 끊었다.

제12장

마크 이스터브룩의 이야기

사흘 뒤, 진저가 전화를 걸어 왔다.

"전해 줄 게 있어요. 이름과 주소니까 받아 적어요."

나는 얼른 노트를 꺼냈다.

"말해 봐요."

"이름은 브래들리, 주소는 버밍엄 시청 광장 빌딩 78번지예요."

"이게 도대체 뭔데요?"

"어떻게 된 건지는 하느님이나 아실 거예요! 아마 포피도 자기가 무슨 말을 했는지 모를 거예요."

"포피? 그럼 이건……?"

"맞아요, 그동안 포피에게 작업했어요. 내가 만나면 뭔가 알아낼 수 있을 거라고 말했잖아요. 일단 친해지고 나면 그 다음은 쉬워요."

"어떻게 한 거예요?"

나는 정말 궁금해서 물었다. 그러자 진저가 커다랗게 웃음을 터뜨렸다.

　"여자들끼리의 일이에요. 아마 이해하지 못할 거예요. 요점은 여자들끼리의 수다는 다들 큰 문젯거리가 되지 않을 거라고 생각한다는 거죠. 포피도 그게 문제가 된다고는 생각하지 않을걸요."

　"말하자면 노동 조합 같은 연합이 이루어진다는 건가요?"

　"그렇게 말할 수도 있겠네요. 어쨌거나 우리는 점심을 같이 먹었고, 그런 다음 내 연애 생활에 대해 떠벌렸어요. 온갖 장애물이 있는 것처럼 과장했죠. 결혼한 남자인데 아내가 가톨릭 신자라서 이혼해 주려 하지 않아 지옥 같은 나날이라고요. 아내는 늘 아프다고 하지만 몇 년 안에 죽을 것 같지는 않다고 했어요. 그녀를 위해서도 죽는 게 훨씬 좋을 거라고 했죠. 창백한 말에 의뢰하고 싶은 마음은 굴뚝 같은데 어떻게 해야 하는 건지 모르겠다고 하고, 값이 굉장히 비싸냐고 물었어요. 그러자 포피가 아마 비쌀 거라고 말하더군요. 굉장히 비싸다고 들었대요. 그래서 '그 문제라면 유산을 상속받을 가능성이 있으니까……'라고 말했죠. 내게는 거동하지 못하는 작은할아버지가 있다고 했어요. 물론 그분이 죽는다는 생각은 하기도 싫지만요. 어쨌거나 그들이 그런 것도 고려하지 않을까 싶어서요. 내가 '어떻게 착수해야 하는 거야?'라고 묻자 포피가 그 이름과 주소를 기억해 냈어요. '먼저 그 사람을 만나야 해. 사무적인 일을 처리해야 하거든.'이라고 말하더군요."

　"환상적인데요!"

"그렇죠?"

우리 두 사람은 잠시 침묵했다. 그런 뒤 내가 믿을 수 없다는 듯이 말했다.

"포피가 꽤 솔직하게 말을 했네요. 겁에 질린 모습을 보이진 않던가요?"

그러자 진저가 발끈하며 말했다.

"이해하지 못하는군요. 여자들끼리 얘기할 때는 경계심이 없다니까요. 만약 우리가 생각하는 게 사실이라면, 그 사업에는 어느 정도 홍보가 필요해요, 그렇죠? 이번 경우도 그런 홍보 과정이라 생각하면 돼요. 그들은 틀림없이 새 고객을 원할 거예요."

"그런 걸 믿다니 우리 둘 다 미쳤나 봐요."

"맞아요, 우린 미쳤어요. 브래들리를 만나러 버밍엄에 갈 거죠?"

"그럼요, 당연히 만나러 가야죠. 실제로 그 사람이 존재한다면 말이지만요."

나는 그런 사람이 존재한다는 걸 믿기 어려웠다. 하지만 내가 틀렸다. 브래들리는 실재했다.

시청 광장 빌딩은 수많은 사무실로 이루어진 거대한 벌집이었다. 78번지는 3층에 있었다. 유리문에는 'C. R. 브래들리, 중개인'이라는 검은색 글씨가 깔끔하게 인쇄되어 있었다. 그 아래쪽에는 더 작은 글씨로 '들어오세요.'라고 씌어 있었다.

안으로 들어가자, 조그만 바깥쪽 대기실은 텅 비어 있고, '개인 사무실'이라고 표시된 문이 반쯤 열려 있었다. 안에서 남자의 목소리가 들려왔다.

"이쪽으로 들어오세요!"

안쪽 사무실은 대기실보다 좀 더 넓었다. 책상 하나, 편안한 의자두 개, 전화기, 서류함이 있었고, 브래들리로 보이는 사람이 책상에 앉아 있었다.

브래들리는 키가 작고 검은 머리와 작고 매서운 검은 눈을 가진 남자였다. 거기다 검은 양복까지 입고 있어서 무척 깔끔한 인상을 주었다.

"문 좀 닫아 주시겠어요?"

브래들리가 유쾌하게 말했다.

"자리에 앉으세요. 의자가 꽤 편안하답니다. 담배는 피우시나요? 안 피우신다고요? 자, 무엇을 도와드릴까요?"

나는 한동안 그를 바라보았다. 어떻게 시작해야 하는 건지 알 수 없었다. 무슨 말을 해야 할지 전혀 떠오르지 않았다.

"얼마죠?"

순전히 절망감에서 이 말이 불쑥 튀어나왔을 것이다. 아니면 단추처럼 작은 눈 때문이었을 수도 있다.

내가 내뱉은 말 때문에 브래들리는 좀 놀란 듯 보였고, 그걸 보자 왠지 모를 쾌감이 일었다. 하지만 그가 놀란 건 내가 생각하고 있던 그런 이유는 아닌 것 같았다. 내가 그랬다면 머리가 이상한 사람이 사무실에 찾아왔다고 생각할 텐데, 브래들리는 그렇게 생각하지 않은 모양이었다.

브래들리는 눈썹을 살짝 추어올릴 뿐이었다.

"이런, 시간을 낭비하지 않는 분이군요, 그렇죠?"

나는 그대로 밀고 나가기로 했다.

"얼마예요?"

그는 나무라는 듯한 태도로 가볍게 머리를 저었다.

"그렇게 하면 안 됩니다. 순서대로 일을 진행해야죠."

나는 어깨를 으쓱했다.

"좋으실 대로 하세요. 어떤 게 순서대로 하는 거지요?"

"우리는 아직 인사도 나누지 않았습니다, 그렇죠? 이름이라도 알려 주세요."

"이름을 알려 주고 싶은 생각은 전혀 없습니다."

"신중하군요."

"그런 편입니다."

"그건 칭찬할 만한 자질이지요. 언제나 효과가 있는 건 아니지만 말입니다. 누가 보냈습니까? 제가 알고 있는 친구인가요?"

"그것도 말할 수 없습니다. 제 친구의 친구가 당신 친구를 알고 있습니다."

브래들리는 고개를 끄덕였다.

"많은 손님이 그런 식으로 찾아오지요. 어떤 문제들은 아주 미묘하거든요. 제 직업은 알고 계시겠죠?"

내 대답을 기다리려는 생각은 없었는지 브래들리가 스스로 답을 내놓았다.

"저는 경마 중개업자예요. 당신도 당연히 말에 관심이 많겠죠?"

"경마는 좋아하지 않습니다."

나는 애매하게 대답했다.

"말에는 여러 면이 있답니다. 경마도 있고 사냥도 있지요. 나는 내기처럼 모험적인 방면에 더 흥미가 있습니다."

브래들리는 잠시 말을 멈췄다가 대수롭지 않게 보이려는 듯 의도적으로 가볍게 물었다.

"마음에 두고 있는 말이라도 있습니까?"

"'창백한 말'입니다……."

"아, 대단히 좋습니다. 훌륭해요! 이런 말을 해도 될지 모르지만 제가 보기에 손님 본인이 다크호스처럼 보이십니다. 하하! 긴장하지 않으셔도 됩니다. 그렇게 긴장할 필요는 전혀 없습니다."

"그렇게 말씀하신다면야."

내가 다소 무례한 어조로 말했다. 그러자 브래들리가 더 온화하고 달래는 듯한 어투로 말했다.

"어떤 느낌인지 잘 이해할 수 있습니다. 하지만 걱정할 필요는 전혀 없다고 보장할 수 있습니다. 이래 봬도 전직이 변호사였습니다. 물론 자격을 박탈당했지만 말입니다."

마지막 말은 슬쩍 집어 넣는 것처럼 아무렇지 않게 덧붙였다. 거의 상냥하다고 해도 될 정도였다.

"자격을 박탈당하지 않았다면 여기 있지 않았을 겁니다. 하지만 장담하건대 저는 법을 잘 압니다. 제가 추천하는 건 모두 합법적입니다. 단지 내기일 뿐입니다. 어떤 것에라도 내기를 걸 수 있습니다. 내일 비가 올지 어떨지, 러시아 인이 달에 사람을 보낼 수 있을지 어떨지, 혹은 아내가 쌍둥이를 낳게 될지 어떨지에 대해서도요. B부인이 크리스마스 전에 죽을지 어떨지, 혹은 C부인이 100살까지 살지 어떨지에 대해서도 내기를 걸 수 있습니다. 당신의 판단, 직감, 혹은 그게 뭐든 그걸 따르는 것뿐입니다. 아주 간단한 일이에요."

수술 전에 외과 의사가 환자를 안심시킬 때 하는 말 같았다. 브래들리의 상담 매너는 완벽했다.

나는 천천히 말을 풀어 나갔다.

"창백한 말이라는 사업을 제대로 이해할 수 없습니다."

"그래서 걱정스러운 거죠? 그래요, 많은 사람이 그걸 걱정합니다. 뭐가 뭔지 잘 모르겠다고 하죠. 솔직히 말해서 나도 이해하지 못하고 있습니다. 하지만 결과는 확실해요. 가장 경이로운 방식으로 결과가 나타납니다."

"좀 더 설명해 주십시오."

나는 내 역할에 점점 빠져들어 갔다. 신중하고 간절하지만 겁에 질린 역할이다. 브래들리가 자주 다뤄 본 태도였음이 분명했다.

"그곳을 아십니까?"

나는 어떻게 대답할지 빠르게 결정을 내렸다. 거짓말을 하는 건 현명하지 못하리라.

"글쎄요……. 사실 친구들과 함께 가 봤습니다."

"오래된 곳이지요. 매력이 있고, 역사적 흥밋거리가 가득합니다.

정말 놀랍게 복구해 냈어요. 그녀를 만났겠죠? 제 친구인 사이어자 그레이 말입니다."

"물론이지요. 비범한 여성이었어요."

"그렇지요? 맞아요, 그렇고말고요. 정확하게 말씀하셨습니다. 비범한 여성이에요. 거기다 비범한 능력까지 겸비하고 있지요."

"그녀가 주장한 것들이 정말로 가능한가요? 그런 말은 처음 들어서요."

"핵심을 물으실 줄 아시는군요. 그거야말로 아주 중요한 핵심입니다. 사이어자 그레이가 할 수 있다고 주장하는 그런 일은 누구나 불가능하다고 말할 겁니다. 예를 들어 법정 같은 곳에서는 더더욱 그렇지요."

검은 단추 같은 눈이 내 눈을 들여다보았다. 브래들리는 마지막 말을 의도적으로 강조하면서 다시 반복해 말했다.

"법정에서는 그 모든 게 헛소리가 될 겁니다! 만약 한 여자가 일어나서 살인을 자백하는데, 그 살인이 '원격 조작'에 의한 살인이나 '의지력'과 같은 허튼 용어에 의한 살인이라면, 그 자백에 대해서는 법적으로 어떻게 할 방법이 없습니다. 설사 그 진술이 사실일지라도 (물론 당신이나 나처럼 지각 있는 사람은 조금도 믿지 않겠지만!) 법적으로 인정받을 수 없습니다. 원격 조작에 의한 살인이란 건 법의 눈으로 볼 때 살인이 될 수 없습니다. 그저 헛소리일 뿐이지요. 이 사업의 훌륭한 장점이 바로 이겁니다. 조금만 깊이 생각해 본다면 당신도 이해할 수 있을 겁니다."

브래들리가 날 안심시키고 있다는 건 알 수 있었다. 불가사의한 힘에 의한 살인은 영국 법정에서 살인이 아니다. 만약 내가 폭력배를 고용해서 곤봉이나 칼로 살인을 저지르게 한다면 나는 사전 공범으로 함께 구속될 것이다. 범죄를 공모했기 때문이다. 하지만 내가 사이어자 그레이에게 흑마술을 쓰도록 의뢰했다면 그것은 법적으로 아무 문제가 되지 않을 것이다. 브래들리의 말에 의하면 그게 이 사업의 훌륭한 장점이었다.

특유의 회의적인 생각이 치밀고 올라와 나는 격하게 말을 쏟아냈다.

"하지만 너무 환상적입니다! 솔직히 믿을 수가 없어요. 그런 건 불가능해요!"

"저도 당신과 같은 생각입니다. 정말 그래요. 사이어자 그레이는 비범한 여성이고 비범한 힘을 갖고 있는 것도 확실하지만 사람들은 그녀가 주장하는 바를 믿을 수 없다고 합니다. 당신 말대로 지나치게 환상적인 거죠. 요즘 같은 시대에 누가 믿겠어요! 영국의 시골 오두막에 앉아 강한 염력을 직접 보내거나, 아니면 영매를 이용해 먼 카프리 섬에 있는 다른 사람을 병들어 죽게 할 수도 있다는 걸 믿을 리가 없지요."

"하지만 사이어자 그레이는 그런 일을 할 수 있다고 주장하는 거잖아요?"

"맞습니다. 사이어자는 힘을 갖고 있습니다. 그녀는 스코틀랜드 출신인데, 투시력이 그 종족이 가진 특성이라고 합니다. 그건 실제로 존재합니다. 제가 아무 의심 없이 믿는 건 바로 이겁니다."

브래들리가 몸을 앞으로 숙이면서 자신의 손가락을 인상적으로 흔들었다.

"사이어자는 천리안을 가지고 있습니다. 어떤 사람이 언제 죽을지 미리 알지요. 그건 특별한 재능입니다. 그녀는 정말로 그런 재능을 갖고 있습니다."

브래들리는 다시 뒤로 물러앉아 나를 빤히 살펴보았다. 나는 그가 다른 말을 할 때까지 조용히 기다렸다.

"가상적인 경우를 놓고 생각해 봅시다. 누군가 미래에 대해 너무나 간절히 알고 싶어 합니다. 예를 들어 고모할머니 일라이저가 언제 죽을지 말입니다. 그 사실을 미리 알면 매우 유용하다는 걸 당신도 인정할 겁니다. 거기에는 몰인정한 것도, 잘못된 것도 없습니다. 단지 사무적으로 조금 편리할 뿐입니다. 어떤 계획이 있을까요? 다가오는 11월에 유용한 돈이 들어오게 될까? 그걸 알게 된다면 보다 가치 있는 선택을 할 수 있을 겁니다. 거기에 반해 죽음이란 늘 불확실한 문제입니다. 일라이저 고모할머니는 친절한 의사의 도움을 받아서 앞으로 10년을 더 살지도 모릅니다. 당신도 물론 기쁠 겁니다. 고모할머니를 좋아하니까요. 하지만 고모할머니가 언제 죽을지 미리 알면 매우 유용할 겁니다."

그는 잠시 말을 끊고 몸을 더 앞으로 숙였다.

"거기서 제가 등장하는 겁니다. 저는 내기를 좋아합니다. 무엇에든 내기를 겁니다. 당신은 저를 만나러 왔습니다. 당연히 고모할머니가 죽는 쪽에 돈을 걸고 싶지는 않겠지요. 인정적으로 그쪽은 매우 혐오스럽게 느껴질 테니까요. 그래서 우리는 이런 식으로 내기를 합니다. 당신은 일라이저 고모할머니가 다음 크리스마스까지 기운차고 튼튼하게 살아 계시는 쪽에 돈을 걸고, 저는 그렇지 못할 거라는 데 돈을 겁니다."

단추 같은 눈이 나에게 계속 고정되어 있었다.

"문제될 건 아무것도 없습니다, 그렇죠? 아주 간단합니다. 대상에 대해 토론을 한 뒤, 저는 고모할머니가 곧 죽을 거라는데, 당신은 죽지 않을 거라는 데 내기를 겁니다. 그런 다음 우리는 계약서를 쓰고 서명을 합니다. 제가 어떤 날짜를 정해서 말씀을 드릴 겁니다. 다시 말해서 계약한 날로부터 2주 후 일라이저 고모할머니의 부고가 신문에 날 거라고 제시하면 당신은 그런 일은 없을 거라고 합니다. 당신이 옳으면 제가 돈을 지불합니다. 그러나 당신이 틀렸다면 당신이 우리에게 돈을 지불해야 합니다!"

나는 돈 많은 고모할머니가 없어져 주길 바라는 감정을 떠올려 보려고 무척 애썼다. 하지만 잘 되지 않았다. 그래서 이번에는 공갈 협박범으로 대상을 바꿔 보았다. 그쪽이 더 수월했다. 어떤 남자가 몇 년 동안 내 피를 빨아먹었다. 더 이상은 견딜 수 없고, 이제 그가 죽기를 바라고 있다. 직접 죽일 용기는 없지만 어떤 대가를 치러서라도…….

말을 꺼내는 내 목소리가 조금 쉬어 있었다. 나는 어느 정도 확신을 갖고 내 역할을 훌륭히 연기했다.

"어떤 조건입니까?"

그러자 브래들리의 태도가 급격하게 바뀌었다. 유쾌하고 거의 익살맞을 정도였다.

"바로 거기서 우리가 시작했지요, 그렇지 않나요? 아니 당신이 시작한 곳인가요? 하하! '얼마죠?'라고 말했지요. 상당히 놀랐습니다. 그렇게 다짜고짜 본론으로 들어가는 사람은 본 적이 없어서요."

"어떤 조건입니까?"

"상황에 따라 다릅니다. 몇 가지 요소에 따라 달라지지요. 대개는 대상에 따라 달라집니다. 어떤 경우는 고객이 낼 수 있는 돈에 따라 달라집니다. 귀찮은 남편이나 협박범은 고객이 돈을 얼마나 지불할 수 있느냐에 달려 있습니다. 분명히 말하지만 저는 가난한 고객과는 내기를 하지 않습니다. 조금 전에 설명한 것 같은 경우는 예외지요. 그 경우는 일라이저 고모할머니의 재산에 따라 달라집니다. 조건에는 서로 동의합니다. 양쪽이 다 뭔가를 얻고 싶어 하니까요. 대략 500 대 1로 내기를 겁니다."

"500 대 1이라고요? 상당히 터무니없군요."

"이 내기 자체가 상당히 터무니없으니까요. 만약 일라이저 고모할머니가 이미 무덤에 반쯤 발을 들여놓은 상태라면 이곳을 찾아오지도 않았겠지요. 2주 이내에 누군가의 죽음을 예언하는 것은 상당히 불가능한 일이라고 할 수 있습니다. 따라서 5만 파운드 대 100파운드쯤은 전혀 문제가 안 되는 겁니다."

"만약 당신이 지면 어떻게 되지요?"

브래들리가 어깨를 으쓱했다.

"그거 참 운 나쁜 일이네요. 당연히 그런 경우라면 제가 돈을 지불해야 하지요."

"반대로 제가 지면 제가 돈을 내는 거죠? 만약 돈을 내지 않으면 어떻게 되지요?"

브래들리가 의자에 등을 기대었다. 두 눈을 반쯤 감은 상태였다.

"거기에 대해서는 조언하지 않겠습니다. 그렇게 해서는 안 됩니다. 진심으로 충고합니다."

부드러운 어조임에도 불구하고 섬뜩한 무언가가 스치고 지나갔다. 직접적인 악담을 한 것은 아니었다. 하지만 거기에는 악의가 충분히 들어 있었다.

나는 자리에서 일어서며 말했다.

"한 번 더 생각해 봐야겠습니다."

브래들리는 언제 그랬냐는 듯이 다시 유쾌하고 세련된 모습으로 돌아왔다.

"그럼요, 한 번 더 생각해 보세요. 급하게 달려들면 절대 안 됩니다. 내기를 하겠다는 결심이 서면 다시 찾아오세요. 그때 본격적으로 시작합시다. 여유를 가지고 생각하세요. 절대 서두르지 말고 시간을 충분히 가지세요."

걸어 나오는 내 귓가에 브래들리의 말이 메아리처럼 윙윙거렸다.

"시간을 충분히 가지세요……."

제13장

마크 이스터브룩의 이야기

나는 정말 내키지 않은 심정으로 터커튼 부인과의 만남을 추진했다. 진저의 닦달에 못 이겨 하긴 했지만 여전히 현명한 일이라는 확신이 들지 않았다. 무엇보다 내게 맞지 않는 역할을 해내야 한다는 게 여간 부담스러운 게 아니었다. 상황에 맞는 적절한 반응을 보일 수 있을지도 의심스러웠다. 게다가 학자로서의 거짓된 가면을 써야 한다는 게 내 자의식을 날카롭게 자극했다.

나와는 달리 대단히 능동적으로 움직일 것 같은 진저가 전화로 사전 지식을 전달해 주었다.

"아주 간단해요. 그 집은 내시 하우스(뾰족한 지붕 아래 나무 창문을 단 집 건축양식으로 정면에서 보면 좌우대칭의 오각형이다 — 옮긴이)예요. 전형적인 내시 스타일은 아니고, 고딕 풍에 가깝다고 할 수 있어요."

"그럼 내가 그걸 보고 싶어 하는 이유는 뭐라고 둘러대지요?"

"건축가의 특정 스타일에 변형을 초래하는 영향력에 대해 책이나 논문을 써 볼까 생각 중이라고 하세요. 아니면 대강 그런 식의 이유를 대면 될 거예요."

"거짓말처럼 들리는데요."

"아니에요! 학문적으로나 예술적으로 볼 때, 가장 그럴 것 같지 않은 엉뚱한 사람이 놀라운 이론을 발표한 경우가 종종 있잖아요."

진저가 단호하게 말했다.

"그런 이유라면 나보다는 당신이 이 일에 훨씬 더 적합할 것 같아 보이는데요."

"그거야말로 당신이 모르는 소리예요. 터커튼 부인은 「명사록」에서 당신 이름을 찾아볼 테고 제대로 감명을 받을 거예요. 하지만 내 이름은 거기서 찾을 수 없잖아요."

비록 진저에게 일시적으로 패배하긴 했지만 나는 여전히 반신반의했다.

브래들리와 믿기 힘든 만남을 갖고 돌아오는 길에 진저와 나는 머리를 맞대고 앉았다. 진저는 나보다 더 쉽게 받아들였다. 실제로는 드러나게 만족스러워했다.

"이걸로 이 모든 게 우리가 상상해 낸 일이 아니라는 결론이 났네요. 불필요한 사람을 제거하는 일을 해 주는 조직이 실제로 존재한다는 걸 알게 되었어요."

진저가 요점을 지적하듯 말했다.

"초자연적인 수단으로요!"

"생각이 너무 완고하군요. 그런 건 모두 시빌이 걸치고 있는 가짜 구슬 같은 거예요. 그게 당신의 생각을 가로막고 있어요. 만약 브래들리가 돌팔이 의사라거나 가짜 점술가로 밝혀졌다면 당신은 여전히 납득하지 못했을 거예요. 하지만 브래들리는 파렴치하고 현실적인 법률 사기꾼으로 밝혀졌잖아요. 물론 어디까지나 그건 내가 당신에게서 전해 듣고 받은 인상이긴 하지만요."

"거의 비슷해요."

"그렇다면 모든 것이 일목요연해졌어요. 실없이 들릴 수도 있겠지만, 창백한 말에 살고 있는 세 여자는 이 일을 진행하는 데 제대로 된 어떤 수단을 갖고 있는 게 확실해요."

"그렇게까지 확신한다면 왜 내가 굳이 터커튼 부인을 만나야 하는 거죠?"

"확인하는 거예요. 우리는 사이어자 그레이가 할 수 있다는 일이 뭔지 알고 있어요. 경제적인 측면이 어떻게 돌아가는지도 알고 있지요. 세 명의 희생자에 대해서도 알고 있어요. 하지만 고객의 입장에서도 좀 더 알고 싶은 거예요."

"터커튼 부인이 창백한 말의 고객이었다는 표시를 전혀 내비치지 않는다면요?"

"그럼 다른 곳을 조사해 봐야지요."

"내가 얼간이처럼 일을 망칠지도 몰라요."

나는 우울하게 말했다. 그러자 진저는 내게 스스로에게 더 관대해져야 한다고 말했다.

그래서 지금 여기 캐러웨이 파크의 정문 앞에 내가 와 있게 된 것이다. 확실히 내시(조지 4세의 전임 건축가로 활동했던 영국의 건축가— 옮긴이)가 지은 다른 건축물과는 많이 달라 보였다. 그저 아담한 현대식 성에 가까웠다. 진저가 내시의 건축에 대한 책을 보내 주기로 약속했지만 책은 시간 내에 도착하지 않았고, 나는 제대로 준비가 안 된 상태로 여기까지 오게 되었다.

벨을 누르자 알파카 코트를 입은 초라한 모습의 남자가 문을 열어 주었다.

"이스터브룩 씨입니까? 터커튼 부인이 기다리고 계십니다."

그는 잔뜩 공들여 치장한 객실로 나를 안내했다. 객실은 왠지 조화롭지 않다는 인상을 주었다. 방 안의 모든 것이 값비싸 보였지만 아무 취향 없이 고른 것이었다. 그대로 두었다면 오히려 기분 좋은 방이 될 수도 있었을 것이다. 한두 점 괜찮은 그림이 있었지만 전혀 어울리지 않은 싸구려 그림도 많았다. 방 전체적으로 화려한 노란색 직물을 많이 사용한 편이었다. 더 둘러보기 전에 터커튼 부인이 들어왔다. 나는 푹신하기 짝이 없는 밝은 노란색 소파에서 힘겹게 일어나야 했다.

터커튼 부인에 대해 뭘 예상했는지 모르겠지만 나는 그에 반하는 이미지를 보자 내심 괴로웠다. 그녀에게는 사악함이 없었다. 단지 평범한 중년 여자일 뿐이었다. 대단히 흥미로운 여자도 아니었고, 특별히 괜찮은 여자도 아니었다. 립스틱을 듬뿍 발랐음에도 불구하고 입술은 얇고 건조해 보였다. 턱은 약간 안으로 들어가 있었다. 눈은 흐릿한 푸른색이었는데, 아주 계산적으로 보였다. 눈에 띄는 건 모두 가격을 매길 것 같았다. 짐꾼이나 휴대품 보관소 직원에게 팁을 제대로 주지 않을 것 같은 타입이었다. 터커튼 부인과 같은 타입의 여자는 세상에 숱하게 많다. 터커튼 부인처럼 비싼 옷을 입고 화장을 진하게 하지는 않겠지만 말이다.

"이스터브룩 씨?"

터커튼 부인은 분명히 내 방문을 기뻐하고 있었다. 심지어 과장되게 눈물까지 살짝 흘렸다.

"만나 뵙게 돼서 너무 기뻐요. 이 집에 관심이 있으시다니 믿어지지 않네요. 물론 존 내시가 이 집을 지었다는 건 나도 알고 있었어요. 남편이 그렇게 말했거든요. 하지만 당신처럼 유명하신 분이 이렇게 관심을 가지실 거라고는 생각지도 못했어요!"

"그렇겠지요, 터커튼 부인. 일반적인 내시 스타일이 아니라서 그점이 더욱 흥미롭습니다. 에……."

말을 계속 이어 가야 할 곤경에서 터커튼 부인이 나를 바로 구해주었다.

"오, 이런! 저는 아는 게 전혀 없는데 어쩌죠? 건축학이라든가 고고학이라든가 하는 것들 말이에요. 하지만 내 무지에 대해서는 신경 쓰지 마시고……."

물론 나는 신경 쓰지 않았다. 오히려 그게 더 좋았다.

"하지만 무척 흥미로울 거라 생각해요."

터커튼 부인이 조심스럽게 말을 덧붙였다.

나는 우리 같은 전문가들도 간혹 자신의 전공에 대해 끔찍하게
따분해하고 지루해할 때가 있다고 말했다.

터커튼 부인은 예의 좋게 그럴 리 없다고 말했고, 차를 마시고 집
을 둘러볼지, 아니면 집을 둘러본 뒤 차를 마실지 물었다.

나는 차에 대해서는 전혀 생각하지도 않고 있었다. 약속 시간이
3시 30분이었고, 그 시간은 차를 마실 만한 시간은 아니었으니까.
일단은 집을 먼저 보겠다고 말했다.

터커튼 부인은 신나게 조잘대며 집을 구경시켜 주었고, 덕분에
나는 건축학적인 감상을 애써 떠벌려야 할 부담감에서 완전히 벗어
났다.

"지금 찾아오시다니 운이 좋았어요."

터커튼 부인은 집을 팔려고 내놓은 상태라고 했다.

"남편도 죽고 혼자 살기에는 너무 커서요."

내놓은 지 겨우 일주일밖에 안 되었지만 벌써 사려는 사람이 있
다고 했다.

"집이 비었을 때 방문하시겠다고 했다면 싫었을 거예요. 정말로
집을 제대로 감상하기를 원한다면 사람이 살고 있는 집이어야 한다
고 생각해요. 그렇지 않나요, 이스터브룩 씨?"

나라면 이 집에 아무도 살고 있지 않고 가구도 없는 게 더 마음에
들었겠지만, 차마 입 밖으로 그런 말을 할 수는 없었다. 나는 그녀에
게 계속 이 근처에서 살 건지 물어보았다.

"글쎄요, 잘 모르겠어요. 먼저 여행을 좀 할까 해요. 햇볕을 쬐고

싶어요. 이곳의 음침한 날씨는 정말 신물이 나요. 사실 이집트에서 올 겨울을 보낼까 생각 중이에요. 2년 전에 가 본 적이 있거든요. 이스터브룩 씨도 당연히 알고 계시겠지만, 이집트는 정말 멋진 나라랍니다."

나는 이집트에 대해 전혀 아는 것이 없었으므로 솔직하게 모른다고 말했다.

그녀는 당황한 듯 유쾌하게 말을 얼버무렸다.

"겸손하시군요. 여긴 식당이에요. 팔각형 모양이랍니다. 봐요, 귀퉁이가 없잖아요."

나는 그녀의 말이 맞다고 한 뒤, 균형이 잘 잡혀 있다고 칭찬했다.

집을 다 둘러본 뒤 우리는 다시 객실로 돌아왔다. 터커튼 부인이 벨을 눌러 차를 준비해 달라고 했다. 아까 그 초라해 보이던 하인이 차를 갖고 들어왔다. 빅토리아 풍의 큰 은제 찻주전자가 나왔다.

하인이 방을 나가자 터커튼 부인이 한숨을 내쉬었다.

"남편이 죽고 나자 20년 가까이 데리고 있던 하인 부부가 나가겠다고 했어요. 은퇴한다더니 나중에 들어 보니 다른 자리를 구했다고 하네요. 굉장히 돈을 많이 주는 자리라고 해요. 그렇게 돈을 많이 주는 건 불합리한 처사예요. 사실 먹고 자게 해 주는 게 어디예요? 세탁비 같은 것도 준다니 나 원……."

생각했던 대로였다. 그녀의 흐릿한 눈과 얇은 입술에 탐욕이 있었다.

터커튼 부인에게 이야기를 시키는 건 전혀 어렵지 않았다. 워낙 말하는 걸 좋아했기 때문이었다. 그녀는 특히 자신에 대해 이야기하는 걸 좋아했다. 가끔씩 추임새를 한두 마디 넣어 가며 듣다 보니 얼마 되지 않아 터커튼 부인에 대해 상당히 잘 알게 되었다. 터커튼 부인은 애초에 말할 생각이 없던 것까지도 술술 쏟아 냈다.

터커튼 부인은 5년 전 홀아비가 된 토머스 터커튼과 결혼했다. 그 당시 그녀는 남편보다 훨씬 더 젊었다. 그녀는 바닷가에 자리 잡은 커다란 호텔 카지노에서 딜러로 일하다 남편을 만났다. 남편에게는 근처 학교에 다니는 딸이 있었고, 딸을 어떻게 키워야 할지 몰라서 큰 곤란을 겪고 있었다.

"불쌍한 토머스! 그는 너무나 외로웠어요……. 몇 년 전에 죽은 아내를 무척 그리워했지요."

터커튼 부인의 자기 묘사는 계속되었다. 나이 들고 외로운 남자에게 동정심을 느끼는 우아하고 친절한 여자. 그리고 점점 나빠져 가는 남자의 건강과 여자의 헌신.

"어쩜 당연한 일인지도 모르지만, 남편의 병이 막바지에 이르렀을 때 제 주위에는 친구가 한 명도 남아 있지 않았어요. 그만큼 남편에게만 매달려 있었던 거지요."

아니, 몇 명은 있었을 것이다. 토머스 터커튼이 바람직하지 못하다고 생각했던 남자 친구들 말이다. 그래야 그의 유언장의 내용이 설명이 된다.

진저는 나를 위해 서머싯 하우스(영국의 호적 본청 건물 — 옮긴이)에 가서 토머스 터커튼의 유언장을 살펴보았다.

오래된 하인과 두 명의 대자(代子)에게 약간의 유산을 남겼고, 아내에게도 준비금을 남겼다. 충분하지만 지나치게 많지도 않은 액수였다. 하지만 신탁 회사에서 나오는 돈으로 남은 생애를 즐길 정도의 여유는 됐다. 여섯 자리에 달하는 나머지 재산은 딸인 토마시나 앤에게 남겼는데, 스물한 살이 되거나 결혼을 하면 받을 수 있도록 해 놓았다. 만약 스물한 살 전에 미혼으로 죽는다면 돈은 계모에게 가게 되어 있었다. 그녀 외에는 다른 가족이 없었기 때문이다.

거액이 걸린 일이었다. 그리고 무엇보다 터커튼 부인은 돈을 좋아했다. 어딜 봐도 확연히 드러났다. 확신하건대, 그녀는 나이 지긋한 홀아비와 결혼하기 전까지는 목돈을 손에 쥐어 본 적이 한 번도 없었을 것이다. 병약한 남편과의 생활에 붙들린 대신 젊을 때 꿈꾸던 것보다 훨씬 부유한 몸으로 자유로워질 날을 고대했을 것이다. 그런데 유언장은 그녀에게 큰 실망을 안겨 주었다. 값비싼 여행과 호화스러운 유람선, 화려한 옷과 보석과 같은 적당한 수입 이상의 것을 고대했을 것이다. 혹은 그저 은행에 돈이 쌓여 있다는 것 자체가 커다란 행복을 가져다주었을 수도 있다.

하지만 그녀 대신 버릇없고 새파란 여자 아이가 그 많은 돈을 모두 가졌다! 부유한 상속녀가 된 것이다. 계모를 지극히 싫어하고 젊은이다운 무례함으로 그걸 감추려고 하지도 않은 여자 아이가 말이다. 그 아이는 부자가 될 것이다. 하지만 만약…….

그걸로 충분하다. 진부한 말이나 번지르르 뱉어 내는 천박한 금발머리 여자가 창백한 말을 찾아가서 연적의 죽음을 의뢰했다고는 믿을 수 없다.

나는 확신했다. 그럼에도 불구하고 내가 맡은 역할을 해내야 했다. 나는 의도적으로 계산된 말을 꺼냈다.

"아마 생각지도 못하셨겠지만 따님을, 그러니까 의붓따님을 한번 만난 적이 있습니다."

터커튼 부인은 조금 놀란 듯 나를 바라보았지만 큰 관심은 보이지 않았다.

"토마시나를? 그랬어요?"

"네, 첼시에서요."

"아, 첼시! 그래요, 그랬겠군요……."

터커튼 부인이 깊은 한숨을 내쉬었다.

"요즘 여자 아이들이란! 너무 어려웠어요. 어떤 말도 듣지 않았지요. 그래서 아버지의 속을 엄청 썩였답니다. 저 역시 아무것도 할 수 없었어요. 제가 하는 말은 전혀 귀담아 듣지 않았으니까요. 우리가 결혼했을 때는 막 성인이 되기 직전이었어요. 계모란……."

그녀가 고개를 저었다.

"어려운 자리지요."

내가 동정하며 대신 마무리를 지어 주었다.

"할 수 있는 한 최선을 다해서 보살펴 주었어요."

"그러셨을 거라고 확신합니다."

"하지만 결국 아무 소용없었어요. 물론 톰은 그 애가 내게 무례하게 굴지 못하게 했어요. 하지만 그 애가 얼마나 제멋대로였는지는 아무도 모를 거예요. 제대로 된 생활이란 게 거의 불가능할 정도였어요. 집을 나간다고 했을 때 한편으로는 안심이 될 정도였다니까요. 톰이 그 일로 무척 가슴 아파한 건 알지만요. 그 애는 첼시 같은 곳에서 이상한 애들과 어울려 다녔어요."

"소문으로 들었습니다."

"불쌍한 토마시나!"

터커튼 부인이 감정이 복받치는 듯 말했다. 잠시 그녀는 흘러내린 머리카락 한 올을 매만졌다. 그런 다음 나를 바라보며 슬픈 표정을 지었다.

"아마 모르실 거예요. 토마시나는 한 달 전쯤에 뇌염으로 죽었어요. 너무나 갑작스러웠죠. 젊은 사람들이 걸리는 병이래요. 너무 슬픈 일이에요."

"그녀가 죽었다는 건 알고 있습니다."

나는 그렇게 말하고 일어섰다.

"집을 보여 주셔서 대단히 고맙습니다, 터커튼 부인."

나는 터커튼 부인과 정중히 악수를 나누었다. 그리고 걸어 나오다가 갑작스레 뒤를 돌아보며 물었다.

"그런데 혹시 '창백한 말'을 찾아간 적 있으세요?"

의심의 여지가 없는 반응이 곧장 나타났다. 그것은 공포였다. 공포가 옅은 푸른색 눈에 뚜렷하게 나타났다. 그리고 화장을 했음에도 불구하고 얼굴이 하얗게 질렸다.

그녀의 목소리가 가늘고 높게 떨렸다.

"창백한 말이라뇨? 그게 무슨 말이죠? 저는 창백한 말에 대해서는 아무것도 몰라요."

나는 가볍게 놀라는 시늉을 했다.

"오! 제가 실수를 했습니다. 굉장히 흥미로운 오래된 여인숙인데, 머치 디핑에 있습니다. 우연히 그 근처에 갔다가 잠깐 들렀지요. 원래 가지고 있던 독특한 분위기를 고수하면서도 아주 매력적으로 개조를 했더군요. 그곳에서 부인 이름을 언뜻 들은 것 같았는데, 어쩌면 거기 갔던 사람이 부인이 아니라 의붓따님이었을 수도 있겠군요. 아니면 이름이 같은 다른 사람이거나요."

나는 잠시 말을 멈추었다. 그리고 마지막 대사를 즐겼다.

"거긴 제법 유명하니까요."

벽에 걸린 거울로 터커튼 부인의 얼굴을 보았다. 내 뒷모습을 보는 그녀의 모습이 너무나 겁에 질려 있었다. 몇 년 후 그녀가 어떤 모습이 될지 눈에 선했다……. 그다지 보기 좋은 모습은 아니었다.

제14장

마크 이스터브룩의 이야기

I

"이제 우리는 확신할 수 있게 되었어요."

진저가 말했다.

"확신은 전에도 하고 있었지요."

"맞아요. 논리적으로는 그랬지요. 하지만 이 일로 더욱 확고해졌어요."

나는 잠시 침묵했다. 터커튼 부인이 버밍엄으로 찾아가는 모습을 머릿속으로 그려 보는 중이었다. 시청 광장 빌딩에 들어서서 브래들리를 만났을 것이다. 두려움과 긴장으로 신경이 바짝 곤두선 그녀에 반해, 브래들리는 그 특유의 싹싹함으로 그녀를 위로할 것이고 숙련된 말솜씨로 어떤 위험도 없음을 거듭 강조했을 것이다.(특히 터커튼 부인에게는 더 힘 있게 강조해야 했을 것이다.) 하지만 그녀는 그곳을 떠나면서도 여전히 불안한 모습을 감추지 않았을 게 틀림없다.

그 뒤 어쩌면 그녀가 의붓딸을 만나러 갔을 수도 있고, 의붓딸이 주말을 보내러 집으로 왔을 수도 있다. 이야기를 나누었을 테고, 결혼에 대한 암시가 있었을 것이다. 터커튼 부인의 머릿속에서는 돈 생각이 떠나지 않았을 것이다. 병아리 눈물같이 작은 푼돈이 아니라 많은 돈, 원하는 건 뭐든지 할 수 있는 큰 돈! 그 많은 돈이 이 타락하고 행실 나쁜 여자 아이에게, 청바지에 후줄근한 점퍼 차림으로 첼시에 있는 카페에서 똑같이 타락한 친구들과 어울리며 빈둥대는 이 여자 아이에게 모두 가게 된다는 건 기가 막힐 노릇이다. 어째서 전혀 쓸모없는 이런 여자 아이가 그 아름다운 돈을 모두 가져야 하는 거지?

그래서 그녀는 다시 한 번 브래들리를 방문했다. 더 많은 신중함과 더 많은 보증이 오간 뒤, 마침내 조건에 대한 토론으로 연결됐다. 나는 본의 아니게 미소를 지었다. 브래들리도 모든 걸 자기 방식대로 하지는 못했을 것이다. 그녀는 까다로운 협상가였을 테니까. 하지만 결국 조건에 동의하고, 계약서에 사인했다. 그런 다음에는?

거기서 상상이 멈췄다. 거기서부터는 우리가 모르는 부분이다.

상상에서 빠져나와 보니 진저가 나를 주시하고 있었다.

"모두 제대로 그려 냈어요?"

"내가 무슨 생각을 하고 있었는지 알아요?"

"당신 마음이 어떤 식으로 움직이는지 추측하는 건 쉬워요. 상상하고 있었던 거 아니에요? 그녀를 따라 버밍엄으로, 그리고 그 다음까지."

"맞아요. 하지만 버밍엄에서 계약을 하는 순간에서 멈췄어요. 그 다음에는 무슨 일이 일어났을까요?"

우리는 서로 마주 보았다.

"조만간에 '창백한 말'에서 무슨 일이 벌어지고 있는지 정확하게 알아내게 될 거예요."

"어떻게 말입니까?"

"나도 모르죠……. 쉽지는 않을 거예요. 실제로 거기를 방문하거나 내기를 한 사람은 절대 입을 열지 않을 테니까요. 어려울 거예요……."

"경찰에 가서 말하면 어떨까요?"

내가 진저에게 제안했다.

"괜찮겠죠. 이제는 상당히 명백하니까요. 경찰에서도 어떤 조치를 취할 만한 충분한 이유가 되지 않을까요?"

나는 애매하게 고개를 저었다.

"의도에 대한 증거는 있습니다. 하지만 그걸로 충분할까요? '죽음에 대한 무의식적인 욕망'이라는 것은 여전히 헛소리일 뿐이에요."

진저가 끼어들려고 했지만 나는 그녀를 저지하고 곧바로 이어서 말했다.

"헛소리가 아닐 수도 있겠지요. 하지만 법정에서는 헛소리처럼 들릴 겁니다. 게다가 실제로 어떤 일이 벌어지는지 우리도 전혀 모르잖아요."

"글쎄요, 그렇다면 우리가 알아내야겠죠. 하지만 어떻게 해야 알아낼 수 있을까요?"

"우리 눈과 귀로 직접 보고 들어야 해요. 내 생각에는 창백한 말에 있는 서재가 일이 치러지는 장소처럼 보였어요. 하지만 서재 안에는 몸을 숨길 만한 곳이 전혀 없어요."

진저가 자세를 똑바로 하고 앉아 활기 넘치는 테리어 강아지처럼 고개를 까닥거리며 말했다.

"실제로 무슨 일이 벌어지고 있는지 알아낼 방법은 단 한가지뿐이에요. 진짜 고객이 되는 거죠."

나는 멍하니 진저를 바라보았다.

"진짜 고객이라고요?"

"그래요. 당신 아니면 내가요. 누가 하느냐는 중요하지 않아요. 누군가를 없애 버리고 싶어 한다는 게 중요하죠. 우리 중 한 명이 브래들리에게 가서 일을 의뢰하는 거예요."

"마음에 들지 않아요."

나는 내키지 않았다.

"왜요?"

"그건 아주 위험한 일이에요."

"우리가요?"

"내가 걱정하는 건 희생자예요. 희생자가 있어야 하니까요. 브래들리에게 희생자의 이름을 알려 줘야 합니다. 그냥 지어 낸 이름으

206

로는 안 돼요. 그들도 조사할지 모르니까요. 사실 조사하는 게 당연해요, 그렇죠?"

진저가 잠시 생각하더니 고개를 끄덕였다.

"맞아요. 희생자는 실제 주소를 가지고 있는 실존 인물이어야 할 거예요."

"그래서 마음에 들지 않는 겁니다."

우리는 잠시 침묵하면서 상황을 정리해 보았다.

"희생자가 동의해야만 해요. 그냥 부탁하기엔 너무 위험천만한 일이니까요."

내가 먼저 천천히 입을 열었다.

"전체적인 계획은 훌륭해요. 하지만 당신이 지적한 것처럼 한 가지 문제점이 있네요. 하지만 그들에게도 약점은 있어요. 이 사업은 은밀하게 해야 하지만 너무 은밀해서도 안 돼요. 잠재 고객들이 소문을 듣고 찾아와야 하니까요."

"나는 경찰이 이 일에 대한 소문을 전혀 못 들었다는 게 놀라워요. 확실하진 않더라도 어떤 범죄가 은밀히 진행되고 있다는 것 정도는 눈치 챘을 텐데……."

"내 생각엔 그들의 사업이 말 그대로 전문 범죄가 아니어서 그런 것 같아요. 전문적인 범죄자가 관련되지도 않았어요. 사람을 제거하기 위해 폭력 조직을 고용하지도 않았지요. 이건 그냥 사적인 일처럼 보일 뿐이에요."

나는 진저의 말에 일리가 있다고 말했다. 진저가 말을 계속했다.

"당신이나 내가 (우리 두 사람의 가능성을 모두 검토할 거예요.) 누군가를 필사적으로 없애고 싶어 한다고 가정해 봐요. 당신이나 내가 없애고 싶은 사람에 누가 있을까요? 내게는 늙은 머빈 아저씨가 있어요. 아저씨가 세상을 떠나면 나는 많은 유산을 받게 될 거예요. 오스트레일리아에 있는 사촌 몇 명과 내가 그 집안에서 유일하게 남은 가족이거든요. 그러니까 동기는 갖춰진 셈이에요. 하지만 아저씨는 일흔 살이 넘었고 다소 치매기도 있어서 자연사하기를 기다리는 게 더 합리적으로 보일 수도 있어요. 급하게 돈이 필요하지 않다면 말이지요. 그런 상황을 꾸며 대는 게 더 어려울 거예요. 게다가 나는 아저씨를 굉장히 좋아하고, 치매든 아니든 간에 아저씨는 인생을 꽤 즐기고 있어요. 나는 그런 아저씨의 인생을 단 1분이라도 빼앗고 싶다거나 그럴 위험을 무릅쓰게 하고 싶지는 않아요. 당신은 어때요? 돈을 남겨 줄 만한 친척이 있어요?"

나는 고개를 저었다.

"전혀 없어요."

"곤란하네요. 그럼 협박은 어떨까요? 하지만 손질이 많이 필요하겠네요. 당신은 협박을 당할 만한 상황에 있는 사람이 아니라서요. 만약 하원의원이거나 외무부에 있는 유망한 각료라면 달랐을 거예요. 나도 마찬가지예요. 50년 전이라면 수치스러운 편지나 사진으로 협박이 가능했을 테지만 요즘 시절에는 누가 신경이나 쓰나요? 웰링턴 공작처럼 오히려 '발표해 봐. 마음대로 해 보라지!'라고 큰소리나 치면 그만이죠. 또 뭐가 있을라나? 중혼은 어떨까요?"

하지만 진저는 곧 비난하듯이 나를 바라보았다.

"결혼한 적이 없다니 정말 안타깝네요. 만약 그랬다면 그럴듯한 걸 꾸며 낼 수 있었을 텐데……."

진저의 말에 나도 모르게 얼굴에 잠깐 동안 어떤 미세한 표정이 나타난 게 틀림없다. 진저가 재빨리 눈치 채고 말했다.

"미안해요. 내가 아픈 데를 긁은 건가요?"

"아니에요, 아무렇지 않아요. 아주 오래전 일이라서 알고 있는 사람이 있을지가 오히려 의심스러운걸요."

"결혼했었어요?"

"네, 대학에 다닐 때 했어요. 하지만 그녀와 나는 결혼한 사실을 숨겼어요. 우리 가족이 그녀를 심하게 반대했고, 심지어 나는 결혼할 나이도 아니었죠. 우린 나이를 속이고 결혼을 했어요."

나는 잠시 침묵했다가 과거사를 줄줄이 풀어 놓았다.

"결혼이 오래 지속되지는 않았을 겁니다. 지금은 그걸 알아요. 그녀는 예뻤고 사랑스러웠거든요. 하지만……."

"무슨 일이 있었나요?"

"방학 동안 이탈리아로 여행을 갔는데, 자동차 사고가 났어요. 그녀는 그 자리에서 죽었습니다."

"그럼 당신은요?"

"나는 그 차에 타고 있지 않았어요. 그녀는…… 다른 친구와 함께 있었어요."

진저가 나를 흘끗 살폈다. 무슨 일이 벌어진 건지 그녀가 충분히 이해했을 것이다. 결혼한 여자가 정숙한 아내가 될 타입이 아니란 걸 알게 되었을 때 내가 받았던 충격까지도.

진저는 현실적인 문제로 얼른 화제를 돌렸다.

"영국에서 결혼했어요?"

"네, 피터보로에 있는 등기소에서요."

"하지만 그녀는 이탈리아에서 죽었죠?"

"맞아요."

"그럼 영국에는 죽었다는 기록이 남아 있지 않겠네요?"

"그렇지요."

"그럼 뭘 더 원해요? 이건 하느님이 주시는 도움의 손길이에요! 이보다 더 간단할 수는 없어요! 당신은 지금 누군가와 열렬한 사랑에 빠졌고, 당장 그녀와 결혼하고 싶어 해요. 하지만 아내가 아직 살아 있는지 죽었는지 알지 못해요. 몇 년 전에 헤어졌고, 그 이후 소식을 들은 적이 없으니까요. 위험을 무릅쓰고 결혼해야 할까? 그걸 고민하고 있는 와중에 갑자기 아내가 등장한 거예요! 마른하늘에서 날벼락이라도 치듯 나타나서 이혼을 거부하고 당신 여자 친구한테 가서 비밀을 폭로하겠다고 당신을 협박하는 거죠."

"누가 내 여자 친구죠? 당신?"

나는 당황하며 물었다.

진저는 충격을 받은 표정을 지었다.

"당연히 아니죠. 타입이 틀렸어요. 아마 나라면 결혼하지 않고도 당신이랑 살 거예요. 내가 누구를 말한 건지 당신도 잘 알고 있잖아요. 그녀야말로 적임자예요. 당신이 만나는 똑똑하고 조각상 같은 미녀 말이에요."

"허미아 레드클리프?"

"맞았어요. 당신의 여자 친구."

"누가 그녀 얘기를 당신한테 해 줬나요?"

"물론 포피가 해 줬죠. 허미아도 부유한 편이죠?"

"꽤 부유한 편이지요, 하지만 실제로……."

"괜찮아요, 괜찮아. 돈 때문에 결혼하려 한다는 말을 하는 게 아니에요. 당신은 그런 종류의 사람이 아니니까요. 하지만 브래들리 같은 비열한 사람은 단번에 그렇게 생각할 거예요. 그럼 오히려 잘된 거죠. 자, 정리하면 이런 상황이에요. 바야흐로 당신이 허미아에게 결혼 신청을 하려고 할 때 원치 않는 과거의 아내가 불쑥 나타났어요. 그녀는 런던에 도착했고, 금방이라도 말썽을 일으킬 태세지요. 이혼해 달라고 졸라 봤지만 끄떡도 하지 않아요. 앙심을 품은 거죠. 그러다가 당신은 창백한 말에 대해 우연히 듣게 되었어요. 사이어자와 그 모자라는 벨라가 당신이 그날 그곳을 찾아간 이유가 그때문이라고 생각하고 있다는 데 당장 내기라도 걸 수 있어요. 미리 알아보기 위해 접근한 것이라고 생각했기 때문에 사이어자는 그렇게까지 솔직했던 거예요. 그건 일종의 판촉 상담이었던 거죠."

"그랬을 수도 있겠군요."

나는 머릿속으로 그날을 떠올려 보았다.

"그 직후 당신이 브래들리를 찾아간 것도 완벽하게 맞아 떨어져요. 그들의 그물에 걸린 거예요! 미래의 고객인 거죠!"

진저가 승리감에 젖어 말을 멈췄다. 그녀가 한 말 속에 뭔가 꿍꿍이가 있어 보였다. 하지만 나는 얼른 알아챌 수가 없었다⋯⋯.

"그 사람들은 아마 아주 신중하게 조사할 텐데요."

진저가 내 말에 동의했다.

"당연히 그렇겠죠."

"가상의 아내를 만들어 내는 것도 좋고, 그녀를 과거에서 부활시키는 것도 좋아요. 하지만 그들은 더 구체적인 걸 원할 거예요. 예를 들어 주소 같은 거요. 애매하게 만들려고 하면⋯⋯."

"애매하게 만들 필요 없어요, 제대로 해내려면 아내가 거기 있어야 해요. 그리고 거기 있을 거예요! 놀라지 마세요! 내가 바로 당신 아내예요!"

진저가 기세 좋게 말했다.

II

나는 멍하니 진저를 바라보았다. 아마도 눈만 희번덕거렸다는 게 더 정확할 것이다. 진저가 내 모습을 보고 웃음을 터뜨리지 않았다는 게 놀라울 뿐이다.

충격에서 겨우 회복되고 있는데, 진저가 다시 말했다.

"그렇게 당황할 필요는 없어요. 내가 결혼 신청을 하는 것도 아니잖아요."

나는 간신히 입을 열었다.

"당신은 자기가 지금 무슨 말을 하고 있는지 몰라요."

"그렇지 않아요. 내 계획은 완벽하게 실현 가능하다고요. 게다가 무고한 사람을 예상치 못할 위험에 끌어들이지 않는다는 이점도 있어요."

"당신이 위험해져요!"

"그 문제라면 나한테 맡겨요."

"아니, 그렇지 않아요. 어쨌거나 그 계획은 타당하지 않습니다."

"아니에요, 타당해요! 벌써 다 생각해 놓은 게 있어요. 나는 외국 라벨이 붙은 여행 가방을 한두 개쯤 가지고 가구 딸린 아파트를 찾아갈 거예요. 그리고 이스터브룩 부인이란 이름으로 아파트를 빌릴 거예요. 그런 나를 보고 그 누가 이스터브룩 부인이 아니라고 말하겠어요?"

"아는 사람들을 만날 수도 있어요."

"절대 그럴 일은 없어요. 직장은 아프다고 핑계대고 쉴 거예요. 머리도 다른 색으로 염색하고요. 그런데 당신 아내는 어땠어요? 검은 머리였나요, 금발 머리였나요? 그게 꼭 그렇게까지 중요한 건 아니지만요."

"검은 머리였어요."

나는 기계적으로 대답했다.

"다행이네요. 탈색하는 건 정말 싫거든요. 다른 색 옷을 입고 화장을 진하게 하면 가장 친한 친구라도 못 알아볼 거예요! 지난 15년 동안 아내를 보여 준 적이 없으니 진짜 당신 아내가 아니란 걸 알아볼 사람도 없어요. 내가 당신 아내라는데, 창백한 말의 사람들이 그 말을 의심하겠어요? 그걸 놓고 내기를 할 수도 있어요. 아마 절대 의심하지 않을 거예요. 어쨌거나 당신은 경찰과도 전혀 관련되어 있지 않아요. 진짜 고객인 거죠. 어쩌면 그들이 서머싯 하우스의 옛날 기록을 뒤져서 결혼 사실을 확인할 수도 있을 거예요. 허미아와의 관계에 대해 알아볼 수도 있을 테고요. 하지만 어디에도 의심할 여지가 전혀 없어요."

"당신은 위험을 실감하지 못하고 있어요."

"위험이라고요? 나는 정말이지 당신이 저 상어 같은 브래들리에게서 몇백 파운드를 딸 수 있도록 돕고 싶어요."

나는 진저를 물끄러미 바라보았다. 그녀가 너무나 좋았다……. 빨간 머리, 주근깨, 그리고 그녀의 씩씩한 정신까지! 그녀가 아무리 원한다 할지라도 그런 위험을 무릅쓰게 내버려 둘 수는 없었다.

"진저, 나는 견딜 수 없어요. 만일 무슨 일이라도 생긴다면……."

"나한테요?"

"그래요."

"어차피 이건 내 일이기도 해요."

"아뇨, 내가 당신을 이 일에 끌어들였어요."

진저가 생각에 잠겨 고개를 끄덕였다.

"그래요, 아마 그랬는지도 몰라요. 하지만 누가 먼저 시작했느냐는 그다지 문제가 되지 않아요. 이제는 우리 둘 다 관련되었고, 힘을 합쳐 무엇인가를 해야만 해요. 나는 지금 매우 진지해요, 마크. 재미난 놀이인 척하는 게 아니에요. 우리가 알고 있는 것들이 모두 사실이라면, 그건 구역질이 날 만큼 야만적인 일이에요. 당장 중지시켜야만 해요! 이건 일시적인 흥분이나 애증에 의한 살인이 아니에요. 탐욕이라는 인간의 나약함 때문에 저지르는 살인도 아니에요. 이건 사업이고, 희생자가 어떤 사람인지 전혀 고려하지 않는 잔인한 살인이에요. 그 모든 것이 진실이라면 말이에요."

마지막 말을 덧붙이고는 진저가 잠시 미심쩍은 얼굴로 나를 바라보았다.

"진저, 그 모든 것이 정말 진실이에요. 그래서 내가 당신을 더 걱정하는 겁니다."

진저가 팔꿈치를 테이블 위에 올려놓고는 나를 다시 설득하기 시작했다. 우리는 벽난로 선반 위의 시계 바늘이 천천히 한 바퀴를 다 돌 때까지 했던 말을 계속 되풀이하며 논쟁을 했다.

마침내 진저가 결론을 지었다.

"이제 결론을 내릴게요. 나는 이 일에 대해 이미 경고를 받았고 대책도 있어요. 누군가 어떤 식으로 나에게 해를 끼치려고 할 거라는 것도 알고 있지요. 그 사람들이 정말로 그런 일을 할 수 있다고는 조금도 믿지 않지만요! 누구에게나 죽음을 바라는 욕망이 잠재되어 있다고 하더라도 내게는 그런 욕망이 그다지 강력하지 않아요. 건강 상태도 좋고요. 사이어자가 바닥에 펜터그램을 그리고 시빌이 황홀경에 빠진다고 해도, 아니면 그 여자들이 다른 무슨 짓을 한다고 해도 내가 담석이나 뇌막염에 걸리게 된다는 건 있을 수도 없는 일이에요!"

"아마 벨라도 하얀 수탉을 제물로 쓸걸요."

"모든 게 속임수일 뿐이에요!"

"진저, 실제로 우리는 무슨 일이 일어나는 건지 모르고 있다는 걸 명심해요."

내가 다시 한 번 지적했다.

"그래요, 그래서 그걸 알아내는 게 중요한 거잖아요. 설마 창백한 말의 서재에서 세 여자가 치르는 어떤 의식 때문에 런던의 아파트에 있는 내가 치명적인 병에 걸리게 될 거라고 정말로 믿는 건 아니겠죠?"

"아뇨, 그렇다고는 믿지 않아요. 하지만 완전히 부정할 수 없는 게 사실이에요."

"그래요, 그게 우리가 가지고 있는 약점이지요."

진저도 고개를 끄덕였다.

"봐요, 반대로 하는 건 어때요? 내가 런던에 남고 당신이 고객이 되는 겁니다. 그런 식으로 하면……."

하지만 진저는 고개를 힘차게 저었다.

"아니에요, 마크. 그렇게는 안 될 거예요. 몇 가지 이유가 있어요. 가장 중요한 이유는 내가 이미 창백한 말에 알려진 사람이라는 거예요. 그것도 아주 태평한 성격을 가진 사람으로요. 로다에게서 나에 대한 온갖 정보를 수집할 거예요. 그래 봤자 아무것도 없지만요.

하지만 당신은 이미 유리한 입장에 있어요. 신경과민에 걸린 고객처럼 여기저기 들쑤시고 다녔지만 아직 마음을 결정하지 못했어요. 그래요, 이대로 밀고 나가야 해요."

"마음에 들지 않아요. 당신을 생각하면 더더욱 내키지 않아요. 가짜 이름으로 어딘가에 혼자 있어야 하고, 누구도 당신을 지켜 줄 수 없다는 건……. 내 생각에는 이 일을 진행하기에 앞서서 경찰에 알리는 게 좋을 것 같습니다."

"거기엔 나도 동의해요. 사실 나도 그래야 한다고 생각하고 있었어요. 우리에게는 증거가 있잖아요. 런던 경시청으로 갈 건가요?"

"아뇨, 나는 르쾨느 경감님이 가장 좋을 것 같아요."

제15장

마크 이스터브룩의 이야기

나는 첫눈에 르죄느 경감이 마음에 들었다. 그에게서는 조용하지만 어딘지 모르게 강한 자신감이 풍겨 나왔다. 또한 흔치 않은 가능성까지 기꺼이 고려해 보는, 상상력이 풍부한 사람의 특징이 엿보였다.

르죄느 경감이 말했다.

"코리건이 당신을 만났다고 하더군요. 코리건은 처음부터 이 사건에 많은 관심을 갖고 있었지요. 고먼 신부님은 이 지역에서 잘 알려져 있을 뿐만 아니라 많은 존경을 받는 사람이었으니까요. 우리에게 전해 줄 중요한 정보를 갖고 계시다고요?"

"'창백한 말'이라는 장소에 관련된 겁니다."

"머치 디핑이라는 마을에 있는 거죠?"

"그렇습니다."

"말씀해 보세요."

나는 처음 판타지에서 포피에게 창백한 말에 대해 듣게 된 것부터 이야기를 시작했다. 그런 다음 로다를 방문했다가 우연히 '기묘한 세 자매'를 만나게 된 일을 설명했다. 그날 오후 사이어자 그레이와 나누었던 대화도 가능한 한 정확하게 전달하려고 애썼다.

"그러니까 그 여자가 한 말을 믿는다는 겁니까?"

나는 그 질문에 조금 당황스러웠다.

"글쎄요, 물론 실제로는 아니에요. 제 말은 그렇게 진지하게 믿는 건 아니고……."

"그렇습니까, 이스터브룩 씨? 진지하게 믿고 있는 것처럼 보이는데요."

"당신 말이 맞습니다. 그저 제 자신이 얼마나 쉽게 믿는지 인정하고 싶지 않을 뿐입니다."

르죄느 경감이 미소를 지었다.

"하지만 한 가지 얘기를 빠뜨렸습니다. 그렇지 않은가요? 머치 디핑에 갔을 때 당신은 창백한 말에 대해 이미 지대한 관심을 갖고 있었습니다. 왜죠?"

"겁에 질린 여자 때문이었습니다."

"꽃 가게에서 일하는 젊은 숙녀분 말입니까?"

"그렇습니다. 그녀는 창백한 말에 대해서 무심코 말을 꺼냈습니다. 그런데 나중에 제가 다시 물었을 때 겁에 질려 잔뜩 움츠러든 모습을 하더군요. 그녀의 행동은 오히려 그럴 만한 뭔가가 감추어져 있다는 사실을 더 강조할 뿐이었습니다. 그런 다음 코리건을 만났고 쪽지에 적힌 이름에 대해 들었습니다. 그중 두 사람은 이미 제가 알고 있는 사람들이었습니다. 둘 다 이미 죽은 사람이었지요. 세 번째 이름은 어디서 들어 본 듯한 낯설지 않은 이름이었습니다. 그 뒤 우연히 그녀도 죽었다는 걸 알게 되었습니다."

"델라폰테인 부인 말씀이죠?"

"맞습니다."

"계속하세요."

"저는 이 일에 대해 더 알아봐야겠다고 결심했습니다."

"그리고 조사를 시작하셨군요. 어떻게 하셨죠?"

나는 터커튼 부인을 방문한 일에 대해 이야기했다. 그리고 마침내 브래들리와 버밍엄에 있는 시청 광장 빌딩에 대한 이야기까지 이르렀다.

"브래들리라고 하셨습니까? 그러니까 브래들리도 여기 끼어 있는 거군요?"

"그 사람을 아십니까?"

"그럼요, 알다마다요! 브래들리에 대해서라면 잘 알고 있습니다. 우리에게 꽤 많은 골칫거리를 안겨 주고 있거든요. 교묘한 사기꾼이라고 할 수 있어요. 하지만 워낙 능숙해서 경찰에서 책임을 추궁할 만한 일은 결코 하지 않습니다. 법률 게임에 있어서 온갖 종류의 속임수를 쓰고 회피하는 방법까지 잘 알고 있지요. 그는 항상 문제가 없는 쪽에 서 있습니다. 『법을 피하는 100가지 방법』 같은 책을 써도 될 거예요. 하지만 조직적인 살인 같은 일은 그의 전문 분야가 아닙니다. 그래요, 그의 스타일이 아니에요."

"그와 저 사이에 오간 대화로 어떤 조치를 취할 수는 없습니까?"

"안타깝게도 그렇습니다. 먼저 당신들이 대화를 나눈 것을 목격한 사람이 없습니다. 오로지 두 사람만 알고 있는 일이라서, 원한다면 브래들리는 모든 걸 부정할 수도 있습니다. 뿐만 아니라 그의 말대로 사람들은 뭐든지 내기를 걸 수 있습니다. 맞는 말입니다. 누군가 죽지 않을 거라는 내기를 걸었고, 내기에서 졌습니다. 그것만으로는 범죄가 성립되지 않습니다. 현상적으로 나타난 실제 범죄와 브래들리가 관련이 있다는 걸 밝힐 수 있어야 합니다. 하지만 제 생각엔 그 일도 결코 쉽지 않을 것 같군요."

르죄느 경감은 어깨를 으쓱하더니 잠시 후 내게 물었다.

"머치 디핑에 갔을 때 혹시 비너블스라는 사람을 만난 적이 있습니까?"

"네, 만났습니다. 함께 점심을 먹었습니다."

"그래요? 어떤 인상을 받았는지 말해 줄 수 있습니까?"

"강렬한 인상을 가지고 있더군요. 몸은 불편하지만 의지가 강한 사람입니다."

"소아마비로 불구가 되었다지요?"

"휠체어를 타야만 움직일 수 있어요. 하지만 장애로 인해 삶에 대한 의지가 더 강해진 것처럼 보였습니다."

"그에 대해서라면 뭐든지 말씀해 주세요."

나는 비너블스의 저택과 예술품, 그가 가진 다양한 관심사에 대해 이야기해 주었다.

잠시 후 르죄느 경감이 말했다.

"안타까운 일입니다."

"뭐가 안타깝다는 겁니까?"

르죄느 경감은 냉담한 목소리로 대답했다.

"비너블스가 불구라는 점 말입니다."

"실례지만 그 사람이 정말 불구인 건 맞습니까? 뭐라고 해야 하나…… 전부 다 조작한 것일 수도 있지 않을까요?"

"확실한 증거가 있습니다. 담당 의사는 할리 가의 윌리엄 더그데일 경인데, 아주 신뢰할 만한 사람입니다. 사지가 위축되었다는 윌리엄 경의 증언을 직접 들었습니다. 오즈본은 그날 밤 바턴 가를 걸어가던 그 남자가 비너블스라고 확신했지만, 그가 틀렸습니다."

"그렇군요."

"이미 말했지만 정말 안타까운 일입니다. 만약 살인을 대신 해 주는 비밀 단체가 존재한다면, 비너블스야말로 그걸 계획할 만한 능력을 가진 사람이니까요."

"저도 그렇게 생각합니다."

르죄느 경감은 검지손가락으로 테이블 위에 복잡한 원을 그렸다. 그런 뒤 나를 날카롭게 올려다보며 말했다.

"우리가 아는 걸 모아 봅시다. 내가 알고 있는 정보와 당신이 가져온 정보를 조합해 보는 거예요. 사람을 제거하는 일을 전문으로 하는 어떤 조직이 존재한다는 것은 확실합니다. 폭력적인 건 전혀 없고, 보통의 깡패나 총잡이를 고용하지 않았습니다. 희생자가 자연사한 게 아니라는 점을 보여 줄 만한 증거도 없습니다. 당신이 언급한 세 사람 외에도 우리는 다른 사람들의 죽음에 대해 정보를 어느 정도 갖고 있습니다. 모두 병으로 자연사했지만 그 죽음으로 이득을 보는 사람들이 있었습니다. 하지만 증거는 전혀 없습니다. 영리해요, 대단히 영리합니다. 누가 생각해 냈는지는 몰라도 세부 사항까지 다 고려한 걸 보면 머리가 좋은 사람입니다. 우리가 갖고 있는 건 고작 이리저리 흩어져 있는 이름 몇 개뿐입니다. 얼마나 더 많은 희생자가 있는지, 얼마나 널리 이 일이 퍼져 있는지는 하느님만이 아시겠지요. 사실 우리가 알고 있는 몇 개의 이름조차 평온하게 죽고 싶었던 한 여자의 회개 때문에 밝혀진 것이지요."

르죄느 경감은 분한 듯이 고개를 세차게 내저었고, 다시 이야기를 이어 나갔다.

"사이어자 그레이가 자신의 능력에 대해 자랑했다고 했지요? 그녀는 어떤 처벌도 받지 않을 것입니다. 그녀를 살인죄로 기소해서 감옥에 집어넣는다고 해도 그녀는 배심원들 앞에서 주술의 힘으로 불쌍한 사람들을 이 세상의 수고로움에서 해방시켜 주었노라고 호소할 것입니다. 법에 의해서는 유죄가 절대 성립되지 않아요. 그녀는 희생자들 근처에는 가 본 적도 없으니까요. 그건 우리가 이미 확인했습니다. 희생자들에게 독이 든 초콜릿을 보낸 적도 없습니다. 그녀의 말대로 그냥 방에 앉아서 텔레파시를 사용했을 뿐입니다!

법정에 서면 이 모든 게 우스꽝스럽게 들릴 겁니다!"

"하지만 루와 잉거스는 웃지 않으리. 천상 높은 곳에 있는 사람들도 마찬가지라네."

내가 읊조리듯 말했다.

"그게 무슨 소리입니까?"

"『불멸의 시간』(영국 작곡가 러틀랜드 보우턴의 오페라 — 옮긴이)에 나오는 말입니다."

"틀린 말은 아니군요. 지옥에 있는 악마는 웃겠지만 천상에 있는 사람들은 웃지 않을 겁니다. 이건 아주 사악한 범죄입니다."

"맞습니다. 요즘에는 사악하다는 말을 자주 쓰지 않지만 이 경우에는 딱 맞는 말입니다. 그래서 말인데요……."

"그래서라니요?"

르죄느 경감이 묻는 듯한 시선으로 나를 주시했다.

나는 르죄느 경감에게 계획을 털어놓았다.

"기회가 있을 것 같습니다. 이 일에 대해 조금 더 알아낼 가능성이 있어요. 저와 제 친구가 한 가지 계획을 세웠습니다. 경감님은 바보 같다고 생각하실지도 모르지만……."

"판단은 제가 하겠습니다."

"무엇보다 경감님께서도 우리가 지금까지 이야기한 조직이 실제로 존재하고 있을 뿐 아니라 활동하고 있다는 걸 확신하고 계시겠지요?"

"그렇습니다."

"하지만 이들이 어떻게 움직이는지는 모릅니다, 그렇지요? 첫 단계는 이미 알아냈습니다. 이 조직에 대해 어디선가 듣고 나서 더 알고 싶은 고객은 버밍엄에 가서 브래들리를 만납니다. 거기서 고객이 결심을 하면 브래들리와 모종의 계약을 합니다. 추측하건대 그런 다음 창백한 말을 찾아가게 될 겁니다. 하지만 그 다음에 무슨 일이 벌어질까요? 그건 아무도 모릅니다! 창백한 말에서 정확하게 어떤 일이 일어나는 건지 누군가는 가서 알아봐야 합니다."

"계속하세요."

"사이어자 그레이가 실제로 무얼 하는지 알아내기 전에는 우리는 앞으로 한 걸음도 나아갈 수 없습니다. 코리건은 이 모든 게 헛소리라고 하더군요. 하지만 정말 그럴까요? 르죄느 경감님도 그렇게 생각하십니까?"

르죄느 경감이 한숨을 내쉬며 말했다.

"당신은 제가 어떻게 대답할지 알고 있습니다. 제정신인 사람이라면 누구나 코리건처럼 답할 겁니다, '그건 모두 헛소리야.'라고 말입니다. 하지만 저는 지금부터 비공식적으로 말하겠습니다. 지난 100년 동안 대단히 이상한 일들이 벌어졌습니다. 사람들은 템즈 강변에 있는 빅벤의 시계가 12시를 알리는 소리를 조그만 상자를 통해 듣게 되었습니다. 그리고 곧바로 그 소리를 자기 집에 앉아서 들을 수 있게 되었습니다. 70년 전에 누가 이것을 믿었겠습니까? 속임수가 아닙니다. 빅벤의 시계는 한 번밖에 울리지 않지만 그 소리가 두 개의 다른 파장에 실려 사람들의 귀에 전달되는 것입니다! 아무런 선도 연결되지 않았는데 사람들이 방에 앉아서 뉴욕에서 말하는 소리를 들을 수 있다는 걸 믿을 수 있었겠습니까? 그 외에도 수십 개나 됩니다. 지금은 어린이들도 다 아는 일상적인 지식이지만!"

"달리 말하자면 가능하다는 거지요?"

"바로 그렇습니다. 만약 사이어자 그레이가 눈을 부릅뜨거나 최면을 거는 걸로, 혹은 염력을 투사하는 걸로 누군가를 죽일 수 있느냐고 묻는다면 저는 여전히 '아니요.'라고 대답할 것입니다. 하지만 확신하지는 못합니다. 확인되지 않은 일을 어떻게 확신할 수 있겠습니까? 만약 그녀가 우연히 뭔가를 발견했다면……."

"맞습니다. 초자연적인 것은 초자연적으로만 보입니다. 하지만 미래의 과학 역시 현재의 관점으로 보면 초자연적으로 보일 수 있습니다."

"제가 한 말은 공식적인 의견이 아닙니다."

르죄느 경감이 자신의 말에 다시 한 번 선을 그었다.

"보세요, 경감님은 매우 분별 있는 말씀을 하셨습니다. 따라서 누군가는 거기 가서 실제로 무슨 일이 일어나고 있는지 눈으로 봐야 합니다. 그리고 그걸 저와 제 친구가 하겠다고 제안하는 겁니다."

르죄느 경감은 아무 말 없이 나를 빤히 쳐다보았다.

"길은 이미 닦아 놓았습니다."

나는 작정하고 앉아서 나와 진저가 실행하려는 계획을 자세히 설명했다. 르죄느 경감은 얼굴을 찡그린 채로 손으로 아랫입술을 잡아당겼다. 하지만 설명이 끝날 때까지 아무 말 않고 조용히 귀 기울여 들어 주었다.

"이스터브룩 씨, 요점은 잘 알겠습니다. 이를테면 주변 상황이 당신을 이 사건에 깊이 개입하게 만든 셈이군요. 하지만 당신이 하려는 일이 매우 위험할 수 있다는 것을 제대로 알고 있는 건지 모르겠습니다. 그 사람들은 위험한 사람들입니다. 당신도 위험하지만 당신 친구가 더욱 위험합니다."

"압니다. 잘 알고 있습니다……. 진저와 저는 그것에 대해 수백 번도 더 이야기했습니다. 저도 그녀가 맡은 역할이 마음에 들지 않습니다. 하지만 그녀는 매우 단호합니다. 완고하게 그 일을 하고 싶어 한단 말입니다!"

르죄느 경감이 불쑥 물었다.

"혹시 빨간 머리 아닙니까?"

내가 깜짝 놀라며 대답했다.

"맞습니다."

"빨간 머리 여자에게는 논쟁에서 절대로 이길 수 없습니다. 논쟁 같은 건 아예 하지 마세요. 이 말은 믿어도 좋아요!"

나는 르죄느 경감의 아내가 혹시 빨간 머리가 아닐까 하는 생각이 들었다.

제16장

마크 이스터브룩의 이야기

브래들리를 두 번째 찾아갈 때는 신경이 그다지 곤두서지 않았다. 사실 은근히 즐기기까지 했다.

"역할에 몰입하세요."

출발하기 전에 진저가 말했다. 물론 나도 그렇게 할 생각이었다.

브래들리는 환영하듯 활짝 웃으며 반겨 주었다.

"다시 만나서 반갑습니다."

브래들리가 통통한 손을 내밀며 인사했다.

"당신이 갖고 있는 문제에 대해 깊이 생각해 보셨겠죠? 제가 말한 대로 서두르지는 마세요. 시간을 충분히 가지세요."

나는 초조하게 말했다.

"그럴 수가 없어요. 그러니까…… 좀 급합니다."

브래들리가 나를 위아래로 훑어보았다. 초조한 태도와 시선을 피하는 듯한 불안한 표정, 모자를 내려놓는 어색한 행동 등을 재빠르게 관찰했을 것이다.

"자, 우리가 무슨 일을 할 수 있을지 볼까요? 뭔가에 대해 조그만 내기를 하고 싶으신 거죠? 골칫거리에서 마음을 떼어 낼 수 있는 건 짜릿한 내기뿐입니다."

"이런 건……."

나는 이렇게만 말하고 입을 꾹 다물었다. 나머지는 브래들리에게 떠넘겼다. 물론 브래들리도 맡은 역할을 잘 해냈다.

"조금 신경이 곤두섰군요. 신중하세요. 저는 신중함의 가치를 인정합니다. 엄마 귀에 들어가선 안 될 말은 하지 마세요. 혹시 이 사무실에 몰래 엿듣는 벌레라도 있을까 봐 걱정이 되십니까?"

나는 무슨 말인지 이해하지 못했다. 그리고 그것이 얼굴에도 드러났을 것이다.

"도청기나 녹음기 따위를 말하는 겁니다. 이 사무실 안에는 그런 것이 전혀 없다는 걸 제 명예를 걸고 약속합니다. 우리의 대화는 어떤 식으로도 기록되지 않습니다. 만약 제 말을 믿지 못하겠다면……. 당연히 그럴 수 있습니다. 그렇다면 원하는 장소를 마음대로 고르셔도 됩니다. 레스토랑, 철도역 대합실, 다른 어디라도 좋아요. 그러면 거기서 이 문제에 대해 토론하겠습니다."

브래들리의 솔직함은 상당히 매력적으로 보였다.

나는 이곳도 괜찮다고 대답했다.

"분별력이 있군요! 솔직히 그런 일은 별로 도움이 되지 않아요.

우리는 둘 다 법률 용어로 '우리에게 불리하게 작용할' 말은 단 한 마디도 하지 않을 테니까요. 이런 식으로 시작해 봅시다. 당신에게는 걱정거리가 있습니다. 그런데 제가 동정적인 사람이라는 걸 알고는 그걸 털어놓고 싶어졌지요. 저는 경험이 많아서 좋은 충고를 해 줄지도 모르니까요. 고통은 나누면 반으로 줄어든다고들 하지요. 어떻습니까?"

나는 브래들리와 그렇게 하기로 합의했고 더듬거리며 이야기를 시작했다.

브래들리는 대단히 능숙했다. 말하기 곤란한 단어나 문장을 말하기 쉽게 이끌어 주었다. 그가 너무나 잘해 주는 바람에 나는 젊은 시절 전처였던 도린에 대한 뜨거운 열정과 비밀 결혼을 어려움 없이 털어놓을 수 있었다.

브래들리가 고개를 끄덕이며 말했다.

"그런 일은 자주 일어나지요. 너무나 자주 말이에요. 이해할 수 있어요. 이상을 가진 청년과 아름답고 사랑스러운 아가씨! 두 사람은 눈 깜짝할 사이에 남편과 아내가 되지요. 그러고 나서 어떻게 되었지요?"

나는 일이 어떻게 되었는지 계속해서 이야기했다. 상세한 부분에 대해서는 고의적으로 애매하게 표현했다. 내가 연기하는 인물은 지저분한 세부 사항까지 드러내지는 않고 싶어 하는 사람이다. 단지 자신이 과거에 얼마나 바보였는지 깨달은, 환상에서 깨어난 남자의 모습만을 보여 줄 것이다.

나는 전처와 헤어질 당시 큰 싸움이 있었던 것처럼 가장했다. 브래들리 나름대로 젊은 아내가 다른 남자와 사라졌다거나 내내 옆을 맴돌던 다른 남자가 있었던 걸로 받아들인다고 해도 크게 상관이 없었다.

"비록 제가 생각한 것과는 전혀 다른 여자였지만 그래도 사랑스러운 여자였어요. 그런데 그녀가 이제 와서 이런 식으로 행동할 거라고는 생각지도 못했습니다."

"그녀가 정확하게 어떤 일을 했다는 겁니까?"

나는 브래들리에게 '아내'가 다시 내게로 돌아오고 싶어 한다고 말했다.

"아내에게 무슨 일이 있었습니까?"

"이상해 보이겠지만 잘 모릅니다. 사실 너무 오랫동안 소식이 없어서 아내가 죽은 줄 알았거든요."

브래들리가 나를 보며 고개를 저었다.

"지나치게 낙천적인 사고네요. 왜 죽었다고 생각했죠?"

"한 번도 편지 같은 걸 보내 온 적이 없었으니까요. 소식을 전혀 듣지 못했습니다."

"솔직히 아내에 대한 모든 걸 잊고 싶었던 게 아닌가요?"

단추 구멍처럼 작은 눈을 가진 작달막한 이 변호사는 나름대로 심리학자다운 면모를 지니고 있었다.

나는 고마워하며 말했다.

"맞습니다. 사실 최근까지는 그녀를 떠올릴 필요조차 없었어요."

"하지만 지금은 상황이 달라졌죠?"

"글쎄요……."

나는 머뭇거리는 듯한 제스처를 취했다.

"자, 아버지라고 생각하고 속 시원히 털어놓아 보세요."

브래들리의 말이 밉살스럽게 들렸다.

나는 부끄러워하는 듯한 얼굴로 인정했다. 사실 최근 들어 결혼을 생각하고 있다고 말이다.

하지만 문제의 여자에 대한 구체적인 설명은 한사코 거부했다. 그녀를 이 일에 끌어들일 생각은 전혀 없다. 그녀에 대해서는 한 마디도 하지 않을 것이다.

그것은 적절한 조치였다. 브래들리가 더 이상 캐묻지 않았기 때문이다. 브래들리는 다음과 같이 말했다.

"당신은 지극히 정상입니다. 과거의 나쁜 경험을 극복하고 새로운 사람을 찾아낸 거예요. 당신과 완벽하게 어울리는 사람을 말입니다. 문학적 취향과 생활방식을 공유할 수 있는 사람이지요. 진정한 동반자라고 할 수 있어요."

나는 브래들리가 허미아에 대해 알고 있다는 걸 눈치 챘다. 아마 쉽게 알아냈을 것이다. 나에 대해 약간만 조사해도 가까운 여자 친구가 그녀뿐이라는 게 드러났을 테니까. 나로부터 만나자는 편지를 받자마자 브래들리는 나와 허미아에 대해 세세한 것까지 다 조사했을 것이다. 그는 이미 모든 것을 알고 있었다.

"이혼은 어때요? 가장 자연스러운 해결책이 아닐까요?"

브래들리가 물었다.

"이혼은 말도 꺼내지 마십시오. 그 여자는, 아니 아내는 들은 척도 하지 않을 겁니다!"

"안됐군요. 물어봐도 괜찮을지 모르겠지만 당신에 대한 그녀의 감정이 어떻다고 생각합니까?"

"그녀는 제게 돌아오고 싶어 합니다. 하지만 억지도 그런 억지가 없어요. 그녀는 제게 누군가 있다는 걸 알고 있어요. 그래서……."

"아주 심술궂게 구는군요……. 알겠습니다. 달리 빠져나갈 길이 없어 보입니다. 하지만 그녀는 상당히 젊은 편 아닙니까?"

"몇십 년은 더 살 겁니다."

나는 쏙쓸하게 말했다.

"그건 누구도 알 수 없는 일입니다, 이스터브룩 씨. 당신 아내는 외국에서 살다가 왔다고 했지요?"

"그렇게 말하더군요. 어디서 살았는지는 정확히 모릅니다."

"동양 어딘가에서 살다 왔다면 이상한 병원균에 감염이 되었을 수도 있습니다. 잠복기가 긴 병이라면, 고향으로 돌아와서 갑자기 발병할 수 있지요. 두세 번 그런 경우를 본 적이 있습니다. 이번에도 그런 일이 일어날지 모르지요. 그런 걸로 당신 기분이 좀 나아진다면……."

그는 잠시 숨을 고른 뒤 말했다.

"제가 그 가능성에 돈을 조금 걸겠습니다."

나는 고개를 저었다.

"그녀는 몇십 년은 거뜬히 살 겁니다."

"글쎄요, 승산이 당신 편에 있다는 건 인정합니다. 하지만 내기를 합시다. 그 숙녀분이 크리스마스가 오기 전에 죽는다에 1 대 1500으로 내기를 거는 거예요. 어때요?"

"그것보다 더, 더 빨라야 해요. 저는 더 기다릴 수 없어요. 여러 가지 일이……."

나는 고의적으로 말을 뒤죽박죽 섞어서 했다. 거기에 대해 브래들리가 어떤 생각을 했을지는 모르겠다. 나와 허미아의 관계가 더 이상 시간을 벌기 위해 얼버무릴 수 없을 정도로 진행되었다고 생각했을 수도 있고, 혹은 내 '아내'가 허미아를 찾아가서 곤란하게 만들어 버리겠다고 위협하고 있다고 생각했을 수도 있다. 어쩌면 허미아에게 접근하는 다른 남자가 있다고 생각했을 수도 있다. 브래들리가 무슨 생각을 하든 나는 신경 쓰지 않았다. 어찌 됐든 나는 매우 다급하다는 것만 전달하면 그만인 것이다.

"그러면 승률이 조금 바뀝니다. 1대 1800으로 내기를 걸어서 당신 아내가 한 달 이내에 죽는 걸로 합시다. 제게도 약간의 느낌이 있으니까요."

이제 가격을 협상할 때라는 생각이 들었다. 협상에 들어가자, 나는 그렇게 많은 돈을 갖고 있지는 않다고 했다. 하지만 브래들리는 노련한 사업가였다. 어떻게 알아냈는지 몰라도, 비상사태일 때 내가 끌어 모을 수 있는 금액을 이미 알고 있었다. 허미아가 부자라는 것도 알고 있었다. 결혼하고 나면 내기에서 잃은 돈 정도는 아깝지 않을 거라고 내게 넌지시 암시를 준 것이다. 무엇보다 내 다급함이 브래들리의 입장을 아주 유리하게 했다. 그는 한 치도 물러서지 않으려고 했다.

내가 사무실을 나선 건 내기가 환상적으로 이루어진 다음이었다. 나는 브래들리 앞에서 약식으로 만들어진 차용 증서에 서명을 했다. 나로서는 이해할 수 없는 법률 용어로 빼곡했다. 하지만 그것이 실제로 법적으로 효력이 있을지는 의심스러웠다.

"이게 법적 구속력이 있습니까?"

나는 브래들리에게 물었다.

그러자 브래들리는 고른 이를 자랑이라도 듯 씩 웃으며 말했다.

"아마 그것을 테스트해 볼 일은 없을 겁니다."

브래들리의 미소가 마음에 들지 않았다.

"내기는 내기일 뿐입니다. 하지만 만약 돈을 내지 않는다면…….
그 경우에 대해선 말하지 않겠습니다. 그래요, 말하지 않는 게 낫겠어요. 우리는 의무를 이행하지 않는 사람을 가장 싫어해요."

브래들리는 부드러우면서도 날카롭게 경고했다.

"그런 거라면 걱정하지 마십시오."

"물론 그러리라고 믿습니다, 이스터브룩 씨. 자, 이제 사전 정보가 필요하겠군요. 아내가 런던에 있다고 하셨지요? 정확히 어디죠?"

"반드시 알아야 합니까?"

"온갖 것을 상세하게 알아야 한답니다. 이스터브룩 씨가 이 다음에 할 일은 사이어자 그레이와 약속을 잡는 겁니다. 그녀를 기억하시죠?"

나는 기억하고 있다고 대답했다.

"놀라운 여성입니다. 정말 놀라운 여성이에요. 그녀는 뛰어난 재능을 갖고 있어요. 그녀는 당신 아내가 몸에 지니고 다니는 뭔가를 원할 겁니다. 장갑이나 손수건 같은 것 말입니다."

"하지만 왜죠? 왜 그런 게……."

"무슨 말을 하려는지 알아요. 하지만 왜냐고 묻지 마세요. 저도 전혀 모릅니다. 사이어자 그레이도 나름대로의 비밀이 있습니다."

"도대체 그녀가 무슨 일을 하는 거지요?"

"이스터브룩 씨, 제 말을 믿어야 합니다. 특히 전혀 모르겠다고 솔직하게 말할 때는 말입니다. 저는 모릅니다. 게다가 알고 싶지도 않습니다. 그냥 그대로 믿고 맡깁시다."

브래들리는 잠시 말을 멈췄다가 다시 아버지 같은 말투로 입을 열었다.

"제가 조언 한 가지를 하겠습니다. 아내를 한번 찾아가세요. 마음을 달래 주고 화해할 생각이 있는 것처럼 굴어요. 아니면 이렇게 말하는 것도 괜찮을 겁니다. 몇 주 동안 외국에 나가 있어야 하는데 돌아오면 당신이 원하는 대로 해 주겠다……."

"그런 다음에는요?"

"눈에 띄지 않는 평상복을 입고 머치 디핑에 가세요. 지난번에 그곳을 방문했을 때 근처에 친구가 살고 있다고 말하지 않았나요?"

"사촌이에요."

"덕분에 아주 간단해지는군요. 사촌은 의심 없이 하루나 이틀 정도 당신을 재워 줄 겁니다."

"다른 사람들은 대개 어떻게 하죠? 근처 여인숙에서 묵습니까?"

"아마 그럴 겁니다. 혹은 본머스에서 차를 타고 올 수도 있겠죠. 그것까지는 저도 잘 모르겠습니다."

"사촌이 이상하게 생각하지 않을까요?"

"'창백한 말'에 사는 사람들에게 흥미가 있다고 하세요. 강령회에 참석하고 싶어 하는 겁니다. 어때요, 간단하죠? 사이어자 그레이와 그녀의 친구들은 강령회를 자주 여는 편입니다. 주술사들이 어떤 사람들인지 아실 겁니다. 당신은 헛소리라고 하면서도 그들에게 흥미를 가지고 있다고 말하면 됩니다. 그뿐입니다, 이스터브룩 씨. 보시다시피 이보다 더 간단할 수는 없습니다……."

"그 다음은……?"

브래들리가 미소를 지으며 고개를 저었다.

"제가 말해 줄 수 있는 건 거기까지입니다. 사실 그게 제가 아는 전부입니다. 그 다음부터는 사이어자 그레이가 책임집니다. 장갑이나 손수건을 챙겨 가는 걸 잊지 마세요. 그 다음에는 잠깐 해외여행이라도 다녀오세요. 이맘때는 이탈리아의 리비에라가 굉장히 좋다고 하더군요. 한두 주 정도 다녀오면 될 겁니다."

나는 해외여행을 가는 대신에 그냥 영국에 남아 있고 싶다고 말했다.

"그것도 좋습니다. 하지만 분명히 말하지만 런던은 안 됩니다. 아니, 런던은 절대 안 됩니다."

"어째서 안 된다는 거죠?"

브래들리가 꾸짖는 시선으로 나를 바라보았다.

"고객의 안전은 철저하게 지켜져야 하기 때문입니다. 시키는 대로 따라 주시면 고맙겠습니다."

"본머스는 어때요? 본머스라면 괜찮을까요?"

"예, 본머스는 괜찮습니다. 호텔에 머물면서 사람들을 사귀고, 편하게 어울리는 모습을 보여 주세요. 결백을 주장할 수 있는 알리바이, 그게 우리가 바라는 겁니다. 본머스가 지겨워지면 언제라도 토키(데번셔 주 남부의 휴양 도시 — 옮긴이)로 떠나 보세요."

브래들리가 여행사 직원처럼 싹싹하게 말했다.

그곳을 나오기 전에 나는 다시 한 번 브래들리의 통통한 손을 잡고 악수를 해야만 했다.

제17장

마크 이스터브룩의 이야기

I

"정말 사이어자의 강령회에 갈 거야?"

로다가 물었다.

"그게 어때서?"

"난 네가 그런 데 관심 있는 줄은 몰랐어."

"사실 큰 관심은 없어. 하지만 그 세 사람은 정말 기묘한 팀이란 말이야. 어떤 쇼를 보여 줄지 궁금해."

나는 꽤 솔직하게 말했다.

경박한 사람처럼 행동하는 건 정말 쉽지 않았다. 디스퍼드 대령이 생각에 잠긴 눈으로 나를 보고 있다는 게 느껴졌다. 그는 세상 물정에 밝은 남자고, 이전에 모험이 가득한 생활을 했었다. 위험이 있는 곳에서는 온몸의 육감이 강하게 발동하는 남자였다. 그는 지금 어떤 위험한 낌새를 맡고, 내가 보인 느긋한 호기심 이상의 뭔가가 더 있다는 걸 알아차린 것 같았다.

"그럼 나도 데려가. 사실 꼭 한 번 가 보고 싶었어."

로다가 금방이라도 따라나설 것처럼 들뜬 목소리로 말했다.

"그런 일은 생각도 하지 마, 로다."

디스퍼드 대령이 으르렁거렸다.

"나도 유령 같은 건 믿지 않아. 당신도 알잖아. 그냥 재미 삼아 한 번 가 보고 싶어!"

"그런 일은 재밋거리가 아니야. 진짜 무언가가 있을 수도 있어. 한 가지는 분명해. 한가로이 호기심 같은 걸로 참석한 사람들에게도 절대로 좋은 영향을 주지 않을 거야."

디스퍼드 대령이 로다를 타이르듯 말했다.

"그럼 마크도 못 가게 해 줘."

"마크는 내 책임이 아니야."

디스퍼드 대령은 이렇게 말하면서도 다시 한 번 재빠르게 나를 곁눈질했다. 내게 다른 목적이 있다는 걸 이미 알고 있을 거라는 확신이 들었다.

로다는 억울해했지만 그런대로 잘 넘어갔다.

그날 오전에 나는 마을에서 우연히 사이어자 그레이를 만났다. 사이어자는 그 문제에 대해 거리낌 없이 말했다.

"안녕하세요, 이스터브룩 씨. 오늘 저녁 우리 집에 오시죠? 멋진 걸 보여 줄 수 있어야 할 텐데 걱정이네요. 시빌은 놀라운 영매예요.

하지만 어떤 결과를 얻게 될지는 그 누구도 몰라요. 그렇다고 해도 실망하지는 마세요. 그 전에 하나만 부탁할게요. 열린 마음을 가지고 오세요. 정직한 탐구자는 언제나 환영하지만 재밋거리나 비웃음거리를 찾기 위해 방문하는 건 반대입니다."

로다가 끼어들며 말했다.

"나도 가고 싶었어요. 하지만 남편이 너무 반대해서요. 당신도 그이가 어떤 사람인지 아시죠?"

"어쨌거나 나도 당신이 참석하는 걸 원하지 않아요. 이방인은 한 명으로 족하니까요."

사이어자가 로다에게 말하고는 내게로 얼굴을 돌렸다.

"먼저 가벼운 식사를 할 거예요. 강령회 전에는 많이 먹지 않아요. 7시가 좋겠죠? 기다리고 있을게요."

사이어자는 고개를 끄덕였고, 미소로 인사를 마무리한 다음 큰 걸음으로 기운차게 멀어져 갔다. 나는 그녀의 뒷모습에서 눈을 떼지 않았다. 그리고 너무 골몰히 생각하느라 로다가 무슨 말을 했는지조차 듣지 못했다.

"미안해. 뭐라고 했지?"

"마크, 여기 온 이후로 줄곧 이상해 보이는데, 혹시 무슨 문제라도 있어?"

"아니, 전혀 없어. 내게 무슨 문제가 있겠어?"

"글쎄, 책이 잘 안 써진다거나……."

"책?"

순간적으로 나는 아무것도 떠올릴 수 없었다.

"아, 맞아, 책. 그럭저럭 진척은 되고 있어."

"마치 사랑에 빠진 사람 같아. 맞아, 바로 그거야. 사랑은 남자에게 아주 나쁜 영향을 끼치지. 머리를 뒤죽박죽으로 만들거든. 여자들은 정반대야. 당당해지고, 빛이 나듯 화사해지지. 평상시보다 두 배는 예뻐 보일걸? 하지만 남자는 그 반대야. 재미있지 않아? 여자에게는 사랑이 그렇게 잘 맞는데, 남자들은 병든 닭처럼 변하니 말이야."

로다가 재미있다는 듯이 웃었다.

"고맙구나!"

나는 퉁명스럽게 대꾸했다.

"나한테 화내지 마, 마크. 아주 잘된 일이라고 생각해. 그녀는 정말 멋지잖아."

"누굴 말하는 거야?"

"물론 허미아 레드클리프 이야기지. 내가 아무것도 모른다고 생각하는 모양이네. 오랫동안 죽 봐 왔다고. 그녀는 정말 너한테 잘 어울려. 예쁜 데다가 똑똑하잖아. 완벽하게 어울리는 상대야."

"어째, 심술궂게 들리는걸."

로다가 나를 물끄러미 바라보더니 한마디 했다.

"그럴지도 모르지."

로다는 푸줏간 주인과 할 얘기가 있어서 가 봐야겠다고 했다. 나도 목사관에 가 봐야 한다고 했다. 그러고는 로다가 무슨 말을 하기 전에 얼른 가로막았다.

"목사님에게 결혼 주례를 부탁하러 가는 건 절대 아니거든."

II

목사관으로 가는 길은 마치 고향으로 돌아가는 듯한 기분이었다.

현관문은 나를 반기기라도 하는 것처럼 활짝 열려 있었다. 안으로 한 걸음 들어서자 어깨에 올려져 있던 무거운 짐이 스르르 미끄러져 내렸다.

데인 캘스롭 부인이 홀 뒤쪽에서 문을 열고 나왔다. 손에는 어떤 용도로 쓰이는지는 모르겠지만 밝은 녹색의 큰 플라스틱 양동이가 들려 있었다.

"안녕하세요, 당신일 거라고 생각했어요."

데인 캘스롭 부인이 내게 양동이를 건넸다. 나는 어떻게 해야 할지 모르는 것처럼 그걸 들고 어색하게 서 있었다.

"문밖에 있는 계단 위에 갖다 놓으세요."

데인 캘스롭 부인이 나무라는 투로 말했다. 당연히 내가 알고 있을 거라고 생각했던 것 같다.

나는 고분고분 시키는 대로 했다. 그런 다음 부인을 따라 이전에 우리가 이야기를 나누었던 그늘지고 허름한 방으로 들어갔다. 벽난로의 불이 다 꺼져 가고 있었다. 데인 캘스롭 부인이 불꼬챙이로 쑤셔서 불꽃을 살린 뒤 그 위에 장작을 얹었다. 그녀는 내게 의자에 앉으라는 손짓을 하고 자신도 맞은편에 털썩 주저앉았다. 그러고는 시선을 나에게 즉각 고정시켰다.

"그래서 어떻게 되었나요?"

데인 캘스롭 부인이 명령하듯 물었다. 달려가는 기차라도 잡을 수 있을 것 같은 씩씩한 태도였다.

"저에게 뭔가 하라고 말씀하셨죠? 그래서 지금 무언가를 하고 있습니다."

"좋아요! 뭘 하고 있죠?"

나는 데인 캘스롭 부인에게 모든 것을 다 이야기했다. 은연중에 잘 모르는 것까지 전부 털어놓았다.

"오늘 밤?"

데인 캘스롭 부인이 생각에 잠겨 물었다.

"네."

데인 캘스롭 부인은 한동안 침묵을 유지했다. 내가 먼저 참지 못하고 말을 꺼냈다.

"마음에 들지 않아요. 맙소사! 저는 이 일이 정말 마음에 들지 않습니다."

"어째서요?"

나는 적당한 답을 찾기가 어려웠다.

"진저 때문에 몹시 걱정이 됩니다."

데인 캘스롭 부인은 다정한 눈빛으로 나를 바라보았다.

"그녀가 얼마나 용감한지 부인께서는 모르시죠. 만약 그들이 그녀에게 해를 끼친다면……."

데인 캘스롭 부인은 느릿느릿 말했다.

"잘은 모르겠지만 그들이 진저에게 어떤 해를 끼칠 수는 없을 거예요."

"하지만 이미 다른 사람들을 해쳤어요."

"그렇게 보이죠. 맞아요……."

데인 캘스롭 부인의 목소리에는 의심이 묻어 있었다.

"부인의 말처럼 어쩌면 그녀가 해를 입지 않을 수도 있을 겁니다. 모든 예방 조치를 취해 놓았으니까요. 그래요, 물리적으로는 해를 끼칠 수 없을 겁니다."

"하지만 그들이 주장하는 건 단순히 물리적인 해가 아니에요. 마음을 통해서 육체에 영향을 줄 수 있다고 주장하잖아요. 만약 그게 가능하다면 대단히 놀라운 일이지요. 그리고 무서운 일이에요! 이미 말한 바대로 이 일은 어떻게 해서라도 중지시켜야 해요."

데인 캘스롭 부인이 날카롭게 지적했다.

"하지만 진저가 위험을 무릅쓰고 있어요."

"누군가는 해야 해요. 그게 당신이 아니라서 자존심이 상하겠지만 감수해야 해요. 진저는 지금 하고 있는 역할에 더없이 적합한 사람이니까요. 그녀는 자신의 감정이나 두려움을 통제할 수 있고 지적이기도 해요. 당신을 실망시키지 않을 거예요."

데인 캘스롭 부인이 차분하게 말했다.

"전 그런 걱정을 하는 게 아닙니다!"

"잘됐군요, 그럼 그만 걱정하세요. 그녀에게 전혀 도움이 되지 않으니까요. 문제의 핵심을 피하지 마세요. 설사 그녀가 이 실험의 결과로 죽는다고 해도 가치 있는 죽음이 될 거예요."

"맙소사! 정말 냉혹하시군요!"

"경우에 따라서는요. 항상 최악의 상황을 그리고 있어야 해요. 그게 마음을 얼마나 안정시키는지 아세요? 상상한 것만큼 상황이 나빠질 리 없다는 확신을 갖게 될 거예요."

데인 캘스롭 부인은 안심시키듯 고개를 끄덕여 보였다.

"어쩌면 부인의 말씀이 맞을지도 모르죠."

내가 여전히 미심쩍어 하며 시큰둥하게 말했다.

그러자 데인 캘스롭 부인은 굉장한 자신감으로 자기 말이 맞을 거라고 다시 한 번 강조했다.

"집에 전화 있지요?"

"당연히 있죠."

"오늘 밤에 그 일이 끝나면 진저와 연락을 취하고 싶습니다. 사실 매일 전화를 걸어야 하는데, 여기 있는 전화를 써도 될까요?"

"물론이지요. 로다의 집에는 오가는 사람이 너무 많지요? 듣는 사람이 없어야 마음 편하게 통화할 수 있을 거예요."

"로다의 집에는 잠시만 머물 겁니다. 그 후에는 본머스에 있을 거예요. 런던에는 있으면 안 된다고 하더군요."

"나중 일까지 미리 생각할 필요는 없어요. 내일 일은 일단 생각하지 마세요."

데인 캘스롭 부인이 말했다.

나는 자리에서 일어났다. 그때 나답지 않은 말이 나도 모르게 불쑥 튀어나왔다.

"오늘 밤…… 저를 위해 기도해 주세요. 아니, 우리 두 사람을 위해 기도해 주세요."

"당연하죠."

데인 캘스롭 부인은 내가 그런 말을 했다는 데 다소 놀란 듯했다.

나는 현관문을 나오다가 불현듯 호기심이 생겨 물었다.

"저 양동이는 어디에 쓰는 거죠?"

"양동이요? 아! 어린 학생들이 산울타리 잎이나 열매를 따담을 때 쓰는 거예요. 교회를 위한 일종의 봉사죠. 보기에는 좀 볼품없지만 편리해요."

나는 대문 바깥으로 펼쳐진 가을의 풍요로움을 둘러보았다. 이처럼 평온한 아름다움이 또 있을까?

"하느님의 사자들이 우리를 보호하시리라 믿습니다."

내가 진지하게 말했다.

"아멘."

데인 캘스롭 부인도 호응해 주었다.

III

'창백한 말'에 도착하자, 그들은 지극히 평범하게 나를 맞았다. 특

별히 다른 것을 기대한 건 아니지만, 그래도 그처럼 평범하리라고
는 생각하지 않았다.

　수수한 검은 모직 옷을 입은 사이어자 그레이가 문을 열어 주었
다. 그녀는 평상시와 다름없는 어조로 말했다.

"어서 오세요. 곧 저녁을 먹을 거예요."

　그보다 더 사무적이고 더 평범할 수는 없을 것이다.

　널빤지로 장식한 홀 끝에 간단한 식사가 차려져 있었다. 우리는
수프와 오믈렛 그리고 치즈를 먹었다. 검은 옷을 입은 벨라가 시중
을 들었다. 그녀의 얼굴은 다른 어느 때보다 더 이탈리아 벽화에 그
려진 군중처럼 흐릿해 보였다. 시빌은 이국적인 분위기를 물씬 풍
겼다. 그녀는 공작새의 깃털처럼 화려한 색실로 짠 옷감에 금실을
장식한 긴 옷을 입고 있었다. 오늘은 구슬 목걸이를 하지 않은 대신
팔목에 묵직한 금팔찌를 차고 있었다. 시빌은 오믈렛만 조금 먹었
을 뿐 다른 것은 입도 대지 않았다. 말도 거의 하지 않았고, 훨씬 고
차원적인 다른 세상에 머물러 있는 듯한 분위기로 모두를 대했다.
인상적일 법도 한데 실제로는 그렇지 않았다. 오히려 과장된 연극
처럼 비현실적이었다.

　사이어자 그레이가 대화를 이끌었다. 그녀는 마을에서 일어난 소
소한 사건에 대해 수다스럽게 논평을 했다. 오늘 밤 사이어자 그레
이는 영국의 한 시골 마을에 사는 활기차고 능동적인 독신 여성처
럼 보였다.

　나는 속으로 생각했다.

'내가 정신이 나간 게 틀림없어. 완전히 미친 거야. 여기에 두려워할 것이 뭐가 있단 말인가?'

심지어 벨라조차도 오늘 밤에는 다른 사람들과 다를 바가 없었다. 그저 교육을 제대로 받지 못하고, 넓은 세상을 경험해 보지 못한 조금 모자란 시골 여자처럼 보였다.

데인 캘스롭 부인과 나눈 많은 대화들이 허망하게 느껴졌다. 우리는 아무것도 모른 채 상상의 날개를 펼친 것 같았다. 도대체 너무나 평범한 이 세 여자가 어떤 일을 할 수 있을 거라고 진저는 머리까지 염색하고 가짜 이름을 쓰고 있었다. 게다가 우리는 그녀가 위험에 처해 있다고 안절부절못하기까지 했다. 너무나 어이없었다!

드디어 식사가 끝났다.

"커피는 없어요."

사이어자 그레이가 미안해하며 말했다.

"오늘 같은 날은 되도록 자극적인 음식은 피해야 해요. 시빌?"

사이어자 그레이가 일어서며 시빌을 불렀다.

"알았어. 저는 이만 가서 준비를 해야겠네요……."

시빌은 완전히 무아지경에 빠진 사람 같은 표정을 지었다.

벨라가 서둘러 식탁을 치우기 시작했다. 나는 오래된 여인숙 간판이 걸려 있는 곳으로 천천히 걸어갔다. 사이어자 그레이가 나를 따라왔다.

"이렇게 어두운 불빛에서는 제대로 볼 수 없어요."

사이어자 그레이가 말했다.

그건 사실이었다. 화판 위에 한꺼풀 덮인 먼지 때문에 그림이 매우 흐릿하게 보였는데, 말의 형태조차 분간해 내기 힘들 정도였다. 두툼한 가죽으로 갓을 씌운 전구의 불빛이 약하게 홀을 밝히고 있었다.

"그 빨간 머리 여자……. 이름이 뭐였더라? 진저라고 했나요? 그녀가 바로 거기에 서서 그림을 원래대로 복원해 주겠다고 했었죠."

사이어자는 진저에 대해 기억하고 있었다.

"하지만 벌써 잊어버렸을 거예요. 런던 미술관에서 일한다고 했던가요?"

진저에 대한 얘기를 들으니 기분이 묘했다.

나는 일부러 시선을 그림에 고정한 채 말했다.

"흥미로운데요."

"물론 좋은 그림은 아니에요. 조잡한 그림이죠. 하지만 이곳이랑 어울려요. 게다가 300년이 넘은 그림이지요."

"준비되었어요."

우리는 갑작스러운 소리에 동시에 획 돌아섰다.

어둠 속에서 벨라가 나타나 우리를 보고 있었다.

"이제 시작할 시간입니다."

사이어자가 활발하면서도 사무적인 어조로 말했다.

저번처럼 마구간을 개조한 서재로 가기 위해 나는 사이어자가 이끄는 대로 따라갔다.

이미 말했듯이 서재로 곧장 연결되는 출입구가 없기 때문에 우리는 문을 열고 바깥 정원으로 나왔다. 깜깜하고 구름 낀 밤이었다. 잠시 후 우리는 짙은 어둠에서 벗어나 서재로 들어섰다.

밤에는 서재가 전혀 다르게 보였다. 낮에는 기분 좋은 서재 같은 모습이었지만 밤에는 야릇한 분위기를 가진 공간으로 변해 있었다. 램프가 여러 개 있었지만 꺼져 있었다. 간접 조명이 부드러우면서도 차갑게 방 안을 비추고 있었다. 바닥 한가운데에는 접이식 침대가 놓여 있었는데, 신비한 표식들이 수놓아진 자주색 천으로 덮여 있었다.

방 한쪽에 조그만 화로처럼 보이는 것이 있었고, 그 옆에 커다란 청동 대야가 있었다. 한눈에 오래된 물건이라는 것을 알 수 있었다.

다른 쪽 벽면에는 등받이가 있는 묵직한 참나무 의자가 놓여 있었다. 사이어자가 그쪽을 가리키며 말했다.

"거기 앉아요."

나는 시키는 대로 순순히 따랐다. 사이어자는 아까와는 달라 보였다. 정확히 어떤 변화인지 설명하기는 힘들지만 느낄 수 있었다. 시빌의 신비주의 전략과는 달랐다. 평범한 일상의 커튼이 걷어졌다고나 할까? 일상의 커튼 뒤에는 어렵고 위험한 수술을 하기 위해 수술대로 향하는 외과 의사처럼 비장한 모습을 한 여자가 있었다. 사이어자가 벽에 걸린 찬장으로 다가가서 가운처럼 보이는 것을 꺼내 입자, 그런 느낌이 더 강하게 전해져 왔다. 빛이 반사되는 걸 보니 금실을 섞어서 짠 천 같았다. 그녀는 또 목이 긴 장갑을 끼고 있었는데, 내가 전에 본 적이 있는 '방탄복'처럼 결이 고운 그물로 만든 것이었다.

"예방 조치는 꼭 필요하죠."

사이어자의 말이 어딘지 모르게 사악하게 들렸다.

잠시 뒤 사이어자는 깊이 있는 목소리로 말했다.

"이스터브룩 씨, 거기서 움직이지 말고 가만히 있어야 해요. 어떤 일이 있어도 의자에서 일어나면 안 돼요. 그러다 위험해질 수도 있으니까. 이건 아이들 장난이 아니에요. 저는 매우 위험한 힘을 상대할 겁니다. 그 힘을 함부로 대했다가는 큰 위험에 처할 수도 있어요."

사이어자는 잠시 숨을 돌리고 나서 물었다.

"가져오라는 물건은 챙겨 왔나요?"

나는 아무 말도 하지 않고 주머니에서 갈색 스웨이드 가죽 장갑을 꺼내 주었다.

사이어자는 장갑을 거위 목처럼 구부러져 있는 금속 램프 쪽으로 가져갔다. 그녀는 램프를 켜고 불빛 아래에 장갑을 놓았다. 희미한 불빛 아래서는 장갑의 짙은 갈색이 희끄무레한 회색으로 바뀌었다.

사이어자는 램프를 끄고 인정하듯 고개를 끄덕였다.

"아주 좋아요. 장갑 주인의 흔적이 역력하군요."

사이어자는 장갑을 방 한 구석에 있는 라디오 장식장처럼 생긴 커다란 상자 위에 올려놓았다. 그런 다음 목소리를 조금 높여 말했다.

"벨라! 시빌! 준비됐어."

시빌이 공작 드레스 위에 검은색 긴 망토를 입고 먼저 들어왔다. 그녀가 연극적인 몸짓으로 망토를 벗어 던지자 망토가 바닥에 스르르 내려앉아 검은 웅덩이처럼 되었다. 시빌이 앞으로 나서면서 말했다.

"저는 오늘 의식이 성공하길 바라요. 하지만 그건 누구도 몰라요. 이스터브룩 씨, 부탁이니 회의적인 생각은 하지 마세요. 방해가 되니까요."

"이스터브룩 씨는 비웃으려고 여기 온 게 아니야."

사이어자가 단호한 어조로 말했다.

시빌은 자주색 천이 덮인 긴 의자 위에 반듯이 누웠다. 사이어자가 시빌의 옷을 매만져 주었다.

"편안하니?"

사이어자가 자상하게 물었다.

"응, 고마워."

사이어자가 등불을 몇 개 껐다. 그런 다음 바퀴 달린 닫집을 밀고 나와 긴 의자 위에 그림자가 생기도록 위치를 잡았다. 주변의 희미한 빛으로 생긴 중앙의 짙은 그림자 속에 시빌이 있었다.

"너무 밝은 빛은 완벽한 몽환 상태에 들어가는 것을 방해하지요."

사이어자가 말했다.

"자, 이제 우리 준비는 끝났어. 벨라?"

벨라가 어둠 속에서 모습을 드러냈다. 사이어자와 벨라가 내게 다가왔다. 사이어자는 오른손으로 내 왼손을 잡고 왼손으로는 벨라의 오른손을 잡았다. 벨라의 왼손은 내 오른손을 잡았다. 사이어자의 손은 건조하고 단단했다. 하지만 벨라의 손은 차갑고 물렁물렁

했는데, 마치 뼈 없는 민달팽이를 만진 것처럼 혐오감이 밀려왔다.

사이어자가 어느 틈에 스위치를 눌렀는지 천장에서 희미한 음악 소리가 들려왔다. 멘델스존의 「장례 행진곡」이었다.

'연출까지 끝내 주는군. 겉만 번지르르한 속임수일 뿐이야!'

나는 속으로 그들을 비웃었다. 냉정하고 비판적인 생각이 앞섰다. 하지만 그럼에도 불구하고 왠지 모를 불안감이 해류처럼 마음 저변에서 고요히 흐르고 있었다.

음악이 멈추었다. 그리고 긴 기다림이 이어졌다. 들리는 건 오로지 숨소리뿐이었다. 벨라가 가늘고 고르지 않은 숨을 내뱉었다. 시빌의 숨소리는 더 깊고 규칙적이었다.

갑자기 시빌이 입을 열었다. 그런데 시빌의 목소리가 아니라 남자의 목소리였다. 억양도 시빌의 뽐내는 듯한 억양과는 확연히 달랐다. 목구멍에서 소리를 내는 듯한 이국적인 억양이었다.

"왔습니다."

그 목소리가 말했다.

그 순간 내 손이 풀려났다. 벨라는 다시 어둠 속으로 사라졌다. 사이어자가 그에게 인사했다.

"안녕, 매칸달!"

"네, 여기 있습니다."

사이어자가 긴 의자로 다가가서 빛을 막고 있던 닫집을 치웠다. 부드러운 빛이 시빌의 얼굴 위로 쏟아져 내렸다. 그녀는 깊이 잠든 모습이었다. 그렇게 편안한 상태로 누워 있으니 평상시와는 얼굴이 상당히 다르게 보였다. 주름살이 쫙 펴져서 몇 년은 더 젊어 보였다. 어떻게 보면 아름다워 보인다고도 할 수 있었다.

사이어자가 말했다.

"내 소망과 의지에 복종할 준비가 되었나, 매칸달?"

그러자 낯선 목소리가 대답했다.

"준비되었습니다."

"너는 지금 네가 들어가 있는 이 육체를 모든 물리적 상해로부터 보호할 의무를 받아들이겠느냐? 또한 네 생명의 힘을 내 목적에 헌신하여 그 뜻을 이루게 하겠느냐?"

"그렇게 하겠습니다."

"언젠가는 죽음이 통과해 갈 이 육체를 헌신하여 모든 자연의 법칙이 수용자의 몸에도 이루어지게 복종하겠느냐?"

"그렇게 하겠습니다. 죽음을 불러올 사자를 보내겠습니다. 당신의 목적이 이루어질 것입니다."

사이어자가 한 걸음 뒤로 물러나자, 벨라가 다가와 십자가처럼 보이는 것을 앞으로 내밀었다. 사이어자는 그것을 시빌의 가슴 위에 거꾸로 올려놓았다. 벨라가 다시 조그만 녹색 유리병을 가져왔다. 사이어자가 시빌의 이마 위에 유리병에 든 액체를 한두 방울 떨어뜨리고는 손가락으로 무언가를 그렸다. 자세히 보니 뒤집힌 십자가 표식이었다.

사이어자가 내게 짧게 설명했다.

"가싱턴에서 가져온 가톨릭 성당의 성수예요."

평상시와 거의 같은 어조라서 주술적인 분위기를 깨뜨릴 수도 있었지만 그렇지 않았다. 오히려 전체적인 분위기를 더욱 불안하게 만들었다.

이어서 사이어자가 전에 본 적이 있는, 끔찍한 소리가 나는 래틀을 가져왔다. 사이어자는 그것을 세 번 요란하게 흔든 뒤, 시빌의 두 손으로 감싸게 했다.

사이어자가 한 걸음 물러서서 말했다.

"모든 준비가 끝났다!"

벨라가 그대로 반복했다.

"모든 준비가 끝났다!"

사이어자가 낮은 목소리로 내게 설명했다.

"당신에게는 이 의식이 별로 인상적이지 않을 겁니다, 그렇죠? 모든 주문이 무의미해 보일 거예요. 하지만 너무 확신하지는 마세요. 시대와 오랜 관습에 의해 생겨난 문장의 패턴들, 즉 이 신성화된 말들은 인간의 영혼에 크나큰 영향을 끼쳐요. 군중에게 집단 히스테리를 일으키게 하는 게 뭔지 아세요? 그 이유를 정확하게 설명할 수는 없어도 실제로 현상이 존재한다는 건 알 수 있습니다. 저는 이 고대의 전통에도 나름의 역할이, 아니 필수적인 역할을 하고 있다고 생각해요."

벨라가 방을 나갔다가 하얀 수탉을 가지고 돌아왔다. 수탉은 벨라의 손에서 벗어나려고 심하게 버둥거렸다.

벨라가 무릎을 꿇고 앉아서 화로와 청동 대야 주변에 분필로 어떤 표식을 그리기 시작했다. 그러고는 청동 대야 주변에 그린 원 안에 수탉의 배를 하늘로 향하게 해서 내려놓자, 갑자기 수탉이 마비라도 된 것처럼 꼼짝도 하지 않았다.

벨라는 낮고 쉰 목소리로 주문을 읊조리면서 표식을 계속 그렸다. 주문을 알아들을 수는 없었지만 벨라가 무릎을 꿇고 몸을 심하게 흔드는 것으로 보아 점점 황홀경의 절정으로 치달아 가고 있다는 것을 알 수 있었다.

사이어자가 나를 보고 말했다.

"별로 좋아하지 않는군요, 그렇죠? 이건 아주 오래된 의식이에요. 어머니에게서 딸에게로 죽음을 부르는 주술이 전해졌지요."

나는 사이어자의 속을 짐작할 수 없었다. 그녀는 벨라의 괴상한 행동이 내 감각에 끼칠 영향을 가중시킬 만한 어떤 행동도 하지 않은 채 고의적으로 해설가 역할을 맡고 있었다.

벨라가 화로를 향해 두 손을 뻗자 불꽃이 확 타올랐다. 불꽃 위에 무얼 뿌렸는지 매캐한 연기가 방 안을 가득 채웠다.

"이제 제 차례군요."

사이어자가 앞으로 나섰다. 마치 외과 의사가 메스를 집어 들고 자기 순서에 임하는 것 같았다.

사이어자는 라디오 장식장처럼 보이는 상자 앞으로 다가갔다. 문을 열자 복잡해 보이는 커다란 전자 장치가 들어 있었다. 사이어자는 그것을 손수레처럼 천천히 그리고 조심스럽게 긴 의자 앞까지 밀고 왔다. 그러고는 몸을 숙여 제어 장치를 조정하더니 혼잣말을 하듯 중얼거렸다.

"나침반…… 각도는…… 북, 북, 서……. 대략 맞았군."

사이어자가 갈색 장갑을 집어 들어 지정된 위치에 놓더니 옆에 있던 작은 보라색 등을 켰다. 그러고는 긴 의자에 누워 미동도 않고 있는 시빌에게 말했다.

"시빌 다이애나 헬렌, 너는 매칸달이 안전하게 지키고 있을 네 육체의 껍질에서 자유롭게 되었다. 따라서 이제 이 장갑의 주인에게 자유롭게 갈 수 있다. 인간이란 존재가 모두 그러하듯이 그 여자의 삶의 목적 또한 죽음을 향해 있다. 죽음 외에는 어떠한 만족도 없으며 죽음만이 모든 문제를 해결해 준다. 오직 죽음만이 진정한 평화를 줄 것이다. 모든 위대한 인물들은 그것을 알고 있었다. 맥베스를 기억하라. '고난 많고 열병 같은 삶 뒤에 편안하게 잠드노니.' 트리스탄과 이졸데의 황홀경을 기억하라. 사랑과 죽음, 사랑과 죽음. 하지만 더 위대한 것은 죽음이다……."

말소리가 쩌렁쩌렁 울렸고, 메아리가 되어 반복되었다. 커다란 상자 속에 있는 기계가 낮게 웅웅거리는 소리를 뱉어 내자, 그 안에 있던 진공 방전관이 환하게 빛나기 시작했다. 나는 정신을 빼앗긴 채 멍하니 있었다. 이건 더 이상 비웃을 만한 수준이 아니었다. 사이어자는 긴 의자 위에 누운 인물을 자신에게 완전히 복종시켰다. 자신의 목표를 이루기 위해 시빌의 능력을 이용하고 있는 것이다. 올리버 부인이 어째서 사이어자가 아니라 멍청해 보이는 시빌을 두려워했는지 조금은 이해가 되었다. 시빌은 지성이나 마음과는 아무런 상관이 없는 천부적인 힘을 갖고 있었다. 그것은 마음과 육체를 분리키실 수 있는 힘이었다. 하지만 그렇게 분리된 마음은 시빌의 것이 아니라 사이어자의 것이었다. 그리고 사이어자는 일시적으로 그 소유물을 자신의 뜻대로 이용했다.

하지만 상자는 어떤 역할을 하는 걸까?

갑자기 내 모든 두려움이 상자로 옮겨 갔다. 저 상자를 통해 이들의 사악한 사업이 이루어지는 게 아닐까? 뇌 세포에 작용하는 물리적 광선이 과연 존재할 수 있을까? 그것도 특정한 사람에게만 작용하는…….

사이어자의 목소리가 계속 들렸다.

"약한 부분…… 항상 약한 부분이 있다……. 육신의 조직으로…… 약한 부분을 통해 힘이 들어간다. 죽음의 힘과 평화가…… 죽음을 향하라, 천천히 자연스럽게……. 죽음을 향하라, 자연스러운 방식으로……. 몸은 마음에 복종한다……. 명령하라, 명령하라……. 죽음을 향하라……. 위대한 정복자인 죽음…… 죽음…… 어서…… 어서…… 죽음…… 죽음…… 죽음!"

사이어자의 목소리가 점점 높아지더니 거의 울부짖는 것처럼 되었다. 그때 갑자기 짐승 같은 울부짖음이 벨라에게서도 터져 나왔다. 벌떡 일어선 그녀의 손에 칼이 번득였다……. 수탉이 목이 죄는 듯한 끔찍한 소리를 냈고, 피가 청동 대야 안으로 뚝뚝 떨어졌다. 벨라가 청동 대야를 사이어자에게 가져왔다. 그러고는 크게 비명을 질렀다.

"피…… 피…… 피!"

사이어자가 상자 안에 있던 장갑을 꺼내 벨라에게 건네주었다. 벨라가 장갑을 청동 대야에 있는 핏물 속에 담갔다가 돌려주자, 사이어자는 그것을 제자리에 놓았다.

벨라가 다시 황홀경에 빠져 울부짖었다…….

"피…… 피…… 피!"

벨라는 화로 주위를 빙빙 돌다가 바닥에 쓰러져 온몸을 부들부들 떨었다. 화로의 불꽃도 휙 꺼졌다.

나는 구역질이 솟구쳤다. 의자 팔걸이를 꽉 움켜쥔 채 눈을 감고 있었지만 머릿속이 빙빙 도는 것 같았다.

'딸각' 소리와 함께 기계의 웅웅거림이 그쳤다.

사이어자의 또렷하고 평온한 목소리가 들려왔다.

"오래된 주술과 새로운 것. 믿음이라는 오래된 지식과 과학이라는 새로운 지식을 같이 사용하면 힘이 더욱 강해진답니다……."

제18장

마크 이스터브룩의 이야기

"어땠어?"

아침 식사를 하려는데, 로다가 들뜬 목소리로 물었다.

"흔히 예상한 대로야."

나는 애써 태연하게 말했다.

나에게 고정된 디스퍼드 대령의 시선이 강렬해서 몹시 불편했다.

그는 예리한 남자이기 때문이다.

"바닥에 펜터그램을 그렸어?"

"응, 그것도 아주 많이."

"하얀 수탉은?"

"당연히 있었지. 그건 벨라가 맡은 역할이었어."

"몽환 상태랑 다른 것들도 있었어?"

"네 말대로 몽환 상태랑 다른 것들도 다 있었어."

로다가 실망스러운 표정이 되었다.

"별로 재미없었나 보구나."

그녀가 불만스러운 목소리로 말했다.

나는 원래 다 거기서 거기고, 어쨌거나 내 호기심은 만족되었다고 말했다.

로다가 부엌으로 간 사이에 디스퍼드 대령이 물었다.

"조금 충격을 받았나 보군요, 그렇죠?"

"글쎄요……."

나는 대수롭지 않은 척 넘어가 보려고 애썼지만 사실 디스퍼드 대령은 속이기 쉽지 않은 남자였다.

나는 천천히 입을 열었다.

"뭐랄까, 좀 야만스러웠어요."

디스퍼드 대령이 고개를 끄덕이며 말했다.

"사람들은 대체적으로 그런 걸 믿지는 않아요. 합리적인 사람이라면 더욱 그렇죠. 하지만 간혹 그런 것들이 사람들에게 실질적인 영향을 주기도 해요. 동아프리카에 있을 때 많이 봤습니다. 그곳에서는 주술사가 막강한 영향력을 갖고 있고, 합리적으로는 설명되지 않는 이상한 일들이 실제로 일어나죠."

"죽음 같은 걸 말하는 건가요?"

"그렇습니다. 죽음의 표식을 받았다는 걸 알게 된 사람은 실제로 죽게 됩니다."

"아마 암시의 힘일 거예요."

"그럴 수도 있죠."

"하지만 그것만으로는 설명이 안 된다는 거죠?"

"맞아요, 매끄러운 서양의 과학 이론으로도 설명이 힘든 경우가 있죠. 그런 일은 대개 유럽 인들에게는 작용하지 않지만 아주 없는 건 아닙니다. 만약 그것에 대한 믿음이 뼛속 깊이 새겨져 있다면 곧바로 걸려드는 거죠!"

나는 생각에 잠겨 말했다.

"동감이에요. 심지어 이 나라에서도 그런 이상한 일이 일어나니까요. 하루는 런던의 병원에 간 적이 있었는데, 그날 신경과민을 앓고 있는 한 여자가 들어왔어요. 그녀는 팔에 심한 통증이 있다고 호소했지만 그 원인을 알아낼 수가 없었지요. 의사는 히스테리 환자라고 추측했어요. 의사가 뜨거운 막대로 팔을 문지르면 효과가 있을 거라며, 여자에게 그렇게 해 보겠냐고 물었어요. 치료에 동의한 여자는 고개를 다른 쪽으로 돌리고 눈을 질끈 감았지요. 의사는 유리 막대를 차가운 물에 담갔다가 그녀의 팔 안쪽을 문질렀어요. 그러자 여자는 매우 고통스러워하며 비명을 질러 댔답니다. 의사는 '이제 괜찮아질 겁니다.'라고 말했지요. 그러자 여자가 말했어요. '나도 그렇게 생각해요. 하지만 너무 뜨거워요.' 정말 이상한 일은 여자가 화상을 입었다고 믿은 것이 아니라 정말로 팔에 화상을 입었다는 거예요. 막대가 건드리고 지나간 곳에 실제로 물집이 빨갛게 부풀어 올라 있었어요."

"병은 나았나요?"

디스퍼드 대령이 궁금해하며 물었다.

"물론이죠. 신경통인지 뭔지 몰라도 씻은 듯이 사라졌어요. 하지만 팔에 입은 화상은 한동안 치료를 받아야 했지요."

"기묘한 일이군요. 눈속임은 아니었나요?"

디스퍼드 대령이 물었다.

"아니에요. 의사도 매우 놀라던걸요."

"어젯밤 강령회에는 어째서 가고 싶어 한 거죠?"

디스퍼드 대령이 궁금한 표정으로 물었다.

나는 그냥 어깨를 으쓱했다.

"그 세 여자에게 끌렸을 뿐이에요. 어떤 공연을 하는지 보고 싶기도 했고요."

디스퍼드 대령은 더 이상 묻지 않았다. 그렇다고 내 말을 전부 믿은 건 아니었다. 이미 말했듯이 그는 예리한 남자다.

나는 곧바로 목사관을 찾아갔다. 문이 열려 있었지만 집 안에는 아무도 없었다.

나는 전화기가 있는 방으로 가서 진저에게 전화를 걸었다.

영원처럼 느껴지는 긴 시간이 지난 뒤에야 수화기를 통해 진저의 목소리가 들려왔다.

"여보세요!"

"진저!"

"오! 당신이군요. 어떻게 되었어요?"

"괜찮아요?"

"물론 괜찮죠. 안 괜찮아야 할 이유라도 있나요?"

안도감이 밀려왔다. 진저에게는 아무 이상이 없었다. 진저다운 도전적인 말투가 나를 더 편안하게 해 주었다. 그 허깨비 같은 소동이 진저 같은 정상적인 사람을 해칠 수 있을 거라고 믿은 내 머리가 어떻게 된 게 틀림없었다.

"나는 당신이 악몽이라도 꾸지 않았을까 걱정했어요."

나는 자신 없이 말했다.

"글쎄요, 그렇진 않았어요. 나도 그런 예상은 했는데, 내 몸에 뭔가 이상한 일이 일어난 건 아닐까 하면서 자다 깬 것이 다예요. 사실 아무 일도 일어나지 않아서 화가 날 지경이라고요."

나도 모르게 웃음이 터져 나왔다.

"어서 말해 봐요. 어떤 일이 있었어요?"

진저가 재촉했다.

"우리가 알고 있는 전형적인 틀에서 벗어난 건 거의 없었어요. 시빌이 자주색 천이 덮인 긴 의자에 누워서 몽환 상태에 들어갔지요."

진저가 가볍게 웃음을 터뜨렸다.

"그랬어요? 굉장하네요! 벨벳 옷을 입지는 않았나요? 혹시 시빌이 아무것도 입지 않은 건 아니겠죠?"

"시빌은 몽테스팡 부인(루이 14세의 후첩으로 재색을 겸비한 미인으로 알려져 있다―옮긴이)이 아니에요. 게다가 위령 미사도 아니었잖아요. 오히려 시빌은 옷을 꽤 여러 벌 입었어요. 물론 이상한 상징들이 잔뜩 수놓아진 푸른색 드레스도 입었지요."

"시빌답군요. 벨라는 뭘 했어요?"

"야만적인 일을 맡아 했지요. 하얀 수탉을 죽여서 그 피에 당신 장갑을 담갔어요."

"오! 정말 역겹네요. 그 밖에는요?"

"이것저것 많았죠."

나는 설명을 제법 잘하고 있다는 생각이 들었다.

"사이어자는 속임수의 진수를 고스란히 보여 주더군요. 매칸달이라는 이름의 영혼을 불러냈어요. 그리고 색등도 켜고 주문도 외워 댔지요. 어떤 사람들에게는 전체적으로 꽤 인상적일 겁니다. 정신이 나갈 정도로 겁을 집어먹을지도 모르죠."

"하지만 당신은 겁을 먹지 않았다는 건가요?"

"벨라는 조금 겁났어요. 그녀는 섬뜩한 칼을 가져 왔는데, 수탉에 이어 나를 두 번째 희생물로 만들 것 같았거든요. 제정신이 아니었으니까요."

"또 무서웠던 건 없었어요?"

진저가 계속 졸랐다.

"난 그런 것에는 크게 영향을 받지 않아요."

"그럼 내가 괜찮다는 소리에 어째서 당신 목소리가 무척 안도하는 것처럼 들렸을까요?"

"그건…… 왜냐하면……."

나는 말문이 막혔다.

"괜찮아요. 대답하지 않아도 돼요. 그리고 당신답지 않게 별일 아닌 척할 필요도 없어요. 뭔가에 깊은 인상을 받은 게 확실해요."

"왜냐하면 저들이……, 그러니까 사이어자가 결과를 너무나 확신하고 있어서예요."

"당신이 방금 얘기한 그런 일들로 정말 사람을 죽일 수 있다고 믿어요?"

진저의 목소리에는 의심이 가득했다.

"어리석은 소리죠."

내가 동의했다.

"벨라도 그렇게 자신만만하던가요?"

나는 잠시 생각해 본 다음 대답했다.

"내 생각에는 단지 수탉을 죽이고 난장판을 벌이는 것을 즐기는 것 같았어요. 벨라가 '피…… 피…… 피!'라고 울부짖는 소리가 얼마나 소름 끼쳤는지 모를 거예요."

"나도 들었으면 좋았을 텐데……."

진저가 안타까워하며 말했다.

"그러게요. 솔직히 말해서 전체적으로 분명 꽤 괜찮은 공연이었으니까요."

"이제 괜찮아졌죠?"

진저가 물었다.

"괜찮다니, 무슨 뜻이죠?"

"나한테 전화 걸 때만 해도 괜찮지 않았잖아요. 지금은 괜찮지만 말이에요."

진저의 말이 옳았다. 진저의 유쾌한 목소리가 나에게 놀랄 만큼 효과적으로 작용했다. 나는 마음속으로 사이어자 그레이에게 경의를 표했다. 비록 어젯밤 일이 모두 속임수였을지라도 그로 인해 내 마음이 의심과 두려움으로 물들었으니 말이다. 하지만 지금은 전혀 문제가 되지 않았다. 진저가 무사했고 악몽조차 꾸지 않았다고 하니까.

"이제 뭘 해야 하죠? 일주일 정도 꼼짝 않고 여기 이렇게 있어야 해요?"

진저가 물었다.

"내가 브래들리에게서 100파운드를 따길 원한다면요."

"무슨 일이 있어도 그렇게 되어야죠……. 당신은 로다네 집에 계속 머물 건가요?"

"잠깐만 있을 거예요. 곧 본머스로 옮길 예정이에요. 매일 내게 전화해 주세요. 그렇지 않으면 내가 전화할게요. 아니, 내가 거는 게 낫겠군요. 지금은 목사관에서 전화하는 중이에요."

"데인 캘스롭 부인은 잘 지내시죠?"

"그럼요. 그분에게는 전부 이야기했어요."

"그랬을 거라고 생각했어요. 이제 그만 끊어야겠네요. 앞으로 한두 주는 무지 지루할 것 같아서 일거리를 좀 가져왔어요. 시간이 없어서 못 읽던 책들도 잔뜩 챙겨 왔지요."

"직장에는 뭐라고 말했어요?"

"아마 유람선 여행 중인 걸로 알고 있을 거예요."

"그랬으면 좋겠죠?"

"꼭 그렇지만은 않아요."

진저가 목소리가 조금 이상하게 들렸다.

"혹시 미심쩍은 인물이 접근해 오지는 않았어요?"

"올 만한 사람들뿐이었어요. 우유 배달부, 가스 검침원, 어떤 약이랑 화장품을 쓰는지 물으러 온 여자. 핵폭탄 폐지 탄원서에 서명해 달라는 사람, 맹인을 위해 기부금을 내달라는 여자 등이었어요. 오! 물론 짐꾼도 여러 명 있었어요. 아주 도움이 되더군요. 그중 한 명은 퓨즈를 고쳐 주기도 했어요."

"별로 해가 될 사람은 없어 보이는군요."

내가 말했다.

"뭘 예상했는데요?"

"글쎄요, 잘 모르겠군요."

어쩌면 내가 원한 건 명백하게 모습을 드러낸 상대와 차라리 맞붙어 싸우는 것인지도 모른다.

하지만 '창백한 말'의 희생자들은 모두 자연사했다. 아니, 여기서는 자연사라고 할 수 없다. 이해할 수 없는 어떤 과정에 의해 그들 내부에 잠재된 씨앗이 육체적인 병으로 나타난 것이기 때문이다.

진저는 가스 검침원이 위장한 가짜였을 수도 있다는 내 희미한 암시에 퇴짜를 놓았다.

"진짜 증명서를 갖고 있었어요. 제가 보여 달라고 했거든요. 욕실에서 사다리를 타고 올라가 수치를 읽고 기록만 하고 돌아갔어요.

파이프나 가스 분출구 근처에는 가지도 않았어요. 장담하건대, 그 사람은 침실에 가스가 누출되도록 일부러 조작하는 일 따위는 하지 않았어요."

사실 창백한 말에서도 가스 누출 사고 같은 방법은 사용하지 않았다. 그렇게 구체적이고 눈에 띄는 방법은 취급하지 않는다.

"아, 손님이 왔었어요. 당신 친구인 코리건 의사예요. 좋은 사람이더군요."

"르죄느 경감이 보냈나 보군요."

"이름이 같은 사람끼리 뭉쳐야 한다고 생각하는 모양이에요. 모여라, 코리건!"

나는 마음이 훨씬 편해진 상태로 전화를 끊었다.

집에 돌아와 보니 로다가 잔디밭에서 강아지에게 연고를 발라 주느라고 정신이 없었다.

"방금 수의사가 다녀갔어. 피부병이래. 내가 알기로는 무서울 정도로 잘 옮아. 애들이나 다른 강아지들한테는 옮기지 않았으면 좋겠는데……."

"어른들도 조심해야지."

내가 말했다.

"아냐, 주로 어린애들이 걸려. 그나마 애들은 하루 종일 학교에 가 있으니 천만다행이야. 가만 있어, 실라. 발버둥 치지 마."

로다가 실라를 꽉 붙잡고 나서 계속 말했다.

"이 약을 바르면 털이 빠진대. 잠깐 동안은 듬성듬성 털이 빠져서

흉하겠지만 곧 다시 자랄 거야."

나는 고개를 끄덕이고는 도와주겠다고 했다. 하지만 고맙게도 거절을 당했고, 나는 얼른 그 자리를 떠났다.

항상 생각해 왔지만, 이 시골 마을의 단점은 산책할 수 있는 길이 세 개뿐이라는 것이다. 머치 디핑에서 가싱턴 길로 가거나 롱 코튼햄으로 가는 길, 아니면 3킬로미터 정도 떨어져 있는 섀드행어 레인에서 본머스로 가는 길을 골라야 한다.

다음 날까지 나는 점심을 먹은 후 가싱턴 길과 롱 코튼햄 길을 모두 다녀 보았다. 오늘은 섀드행어 레인 쪽으로 갈 차례였다.

출발한 지 얼마 안 되서 한 가지 생각이 번뜩 떠올랐다. 프라이어스 코트로 들어가는 입구가 섀드행어 레인에 있는 것이다. 비너블스를 방문하지 못할 이유가 뭐란 말인가?

생각할수록 마음에 드는 생각이었다. 전혀 의심을 살 만한 일은 아니었다. 일전에도 다른 사람들과 와 본 적이 있다. 그때 충분히 감상하지 못한 몇몇 물건을 보여 달라고 요청하면 훨씬 자연스러울 것이다.

이름이 옥든, 아니 오즈본이라고 했던가? 그 약국 주인이 비너블스를 지목한 것은 아무리 생각해도 흥미진진했다. 르죄느 경감의 말에 의하면 문제의 남자가 비너블스일 가능성은 거의 없었다. 비너블스가 가진 장애 때문이었다. 하지만 이웃에 살고 있는 남자에 대해 오해가 있었다는 것은 은근히 매혹적인 일이었다.

비너블스에게는 어딘지 모르게 신비스러운 면이 있었다. 그를 처음 보았을 때부터 그런 느낌을 가졌다. 일급 두뇌를 가지고 있는 건 틀림없다. 그리고 무언가가 더 있다. 그걸 뭐라고 하면 좋을까? '교활하다'라는 단어가 먼저 떠올랐다. 그리고 약탈적이고 파괴적인 단어들이 떠올랐다. 본인이 직접 살인을 저지르기에는 너무 영리한 남자지만 원한다면 살인이라는 일을 대단히 잘 조직화할 수 있는 남자였다.

그런 식으로 계속 생각하다 보면 비너블스야말로 그 역할에 완벽하게 들어맞았다. 장막 뒤에 숨은 주모자다운 사람이었다. 오즈본은 '런던 거리를 걸어가는 비너블스를 보았다'고 주장했다. 하지만 결과적으로 그러한 일이 비너블스에게는 불가능하기 때문에 오즈본의 증언은 무가치해졌고, 비너블스가 창백한 말 근처에 산다는 사실도 아무 의미가 없게 되었다.

그럼에도 불구하고 나는 비너블스를 다시 한 번 만나 보고 싶었다. 그래서 자연스럽게 프라이어스 코트의 입구로 들어섰고, 구부러진 진입로를 따라 400미터가량 걸어갔다.

지난번에 봤던 하인이 문을 열어 주면서 비너블스가 집에 있다고 말했다. 그는 '비너블스 씨의 몸 상태가 아무 때나 손님들을 만날 수 있을 만큼 좋은 게 아니라서요.'라고 양해를 구하더니, 홀에 나를 남겨 두고 자리를 떴다. 잠시 후 하인이 돌아와 비너블스가 기꺼이 나를 만나고 싶어 한다고 전해 주었다.

비너블스는 휠체어를 밀고 나오며 진심에서 우러나온 것처럼 나를 환영해 주었다. 그는 마치 오랜 친구처럼 내게 인사를 건넸다.

"이렇게 만나러 와 주다니 정말 고맙습니다. 다시 여기에 와 있다는 소식을 듣고, 오늘 밤 친애하는 로다에게 전화를 걸어서 함께 점심이나 저녁을 먹으러 오라고 초대할 생각이었습니다."

나는 약속도 없어 갑자기 들러서 미안하다고 사과하고는, 산책을 나왔다가 입구를 지나게 되었고 그냥 충동적으로 들르게 되었다고 친절한 설명까지 덧붙였다.

"사실은 갖고 계신 무굴 조각상을 다시 한 번 보고 싶었습니다. 저번에는 충분히 감상할 만한 시간을 갖지 못해서요."

"당연히 시간이 부족했을 겁니다. 그게 마음에 드신다니 정말 기쁘군요. 그 작품은 섬세하고 정교한 묘사가 단연 으뜸이지요."

그 뒤 우리의 대화는 대부분 전문적인 것이었다. 비너블스가 소유하고 있는 놀라운 소장품들을 찬찬히 살펴볼 수 있어서 매우 즐거웠다는 걸 인정하지 않을 수 없었다.

차를 내오자 비너블스가 같이 마시자고 권했다.

나는 원래 차 종류는 좋아하지 않지만 은은한 중국차와 그 차를 담은 정교한 찻잔이 무척 마음에 들었다. 버터를 바른 안초비 토스트와 할머니 댁에서의 티타임을 기억나게 하는 달콤한 옛날식 건포도 케이크도 있었다.

"집에서 만들었나 보군요."

나는 맛을 칭찬하며 말했다.

"당연하지요! 가게에서 파는 케이크 같은 건 이 집에 절대 들여놓지 않는답니다."

"훌륭한 요리사를 데리고 계시는군요. 시골에서 그런 일꾼을 계속 데리고 있으려면 어렵지 않습니까?"

비너블스는 어깨를 으쓱하며 말했다.

"나는 항상 최고를 고집합니다. 그러기 위해서는 당연히 그 대가를 지불해야 합니다. 물론 나는 아낌없이 지불하는 편입니다."

비너블스의 몸에 배인 듯한 오만함은 이런 부분에서 더욱 돋보였다. 나는 조금은 냉소적으로 말했다.

"그럴 수 있을 정도로 돈이 많다면 확실히 많은 문제가 해결될 겁니다."

"그건 무엇을 원하느냐에 따라 달라집니다. 더 중요한 건 그 욕망이 얼마나 강하냐 하는 것입니다. 많은 사람들이 뭘 하고 싶다는 뚜렷한 개념도 없이 무작정 돈을 벌고 있습니다. 결과적으로 돈 버는 기계일 뿐이지요. 맞아요, 그들은 노예입니다. 아침 일찍 출근하고 밤 늦게 퇴근합니다. '즐기기 위해' 일을 멈출 틈도 없습니다. 그렇게 해서 얻는 게 뭡니까? 더 큰 차, 더 큰 집, 더 예쁜 애인이나 아내, 그리고 더 큰 두통이죠."

비너블스는 몸을 앞으로 내밀며 이어서 말했다.

"단지 돈 버는 게 대부분의 부자들이 존재하는 이유고 목적입니다. 더 큰 기업에 재투자해서 더 많은 돈을 벌어들이는 데 급급할 뿐이지요. 잠시 멈춰 서서 자신에게 그렇게 사는 이유를 물어본 적이 있을까요? 그들은 그 이유도 모른 채 살아가고 있습니다."

"그럼 당신은 어떻습니까?"

비너블스는 미소를 지어 보였다.

"나는 내가 원하는 걸 분명히 알고 있습니다. 자연적이든 인공적이든 이 세상의 아름다운 물건들을 감상할 수 있는 무한한 여유를 원하지요. 지난 몇 년 동안은 직접 보러 가는 게 불가능해서 세계 각지에 있는 그 물건들을 내게로 가져와 보아야 했습니다."

"하지만 그렇게 하려면 먼저 돈을 벌어야 합니다."

"맞습니다. 그것도 한판 크게 벌일 수 있어야 합니다. 그러기 위해서는 숱한 계획을 세워야 하지요. 하지만 요즘에는 그런 구질구질한 과정도 필요없게 되었습니다."

"무슨 말인지 잘 모르겠습니다."

"세상은 늘 변합니다, 이스터브룩 씨. 항상 그래 왔어요. 게다가 지금은 변화의 속도가 훨씬 빠릅니다. 그걸 잘 이용해야 합니다."

"변화하는 세상이라……."

내가 생각에 잠겨 말했다.

"그래요, 새로운 지평을 열어 주고 있지요."

비너블스의 말에 나는 변명하듯 말했다.

"죄송한 말이지만 당신이 지금 대화를 나누고 있는 상대는 당신처럼 얼굴을 미래로 향하고 있지 않습니다. 오히려 과거로 향하고 있다고 할 수 있지요."

비너블스가 어깨를 으쓱했다.

"미래요? 누가 그걸 예측할 수 있답니까? 나는 오늘, 지금 바로 이 순간을 말하는 겁니다! 그 외의 것은 의미가 없습니다. 새로운 기술들이 우리가 사용해 주길 기다리고 있습니다. 우리는 이미 사람이 답하려면 몇 시간이나 며칠이 걸릴 질문을 단 몇 초 만에 답할 수 있는 기계를 갖고 있습니다."

"컴퓨터와 같은 전자 두뇌를 말하는 겁니까?"

"그렇다고 할 수 있지요."

"결국에는 기계가 인간을 대신하게 될까요?"

"인간 대신이란 말은 맞습니다. 인간은 인적 노동력의 단위일 뿐입니다. 하지만 특정한 사람에 대해서는 아닙니다. 기계가 대답할 질문을 만드는 통제자로서의 사람, 사색가로서의 사람은 존재해야 합니다."

내가 의심스러운 듯 고개를 흔들었다.

"슈퍼맨 같은 초인적인 능력을 가지고 있어야 하겠군요."

내 목소리에는 희미한 조롱기가 묻어났다.

"그게 어때서요? 왜 안 된다는 겁니까? 우리는 모두 알고 있어요. 아니, 알기 시작했습니다. 인간이라는 동물에 대해서 말입니다. 세뇌라고 불리는 기술이 그 방향으로 흥미진진한 가능성을 열어 놓기도 했습니다. 육체뿐만 아니라 정신도 적절한 자극에 반응한다는 것입니다."

"위험한 주장입니다."

"위험하다고요?"

"조작을 당하는 사람의 입장에서는 위험하지요."

비너블스가 어깨를 다시 으쓱했다.

"삶이라는 것은 원래 위험합니다. 우린 늘 그걸 잊고 있어요. 인간은 문명이라는 좁은 고립 지대 안에서 양육되었습니다. 모든 문명이 실제로 그렇습니다. 상호 보호를 위해 함께 뭉쳐서 여기저기 고립된 인간 집단을 만들고, 그럼으로써 자연을 정복하고 통제할 수 있게 되었습니다. 인간은 정글을 정복했다지만 그 승리는 일시적일 뿐입니다. 언제라도 정글이 다시 지배권을 되찾아 갈 수 있기 때문입니다. 자랑스러웠던 도시가 지금은 흙무더기로 변하고 무성한 잡초로 뒤덮이고 말았습니다. 그곳의 몇몇 사람들은 다 쓰러져 가는 오두막에서 겨우겨우 목숨을 이어 가고 있고요. 이처럼 삶은 항상 위험합니다. 그걸 잊지 마세요. 결국에는 위대한 자연의 힘뿐만 아니라 우리 자신이 만들어 낸 것에 의해 문명이 파괴될지도 모릅니다. 바로 이 순간에도 그 가능성은 매우 가까이 다가와 있습니다……."

"물론 그건 그 누구도 부정할 수 없는 사실입니다. 하지만 저는 그것보다 당신이 말한 '마음에 작용하는 힘'이란 이론에 더 관심이 있습니다."

비너블스는 조금 난처한 표정을 지었다.

"아, 그거요. 아무래도 내가 지나치게 과장해서 말한 것 같군요."

비너블스가 당황해서 주장을 반쯤 철회하자 나는 더 호기심이 일었다. 비너블스는 혼자 사는 사람이었다. 혼자 사는 사람은 누구에게라도 말하고 싶은 욕구가 강한 편이다. 비너블스가 나에게 이것저것 이야기를 쏟아 낸 것은 아마도 현명치 못한 일이었을 것이다.

"초인적인 사람에 대해 새로운 이론을 주장하셨어요."

"새로운 이론이라고 할 것까지도 없습니다. 초인이란 문구는 오래전부터 있었으니까요. 모든 철학이 그 위에 세워졌다고 할 수 있지요."

"물론이지요. 하지만 비너블스 씨가 말한 초인은 조금 다르게 느껴집니다. 힘을 행사하지만 힘을 휘둘렀다는 것이 전혀 알려지지 않는 사람, 자기 자리에 가만히 앉아서 사물을 조종하는 사람처럼 보입니다."

나는 시선을 그에게 고정시킨 채 말했다. 비너블스가 미소를 지었다.

"내가 그런 역할에 맞을 것 같다는 말인가요, 이스터브룩 씨? 정말 그랬으면 좋겠군요. 사람에게는 보상이 될 만한 뭔가가 필요하니까요. 가령 이 다리에 대한 보상이라면 더더욱 말입니다!"

그는 손으로 무릎을 덮고 있는 담요를 두드렸다. 목소리에서 씁쓸함이 묻어났다.

"동정하지는 않겠습니다. 당신 같은 처지에 있는 분에게는 동정이 별로 좋을 게 없으니까요. 하지만 이 말은 해야겠습니다. 만약 우리가 이야기하고 있는 초인이 예상하지 못한 재난을 승리로 바꿀 수 있는 사람이라면, 저는 당신이야말로 그런 사람일 거라고 생각합니다."

비너블스가 편안하게 웃었다.

"저를 위로해 주시는 겁니까?"

말은 그렇게 했지만 실제로 내 말에 그의 기분이 좋아졌다는 것을 알 수 있었다.

"아닙니다. 저도 살아오면서 충분히 많은 사람을 만났다고 자부할 수 있습니다. 특별한 재능을 가진 사람을 만나면 알아볼 정도는 되지요."

조금 지나친 게 아닌가 싶었다. 하지만 아부에 있어서 지나치다는 게 있을 수 있을까? 슬프지만 본인 스스로 잘 새겨들어서 함정에 빠지는 걸 피해야 한다.

"무얼 보고 당신이 그런 말을 하는 건지 궁금하군요. 이것들 때문입니까?"

비너블스가 거리낌 없는 손짓으로 방 안을 휙 훑었다.

"그런 건 당신이 돈을 현명하게 쓰는 방법을 알고 있을 뿐 아니라 취향과 감식안이 뛰어난 부자라는 것에 대해 증명해 줄 뿐입니다. 저는 단순한 소장품 이상의 무언가가 있다는 걸 느낄 수 있습니다. 가령 당신은 아름답고 흥미로운 물건들을 수집하지만 힘들고 고된 노동을 통해 그것들을 수집하는 것은 아니라고 했습니다."

"맞는 말입니다, 이스터브룩 씨. 어리석은 사람만이 힘써 일합니다. 원하는 것을 얻으려면 머리를 써서 구체적인 것까지 모든 계획을 세워야 합니다. 성공의 비밀은 매우 간단합니다. 머리를 써야 합니다! 간단하죠? 머리를 써서 생각하고, 실행에 옮깁니다. 그럼 성공입니다!"

나는 그를 빤히 쳐다보았다. 불필요한 사람을 제거하는 일 같은 간단한 것을 말하는 걸까? 필요를 충족시키고 희생자 외에는 그 누구도 위험하지 않은 실행이 뒤따른다. 휠체어에 앉아 있는 비너블스가, 커다란 매부리코와 유난히 돌출된 결후를 가진 비너블스가 계획을 세운다. 그러면 실행은 누가 할까? 사이어자 그레이?

나는 그를 바라보며 슬며시 말을 꺼냈다.

"원격 조종에 대한 이야기는 사이어자 그레이가 했던 말과 비슷하군요."

"아, 친애하는 그레이 양!"

비너블스의 목소리는 매끄러웠고 너그러웠다.(눈꺼풀이 살짝 흔들렸던가?)

"그들이 하는 그 말도 안 되는 헛소리를 말하는 건가요? 게다가 그들은 실제로 그걸 믿어요. 정말로 믿고 있지요. 그 우스꽝스러운 강령회에 (참석하라고 성화를 부렸겠지만) 참석해 본 적이 있나요?"

나는 순간적으로 망설였지만 그 사이에 어떤 태도를 취할지 빠르게 결정했다.

"강령회에 갔었습니다."

"그럼, 터무니없는 헛소리라는 걸 알았겠군요? 아니면 강한 인상을 받았습니까?"

"저는 그러니까…… 물론 전혀 믿지 않았습니다. 그들은 대단히 진지해 보였지만……."

나는 시계를 들여다보았다.

"시간이 이렇게 늦은 줄 몰랐네요. 얼른 가 봐야겠습니다. 사촌이 어디서 뭘 하고 있는지 걱정하겠는데요."

"지루한 오후 시간이 덕분에 즐거웠습니다. 로다에게 안부 전해 주세요. 조만간 점심이나 함께합시다. 내일은 런던에 갈 겁니다. 소더비에서 흥미로운 경매가 있거든요. 중세 프랑스의 상아 세공품인데, 아주 정교한 물건입니다! 손에 넣으면 꼭 보여 드리겠습니다."

우리는 화기애애하게 인사하며 헤어졌다. 강령회에 대한 질문에 당황해하는 나를 보고 그가 즐거워하면서도 악의적인 표정을 지었던가? 그렇다고 생각되지만 확신할 수는 없었다. 내가 너무 여러 가지를 상상해 내고 있는 건지도 모른다는 생각이 들었다.

제19장

마크 이스터브룩의 이야기

밖으로 나온 시간은 아주 늦은 오후였다. 하늘이 잔뜩 찌푸리고 있어서 날은 이미 어두웠고, 나는 진입로를 따라 자신 없는 걸음을 옮겨야 했다. 나는 고개를 돌려 불 켜진 창문을 흘끗 쳐다보다가 자갈길을 벗어나 잔디밭으로 들어서게 되었다. 그러다가 반대쪽에서 오던 사람과 그만 부딪치고 말았다.

키가 작고 다부져 보이는 남자였다. 우리는 서로 사과했다. 남자는 의도적으로 학자 같은 점잖은 목소리를 냈는데, 어찌 됐든 듣기 좋고 성량이 풍부한 저음이었다.

"미안합니다!"

"천만에요. 전적으로 제 잘못입니다."

"여기는 처음 와 본 길이라……. 사실 지금 어느 방향으로 걷고 있는지도 모르겠습니다. 손전등을 가지고 왔어야 했는데……."

나는 적당히 둘러댔다.

"여기 있습니다."

낯선 사람이 주머니에서 손전등을 꺼내 불을 켜더니 내게 건네주었다. 불빛에서 보니, 상대는 둥글고 통통한 얼굴에 검은 콧수염을 기르고 안경을 낀 중년의 남자였다. 짙은 색깔의 고급 레인코트를 입은 모습이 제법 존경받을 만한 인사처럼 보였다. 전등이 있는데도 왜 사용하지 않았는지 이상하다는 생각이 살짝 스쳐 지나갔다.

"아, 이런! 진입로에서 벗어나 있었군요."

나는 다시 진입로로 돌아왔고 전등을 돌려주었다.

"이제 길을 찾을 수 있습니다."

"아니, 아닙니다. 정문까지 갖고 가세요."

"하지만 당신은요? 혹시 저 집으로 가시는 겁니까?"

"아닙니다. 당신과 같은 길로 갈 겁니다. 진입로를 지나서 버스 정거장까지 간 다음 본머스로 돌아가는 버스를 탈 예정입니다."

"그렇군요."

우리는 나란히 걷기 시작했다. 그는 어딘지 모르게 조금 불안해 보였다. 그가 내게 버스 정거장까지 가느냐고 묻기에 나는 이 근처에 머물고 있다고 대답했다.

다시 말이 끊겼고, 옆에서 걷는 사람의 당혹감이 점점 커지는 게 느껴졌다. 오해받을 만한 처지에 놓이는 것을 썩 달가워하지 않는 남자인 듯했다.

"비너블스 씨 댁을 방문하셨습니까?"

그가 애써 목소리를 가다듬고 나서 물었다.

나는 그렇다고 대답한 다음 말을 덧붙였다.

"당신도 그 집을 찾아가는 길인 줄 알았습니다."

"아니에요. 아니…… 사실은…….."

그가 잠시 말을 멈췄다.

"저는 본머스에 삽니다. 아니, 본머스 근처에 살고 있다고 해야겠군요. 최근 그 근처에 있는 조그만 방갈로를 얻어 이사 왔습니다."

마음속에 잔잔한 떨림이 전해졌다. 최근에 본머스에 있는 방갈로에 대해 들은 것도 같았다. 그것을 기억하려고 애쓰는 동안 그는 점점 더 불편해하더니 마침내 강박적으로 말을 하기 시작했다.

"제가 대단히 이상하다고 생각하실 겁니다. 인정합니다, 물론 이상하겠죠. 집주인과는 안면도 없으면서 그 집 주위를 배회하니까요. 이유를 설명하기가 조금 난처하군요. 이유가 있다는 건 확실하지만 말입니다. 하지만 최소한 이것만은 말할 수 있습니다. 저는 최근에 본머스에 정착했는데, 거기서도 꽤 알려져 있고, 개인적으로 저에 대해 보증을 서 줄 존경받는 주민 몇 분의 이름도 댈 수 있습니다. 저는 런던에서 약국을 오랫동안 했는데, 최근에 약국을 팔고 은퇴하여 살기 좋은 이곳으로 이사 왔습니다. 아주 기분 좋은 고장인 건 확실합니다."

그제야 나는 이 작고 다부진 남자가 누군지 알 것 같았다. 그동안에도 그는 말을 계속 쏟아 냈다.

"제 이름은 자카리아 오즈본입니다. 런던에서, 그러니까 바턴 가

패딩턴 그린에서 제법 큰 약국을 하고 있었습니다. 제 아버지 때는 부자 동네였는데, 안타깝게도 이제는 그렇지 않습니다. 가난한 동네가 되고 말았지요."

그는 한숨을 내쉬며 고개를 저었다. 그러고는 다시 내게 물었다.

"여기가 비너블스 씨의 집이죠? 당신은 그 사람과 친구입니까?"

나는 조심스럽게 대답했다.

"친구라고 하기는 어렵습니다. 오늘 만난 것까지 해서 겨우 두 번 만났을 뿐입니다. 전에는 친구들이 비너블스 씨와 점심 식사를 한다기에 따라왔었지요."

"아, 그래요, 알겠습니다……."

우리는 그 사이 입구에 도착했다. 오즈본이 머뭇거리며 멈춰 섰다. 나는 오즈본에게 전등을 되돌려 주었다.

"고맙습니다."

"천만에요, 저는……."

오즈본의 입에서 잠시 끊어졌던 말이 허겁지겁 쏟아져 나왔다.

"당신이 저에 대해 어떻게 생각할지 걱정됩니다. 그러니까 제 말은……. 물론 원칙적으로 보자면 저는 남의 집에 무단침입한 거나 다를 바 없습니다. 하지만 분명히 말하지만 천박한 호기심에서 그런 건 절대 아닙니다. 틀림없이 굉장히 이상해 보일 거예요. 오해받을 만한 행동입니다. 제 행동에 대해 솔직하게 설명하고 싶습니다."

나는 잠자코 기다렸다. 그렇게 하는 것이 최선으로 여겨졌기 때문이다. 이미 호기심을 강하게 자극받은 상태였다. 호기심을 만족시키고 싶었다.

"정말 설명하고 싶습니다. 성함이……?"

"이스터브룩입니다. 마크 이스터브룩."

"이스터브룩 씨, 내 이상한 행동에 대해 설명할 기회를 주시면 좋겠습니다. 혹 시간이 있으신지요? 5분 정도 걸어가면 큰길이 나옵니다. 버스 정거장 옆 주유소에 작고 괜찮은 카페가 하나 있더군요. 제가 타고 갈 버스는 20분 넘게 기다려야 하고요. 허락하신다면 커피 한 잔 대접하겠습니다."

나는 그의 제안을 받아들였다. 나는 오즈본과 나란히 오솔길을 걸었다. 오즈본은 그제야 진정이 되었는지 과도한 예의를 차리는 대신 편안한 태도로 본머스 생활의 즐거움이나 멋진 날씨, 콘서트, 주민들의 높은 인격 등에 대해 한참 수다를 떨었다.

큰길에 도착하니, 길모퉁이에 주유소가 있었고 그 뒤쪽에 버스 정거장이 있었다. 오즈본이 말한 작고 깨끗한 카페는 구석 자리에 앉아 있는 한 쌍의 젊은 연인을 제외하면 텅 비어 있었다. 안으로 들어가자마자 오즈본은 두 사람분의 커피와 비스킷을 주문했다. 그러고 나서 몸을 테이블 위로 쑥 내밀더니 무거운 마음의 짐을 내려놓기 시작했다.

"신문을 보셨는지 모르겠지만, 이 모든 게 얼마 전 신문에 보도된 사건 때문에 일어난 일입니다. 대단히 충격적인 사건이었지만 머리기사가 되지는 못했습니다. 런던에서 제가 약국을 하고 있던 지역의 가톨릭 교구 신부님이 한밤중에 살해된 사건이었습니다. 대단히 슬픈 일이지요. 요즘엔 그런 사건이 너무 자주 일어납니다. 가톨릭 신자는 아니지만 제가 알기로 그 신부님은 매우 훌륭한 사람이었습니다. 이제 제가 그 사건에 왜 이렇게 관심을 갖고 있는지 설명을 해야겠군요. 경찰에서는 사건이 일어난 그날 밤에 고먼 신부님을 본 사람은 제보를 해 달라고 했습니다. 그런데 그날 밤 8시경에 우연히 저는 약국 문 밖에 서 있었고 지나가는 고먼 신부님을 보았습니다. 그때 신부님의 뒤를 어떤 남자가 따라가고 있었는데, 그는 제 시선을 사로잡을 만큼 흔하지 않은 외모였습니다. 물론 그 당시에는 끔찍한 사건에 대해서는 전혀 예상하지 못했지만 말입니다. 저는 천부적으로 관찰력이 좋은 사람입니다. 취미처럼 사람의 모습을 자세히 기억해 두는 습관이 있지요. 약국을 찾아오는 손님들에게 '아, 지난 3월에도 똑같은 약을 사러 오셨지요?'라고 말해서 자주 놀래주곤 했답니다. 누군가 자길 기억해 준다는 건 기분 좋은 일이지요. 사업에는 더더욱 좋은 일이고요. 어쨌거나 경찰에 제가 봤던 사람의 생김새를 알려 주었습니다. 경찰은 매우 고마워했고, 저도 그걸로 끝인 줄 알았습니다. 이제 더 놀라운 이야기를 해야겠군요. 대략 열흘 전쯤에 저는 우리가 방금 걸어온 오솔길 끝의 작은 마을에서 열린 교회 바자회에 다녀왔습니다. 그리고 그곳에서 놀랍게도 제가 경찰에 제보한 그 남자를 다시 보게 되었습니다. 사고를 당했는지 휠체어에 앉아 있었어요. 사람들에게 그 남자에 대해 물었더니, 비너블스라는 사람이고 이곳에 산다고 하더군요. 이틀 정도 고민한 후 처음 진술을 했던 경감님에게 편지를 썼습니다. 그는 본머스까지 직접 내려왔습니다. 하지만 그날 밤 제가 본 남자가 비너블스였다는 사실에는 무척 회의적이었습니다. 비너블스는 소아마비를 앓아 몇 년 동안 불구로 지내고 있다고 알려 주더군요. 르죄느 경감님은 아마도 제가 닮은 사람을 잘못 본 것 같다고 했습니다."

오즈본은 갑자기 말을 멈췄다. 나는 앞에 놓인 흐릿한 색깔의 음료를 살짝 젓고는 조심스럽게 한 모금 먹어 보았다. 오즈본은 자기 컵에 설탕 세 덩어리를 넣었다.

"그걸로 해결이 되었나요?"

내가 모른 척 물었다.

"그래요, 그렇지요……."

오즈본의 목소리에는 불만스러운 기색이 역력했다. 그는 몸을 다시 앞으로 내밀었다. 둥근 대머리가 불빛 아래 반짝거렸고, 안경 너머에 있는 두 눈은 거의 광적으로 보였다.

"조금 더 설명할 게 있어요. 제가 어렸을 때 아버지 친구분 중에 역시 약사인 분이 계셨는데, 그분이 장 폴 마리고 사건 때 증인으로 서게 되었습니다. 아시는지 모르겠지만, 그는 아내를 비소로 독살했습니다. 아버지 친구분은 법정에서 그 남자가 약국의 독극물 판매 장부에 거짓 이름을 서명하고 간 남자라고 증언했습니다. 마리고는 유죄 판결을 받고 교수형을 당했습니다. 그 일은 어린 저에게도 굉장히 인상적이었습니다. 하긴 그 당시 아홉 살이었으니까 뭐든 인상적일 만도 하지요. 하지만 저도 언젠가는 유명한 재판 사건에 증인으로 나서서 살인자에게 정의의 심판을 내리고 싶다는 꿈을 갖게 되었습니다. 아마 사람들의 얼굴을 기억하는 습관을 가지기 시작한 것도 그때부터였을 겁니다. 이스터브룩 씨, 비록 우스꽝스럽게 들릴 지는 몰라도 저는 아내를 죽이기로 결심한 남자가 제 가게에 들어 와서 필요한 물건을 구입해 갈 가능성을 정말 오랫동안 생각해 왔 답니다."

"아, 제2의 마들렌 스미스를 기대하시는 것 같군요."

내 말에 오즈본은 한숨을 내쉬며 말했다.

"바로 그겁니다. 하지만 그런 일은 일어나지 않을 겁니다. 혹 일 어난다 해도 범인은 정의의 심판을 받지 않을 수도 있습니다. 그런 경우는 생각보다 자주 일어납니다. 이번 사건에서도 제가 바라던 그대로는 아니지만 살인 공판의 증인이 될 가능성이 충분히 있었습 니다."

오즈본의 표정이 어린아이처럼 환해졌다.

"하지만 결과적으로 대단히 실망스럽겠군요."

나는 동정하는 듯한 목소리로 말했다.

"그렇지요……."

오즈본의 목소리에 다시 한 번 그 이상야릇한 불만이 묻어났다.

"저는 완고한 사람입니다, 이스터브룩 씨. 날이 갈수록 점점 제가 옳았다는 확신이 설 뿐입니다. 제가 그날 밤 본 남자는 비너블스 씨 였습니다. 결코 다른 사람이 아닙니다."

내가 입을 열려고 하자, 오즈본은 항의하듯 한 손을 들어 나를 제 지했다.

"저도 압니다. 안개가 짙었고 거리도 어느 정도 떨어져 있었습니다. 하지만 경찰은 제가 인상에 대해 계속 연구해 왔다는 사실을 고려하지 않았습니다. 인상이라고 해서 매부리코나 목의 결후 같은 특징만을 말하는 게 아닙니다. 고개를 기울인다거나 어깨에서 목으로 흘러내리는 각도 등도 있습니다. 제 스스로에게도 '자, 네가 실수했다는 걸 인정해.'라고 말하지만 그럴수록 제 속에서는 절대로 실수하지 않았다는 것을 확신하게 됩니다. 경찰은 불가능하다고 말합니다. 하지만 정말 불가능할까요?"

"확실히 소아마비와 같은 종류의 장애는……."

오즈본이 손가락을 곧추세워 흔들어 내 말을 멈추게 했다.

"맞아요, 맞습니다. 하지만 제 경험으로 보자면 꼭 그렇지만은 않습니다. 사람들이 국민연금을 속이기 위해 어떤 준비를 하는지, 그리고 어떻게 걸리지 않고 넘어가는지 알면 아마 깜짝 놀랄 겁니다. 의사들이 잘 속는다는 말을 하고 싶지는 않습니다. 단순한 종류의 꾀병이라면 의사들도 금방 알아낼 수 있습니다. 하지만 얼마나 여러 가지 방법들이 동원되는지 모르실 겁니다. 그런 경우는 의사보다 약사들이 더 잘 알아챌 수 있지요. 예를 들어 어떤 약품은 해로울 게 전혀 없어 보이지만 고열을 유발할 수 있습니다. 다양한 종류의 종기나 피부 염증, 목의 건조증, 혹은 호르몬 과다 같은 증세도 유발합니다."

"하지만 사지를 위축시키는 건 힘들지 않을까요?"

내가 지적했다.

"그건 그렇습니다. 하지만 비너블스의 사지가 위축되었다고 누가 말했지요?"

"그야 담당 의사가 그렇게 말했겠지요."

"그래서 저도 그 점에 대해 좀 더 알아보았습니다. 비너블스 씨의 담당 의사는 런던에 있습니다. 할리 가의 개업의지요. 비너블스 씨가 처음 이곳으로 이사 왔을 때는 이곳 의사가 그를 검사했습니다. 하지만 그 의사는 지금 은퇴해서 외국에 나가 살고 있습니다. 현재 이곳 의사는 한 번도 비너블스 씨를 진료한 적이 없습니다. 비너블스 씨는 한 달에 한 번 할리 가로 가서 진찰을 받는다고 하더군요."

나는 호기심 가득한 눈으로 그를 바라보았다.

"그것만으로는 여전히 허점이 안 보이는데……."

"당신이 모르셔서 하는 말입니다. 간단한 예 하나로 충분히 이해할 수 있을 겁니다. 이를테면 A란 부인이 1년 동안 세 곳에서 보험 수당을 탔습니다. 한 곳에서는 B부인 행세를 하고, 다른 한 곳에서는 C부인 행세를 하면서 말입니다. 실제로는 B부인과 C부인이 A부인에게 돈을 받고 자신들의 카드를 빌려 주었기 때문에 A부인이 세 배의 보험금을 탈 수 있었던 겁니다."

"무슨 말씀이신지 잘 모르겠습니다."

"한번 가정해 보세요……."

오즈본의 손가락이 흥분으로 꿈틀거렸다.

"우리의 비너블스 씨가 열악한 환경에 있는 진짜 소아마비 환자를 만나 어떤 제안을 합니다. 물론 그 사람은 비너블스 씨를 많이 닮았을 겁니다. 진짜 소아마비 환자가 비너블스 씨인 척하면서 의사에게 전화를 걸고 검진을 받아서 병력이 그대로 기록됩니다. 그런 다음 비너블스 씨는 시골에 집을 사서 내려옵니다. 그리고 다시 한 번 진짜 소아마비 환자가 은퇴를 앞둔 지방 의사에게 전화를 걸어 검진을 받습니다. 그러면 완벽하게 비너블스 씨는 사지가 위축된 소아마비 환자로 기록에 남게 됩니다. 시골에서는 휠체어를 탄 모습만 보여 주면 되지요."

"그래도 하인들은 알아차릴 게 아닙니까? 시중을 드는 하인은 더더욱 속일 수 없지요."

나는 반대 의견을 내놓았다.

"하지만 패거리라고 가정해 봅시다. 시중 드는 하인들도 한 패라고 말입니다. 그보다 더 간단할 수 있을까요? 다른 하인 중에도 몇몇은 아마 비너블스 씨와 한 패일 겁니다."

"하지만 어째서 그런 번거로운 일을 벌인다는 거죠?"

"거기에도 분명 이유가 있을 겁니다. 제 나름대로 가설을 가지고 있긴 하지만 비웃을 것 같아 말하지는 않겠습니다. 하지만 알리바이가 필요할 경우 대단히 멋진 알리바이를 조작해 낼 수 있는 상황인 것은 분명합니다. 여기저기, 아니 어디든 갈 수 있는데도 불구하고 아무도 그 사실을 눈치 채지 못할 겁니다. 패딩턴을 활보하고 다니는 모습이 눈에 띄었다고 해도 하나같이 착각이라고 생각합니다. 그는 시골에서 사는 무력한 장애인이기 때문입니다."

오즈본은 잠시 말을 멈추고 시계를 들여다보았다.

"버스가 올 시간이 다 돼 가는군요. 이야기를 서둘러야겠어요. 저는 이 사건에 대해 계속 생각했습니다. 그리고 증거를 찾기 위해 제가 할 수 있는 일이 뭘까 생각했습니다. 그래서 여기 와서 (요새는 시간이 넉넉하니까요. 때로는 일하던 때를 그리워하기도 하죠.) 한번 둘러보기로 작정했습니다. 너무 많은 걸 기대하지는 말고 그냥 살짝 엿보기만 하려고 했습니다. 썩 좋은 생각은 아니라고 말씀하시겠죠? 동의합니다! 하지만 진실에 다가갈 수 있다면, 그러니까 범인을 알아낼 수만 있다면 뭔들 못하겠습니까? 예를 들어 비너블스 씨가 조용히 땅을 밟으며 산책하는 모습을 본다면 예상이 적중한 거죠! 또 혹시라도 커튼을 너무 빨리 내리지 않는다면 (서머 타임이 끝난 직후라서 사람들은 습관적으로 커튼을 늦게 내리기도 합니다. 한 시간이 더 지나야 어두워질 거라고 생각하는 거죠.) 몰래 들어가서 엿볼 수 있을지도 모른다고 생각했습니다. 비너블스 씨가 서재 안에서 이리저리 걸어다닐지도 모르잖아요. 누군가 엿보고 있을 거라고는 꿈에도 생각지 못하겠죠. 자기가 아는 한 어느 누구도 자신을 의심하지 않는다고 생각하고 있을 테니 말입니다!"

"그날 밤 봤던 남자가 비너블스 씨라고 그렇게 확신하는 이유가 뭡니까?"

"비너블스 씨였으니까요!"

오즈본이 자리에서 벌떡 일어났다.

"버스가 오는군요. 만나서 반가웠습니다, 이스터브룩 씨. 프라이어스 코트에서 뭘 하고 있었는지 해명하고 나니 마음이 한결 가벼

워졌습니다. 당신에겐 모두 터무니없는 소리로 들렸겠지만요."

"전혀 그렇지 않습니다. 하지만 비너블스 씨가 무얼 위해 그런 조작을 했는지는 말하지 않으셨습니다."

오즈본은 당혹스러우면서도 약간 난처한 표정을 지었다.

"듣고 나면 웃을 겁니다. 모두들 그 사람이 부자라고 말하지만 어떻게 부자가 되었는지는 그 누구도 모릅니다. 저는 그가 거물급 범죄자 중에 한 사람이 아닐까 생각합니다. 계획을 세울 수 있고, 그 계획을 실행할 조직을 거느리고 있는 사람 말입니다. 바보 같은 소리로 들릴 테지만 저는……."

버스가 도착했다. 오즈본은 버스를 타기 위해 달려갔다.

나는 생각에 잠긴 채 오솔길을 걸어 집으로 돌아왔다. 오즈본은 근거 없는 이론을 그려 냈지만 전혀 터무니없게만 볼 수도 없었다.

제20장

마크 이스터브룩의 이야기

I

다음 날 아침, 나는 진저에게 전화를 걸어 내일은 본머스로 옮길 거라고 말했다.

"디어파크라는 아담하고 조용한 호텔을 찾았습니다. 건물 양옆으로 눈에 띄지 않는 옆문이 있더군요. 아마 당신을 만나러 런던으로 몰래 갈 수 있을 것 같습니다."

"그러면 안 되지 않아요? 그래도 만나러 와 준다면 정말 천국이 따로 없을 것 같네요. 끝내 주게 지루하거든요! 당신은 죽었다 깨어나도 모를 거예요! 당신이 못 오면 내가 당신을 몰래 만나러 갈 수도 있어요."

갑자기 불길한 생각이 뇌리를 스쳤다.

"진저, 당신 목소리가…… 조금 다른 것 같아요……."

"아, 목소리요? 괜찮아요. 걱정하지 말아요."

"하지만 목소리가 왜 그래요?"

"목이 좀 아파요. 하지만 그게 전부예요."

"진저!"

"이것 봐요, 마크. 누구라도 목이 아플 수 있어요. 감기 초기겠지요. 독감일 수도 있겠지만."

"독감? 진저, 그런 식으로 문제를 회피하지 말아요. 정말 괜찮은 거예요?"

"그렇게 소란 떨지 마세요. 난 멀쩡해요!"

"어떤 느낌인지 정확하게 얘기해 봐요. 증세가 독감에 걸린 것 같아요?"

"글쎄요, 아마도……. 몸이 약간 쑤시는 것 같기도 하고, 또……."

"체온은요?"

"글쎄요, 열이 약간……."

그 말을 듣는 순간 온몸에 소름이 돋아 그대로 자리에 주저앉고 말았다. 두려웠다. 인정하지 않겠지만 진저 역시 두려워하고 있다는 게 느껴졌다.

진저가 다시 말했다.

"마크, 당황하지 말아요. 당신 지금 공황 상태에 빠진 것 같은데, 절대 겁먹거나 당황할 만한 일이 아니에요."

"그럴 수도 있겠지요. 하지만 우리는 뭐든지 조심해야 해요. 의사한테 전화해서 와 달라고 하세요. 당장!"

"알았어요……. 하지만 의사는 별것도 아닌 일에 소란을 떤다고 생각할 거예요."

"그런 건 신경 쓰지 말아요. 어서 전화해요. 의사가 다녀간 다음에 나한테 전화해 주세요."

나는 전화를 끊은 뒤 꼼짝 않고 앉아서 전화기의 비인간적인 검은 형상을 오랫동안 응시했다. 공황에 빠져서는 안 된다……. 정신 차리자……. 이맘때에는 항상 독감이 발생했다. 의사가 진단해 줄 것이다. 어쩌면 가벼운 감기 정도일 수도 있다…….

공작새처럼 화려한 드레스를 입은 시빌이 떠올랐다. 조종하고 명령을 내리는 사이어자의 목소리도 들려왔다. 벨라가 하얀 분필로 바닥에 그림을 그리고, 사악한 주문을 읊으면서 버둥거리는 하얀 수탉을 들어 올리는 장면도 머릿속을 스치고 지나갔다.

'헛소리! 모두 헛소리야! 그래, 그 모든 게 미신적인 헛소리일 뿐이야…….'

하지만 사이어자가 사용한 그 이상한 상자를 무시하기란 쉽지 않았다. 상자는 과학적 가능성의 실체를 의미했다. 하지만 그것 역시 거의 불가능했다. 가능할 리 없었다…….

데인 캘스롭 부인이 자리에 앉아서 멍하니 전화기를 바라보고 있는 내게 다가와 말을 걸었다.

"무슨 일 있어요?"

"진저가 몸이 좋지 않습니다……."

나는 데인 캘스롭 부인이 헛소리라고 말해 주길 간절히 원했다.

그녀가 안심하라고 말해 주길 원했다. 하지만 데인 캘스롭 부인은 그렇게 해 주지 않았다.

"나쁜 소식이네요. 그래요, 나쁜 소식이에요."

"하지만 그럴 리 없어요. 그들이 실제로 그런 일을 할 수 있을 거라고 생각하지 않아요."

"그런가요?"

"부인은 믿지 않으시잖아요. 믿으실 리가……."

"마크, 당신과 진저 두 사람은 이미 가능성을 인정했어요. 그렇지 않았다면 지금 이 일도 하지 않았겠죠."

"믿어서 문제예요. 믿어서 더 가능해졌는지도 몰라요!"

"믿은 건 아니에요. 그냥 인정했을 뿐이지요. 하지만 증거가 있다면 믿을 수도 있겠지요.".

"증거요? 어떤 증거를 말하는 거죠?"

"진저가 아프다는 것이 증거예요."

데인 캘스롭 부인이 담담하게 말했다. 나는 그렇게 담담하게 말하는 그녀가 미웠다.

"어째서 그렇게 비관적이시죠? 단순한 감기예요. 그뿐이에요. 어째서 최악의 상황만을 떠올리시는 거죠?"

화가 나서 내 목소리가 커졌다.

"만약 최악의 일이 벌어진 것이라면 바로 맞부딪쳐야 하니까요. 너무 늦을 때까지 모래 속에 머리를 파묻고 있어서야 되겠어요?"

"부인은 그 엉터리 같은 의식이 실제로 작용했다고 생각하세요?

몽환 상태와 주문들, 제물과 같은 온갖 속임수가 말입니다."

"뭔가가 작용하고 있어요. 우리가 직면해야 하는 건 바로 그거예요. 아마도 대부분은 덫이겠죠. 분위기를 조성하기 위한 가짜일 뿐이죠. 분위기는 매우 중요해요. 하지만 그 덫 속에 감춰져 있는 진짜를 볼 줄 알아야 해요. 실제로 작용을 하는 진짜 말이에요."

"원거리 방사선 같은 게 아닐까요?"

"그 비슷한 것일 수도 있죠. 사람들은 계속해서 놀라운 것들을 발명해 왔어요. 그 새로운 지식을 어떤 파렴치한 사람들이 개인적인 목적을 위해 이용하고 있을 수도 있어요. 아는지 모르겠지만, 사이어자의 아버지는 물리학자였어요."

"하지만 도대체 뭐가 어떻게 작용한다는 건가요? 그 빌어먹을 상자를 조사해 볼 수 있다면……. 만약 경찰이……."

"경찰은 지금보다 더 정확한 정보가 없는 한 수색 영장을 내거나 물건을 압수해서 조사하기를 꺼릴 거예요."

"만약 내가 숨어 들어가서 그 빌어먹을 물건을 부숴 버리면 어떨까요?"

데인 캘스롭 부인이 고개를 저었다.

"기왕 부술 거였으면 그날 밤에 부수었어야 해요."

나는 머리를 감싸쥐고 신음 소리를 냈다.

"이 끔찍한 일을 시작하지 말았어야 했어요."

하지만 데인 캘스롭 부인은 단호하게 말했다.

"동기는 훌륭했어요. 그리고 이미 엎질러진 물이에요. 의사가 다녀간 후 진저가 전화를 해 오면 좀 더 알게 되겠지요. 진저가 로다 네 집으로 전화를 걸지 않을까요?"

나는 그 말을 듣고 자리에서 얼른 일어났다.

"돌아가 보겠습니다."

데인 캘스롭 부인이 마지막으로 확신하듯 말했다.

"우리는 모두 속고 있어요. 이제야 알겠어요. 덫이에요! 우리는 그들의 덫에 걸려들었어요. 그들이 원하는 대로 끌려가고 있다는 느낌이 드는군요."

아마도 부인의 말이 맞을 것이다. 하지만 달리 어떻게 생각할 수 있단 말인가? 그저 막막할 뿐이었다.

진저는 두 시간 뒤 내게 전화를 했다.

"의사가 다녀갔어요. 조금 곤혹스러워하더니 독감일 것 같다고 하더군요. 요즘 독감 환자가 제법 많대요. 침대에서 편히 쉬라고 하더군요. 곧 약을 보내 줄 거래요. 체온이 꽤 높아요. 하지만 독감이라 그럴 거예요, 그렇죠?"

겉보기에는 용감하게 들렸지만 진저의 쉰 목소리에 절망감이 묻어났다.

"진저, 괜찮아질 거예요. 내 말 듣고 있어요? 곧 괜찮아질 거예요. 통증은 어때요?"

"글쎄요, 열도 나고 온몸이 욱씬거리고 아파요. 발이며 피부며 할 것 없이 온몸이요. 몸에 뭐가 닿는 것도 싫어요……. 그리고 너무 더워요……."

"열이 나서 그래요. 내가 당신한테 갈게요! 지금 바로 갈 테니까 반대하지 말아요."

"알았어요. 당신이 와 준다니 기뻐요, 마크. 나 생각만큼 용감하지 않나 봐요……."

II

나는 르죄느 경감에게도 전화를 걸었다.

"진저가 아픕니다."

"네?"

"말 그대롭니다. 진저가 아파요. 의사를 불렀는데, 아마도 독감 같답니다. 그럴 수도 있겠지요. 하지만 그렇지 않을 수도 있습니다. 당신이 도와줄 수 있을지 모르지만 내 머릿속에는 오로지 이 일에 전문가들이 달라붙어야 한다는 생각뿐입니다."

"어떤 종류의 전문가를 말하는 겁니까?"

"정신과 의사나 정신분석학자, 심리학자나 심리 관련 전문가, 혹은 암시나 최면, 세뇌 같은 일을 전문적으로 다루는 사람이 필요합니다. 그런 사람들을 찾을 수 있겠지요?"

"물론 있습니다. 그런 전문가라면 내무성에 한두 명 있습니다. 당신 말이 맞을 겁니다. 독감일 수도 있지만 전혀 알려져 있지 않은, 정신과 관련된 다른 병일 수도 있겠지요. 맙소사! 이스터브룩 씨, 이거야말로 우리가 열렬히 원하던 것일 수도 있습니다!"

나는 전화기를 세게 내려놓았다. 지금 우리는 심리적인 무기에 대해 뭔가를 알아내는 중인지도 모른다. 하지만 당장 내가 신경 쓰는 건 용감하지만 겁에 질린 진저뿐이었다. 우리 둘 중 누구도 이걸 정말로는 믿지 않았다. 아니, 사실은 믿고 있었을까? 아니다. 우리는 결코 믿지 않았다. 게임이었다. 경찰놀이와 도둑놀이 같은 단순한 게임일 뿐이었다. 하지만 이제 더 이상은 게임이 아니었다.

창백한 말은 스스로가 현실임을 증명하고 있었다.

나는 머리를 두 손에 파묻고 신음 소리를 냈다.

제21장

마크 이스터브룩의 이야기

I

그 뒤 며칠은 평생 잊혀지지 않을 것이다. 연결된 장면이나 형태 없이 미친 듯 돌아가는 만화경처럼 혼란스러운 시간들이었다. 진저는 사설 요양원으로 옮겼고 면회 시간에만 겨우 볼 수 있었다.

담당 의사는 이 모든 일에 대해 매우 거만한 자세를 취하는 사람이었다. 그는 별것도 아닌 일에 소란을 떨어 댄다며 우리를 이해하지 못했다. 담당 의사의 진단은 아주 명쾌했다. 독감에 이은 기관지 폐렴이었다. 비록 약간 비정상적이고도 복합적인 증세가 나타나지만 말이다. 그의 말에 의하면 그런 일은 '늘 일어나는 일'이었다.

"어떤 경우도 전형적인 증세는 없습니다. 늘 쓰는 항생 물질에 반응하지 않는 사람도 있답니다."

의사가 틀린 말을 한 것은 아니다. 진저는 기관지 폐렴이었다. 병

자체에 대해서는 신비로울 것이 아무것도 없었다. 그녀는 심한 독감에 걸렸다. 하지만 그뿐이었다.

나는 내무성에서 일하는 심리학자와 면담을 했다. 그는 수컷 울새처럼 생긴 별난 남자였는데, 발끝을 계속 꼼지락거리는 버릇이 있었다. 하지만 두꺼운 안경 너머에 있는 두 눈은 반짝거렸다.

그는 내게 셀 수 없이 많은 질문을 했는데, 그중 반쯤은 아무 의미 없는 질문처럼 들리기도 했다. 하지만 내 대답에 현명하게 고개를 끄덕이는 걸로 보아 그에게는 어떤 의미가 있는 게 분명했다. 그 심리학자는 자기의 의견을 전혀 밝히지 않았는데, 무척 현명한 처사인 듯했다. 가끔 전문적인 용어가 가득한 말을 하기도 했다. 다양한 형태의 최면을 진저에게 시도해 본 것 같지만 누구 하나 내게는 그것에 대해 자세히 말해 주지 않았다. 어쩌면 할 말이 없어서였는지도 모른다.

나는 가급적이면 친구나 지인들을 피해 다녔다. 하지만 외로움을 감당하기 힘들었다.

마침내 지칠 대로 지친 나는 포피가 일하는 가게로 전화를 걸어 같이 저녁을 먹으러 가지 않겠느냐고 물었다. 포피는 기꺼이 그러겠다고 대답했다.

나는 포피를 판타지로 데리고 갔다. 포피는 행복하게 조잘댔고, 그러다 보니 내 마음도 무척 편안해졌다. 하지만 내가 그녀를 만나자고 한 건 그런 위로를 받기 위해서가 아니었다. 맛있는 음식과 술로 그녀를 무방비한 상태로 만든 뒤, 조심스럽게 탐색을 시작했다.

포피라면 스스로도 의식하지 못한 무언가를 알고 있을 가능성이 컸다. 나는 그녀에게 진저를 기억하는지 물어보았다. 포피는 푸른색 눈을 더 크고 동그랗게 뜨면서 "당연히 기억해요."라고 말했고, 진저가 요새 어떻게 지내는지 물었다.

"많이 아파요."

내가 말했다.

"어머, 안됐네요."

포피로서는 최대한 걱정스러운 표정을 지었겠지만 별로 그렇게 걱정스러워 보이지는 않았다.

"진저는 어떤 일에 얽혀 있었어요. 그 일로 당신한테 조언을 구했을 거예요. '창백한 말'에 관련된 일이라고 들었습니다. 굉장히 큰돈이 들었다고 하더군요."

그러자 포피가 눈을 동그랗게 뜨고 외쳤다.

"아! 그럼 그게 당신이었군요!"

나는 순간적으로 이해하지 못했다. 하지만 곧 포피가 나를 외골수 아내를 둔 진저의 연인으로 이해했다는 걸 알아차렸다. 우리의 연애 사건이 드러난 것에 대해 너무 흥분한 나머지 포피는 창백한 말에 대한 경계심을 한순간에 무너뜨렸다.

포피가 흥분해서 숨을 몰아쉬었다.

"효과가 있었어요?"

"약간 잘못 되었어요. '죽은 건 바로 개였다.'라는 거죠."

"무슨 개요?"

포피가 멍한 표정으로 물었다.

"그 일이 반대로 진저에게 되돌아온 것 같아요. 그런 일이 전에도 있었나요? 그런 얘기를 들어 본 적이 있어요?"

포피는 없다고 대답했다.

"머치 디핑의 창백한 말에서 그 사람들이 하고 있는 일에 대해 알아요? 당연히 알고 있겠죠, 그렇죠?"

"정확히 어디 있는지는 몰라요. 시골 어디에 있다고 하던데……."

"진저의 말만 듣고서는 그 사람들이 하는 일이 정확히 어떤 건지 전혀 모르겠던데……."

나는 신중하게 기다렸다.

"광선 아닌가요?"

포피가 애매하게 말했다. 그리고 곧 도움이 될까 싶어 얼른 덧붙였다.

"그 비슷한 거라고 들었어요. 외계에서 쏘는 거 말이에요. 러시아 인들처럼."

포피는 자신의 폭 좁은 상상력에 의존해서 말하고 있었다.

나는 포피의 말에 동의하듯 고개를 끄덕이며 말했다.

"아마 그런 종류일 거예요. 하지만 상당히 위험한 것임에 틀림없어요. 진저가 이렇게 아픈 걸 보면……."

"하지만 병에 걸려야 할 사람은 당신 아내가 아닌가요?"

"맞아요. 하지만 뭔가가 잘못되었나 봐요. 역효과가 난 거죠."

나는 진저와 포피가 내게 맡긴 역할에 충실하게 대답했다.

"그거…… 전기 다리미를 잘못 꽂았을 때 전기 충격을 받는 거랑 비슷한 거죠?"

포피는 나름대로 무척 애를 썼다.

"맞아요, 그 비슷한 거예요. 그런 일이 전에도 있었어요?"

"글쎄요, 꼭 그런 식으론…….'

"그럼 어떤 식으로 있었죠?"

"음, 그러니까…… 일이 끝난 후에 돈을 내지 않은 경우였어요. 내가 아는 어떤 남자가 돈을 내려고 하지 않았어요."

포피의 목소리가 끔찍한 비밀을 들려줄 때처럼 갑자기 작아졌다.

"결국 어떻게 된 줄 알아요? 지하철 승강장에서 열차 앞으로 떨어졌어요."

"우연한 사고였을 수도 있잖아요."

"오, 아니에요! '그들'이 한 일이에요."

포피가 강하게 부정했다.

나는 포피의 잔에 샴페인을 더 따라 주었다. 지금 내 앞에 앉아 있는 여자의 뇌 속에서 수백 개로 쪼개져 훨훨 날아다니고 있는 사실들을 제대로 끄집어 낼 수만 있다면 도움이 될 만한 게 있을지도 모른다. 그녀는 여러 가지 이야기를 듣고, 그중 반쯤을 머릿속에 집어넣어 뒤죽박죽으로 뒤섞어 놓는다. 다들 포피의 그런 면을 잘 알고 있기 때문에 그녀 앞에서라면 그다지 신경 쓰지 않고 말을 한다.

화가 나는 건 내가 그녀에게 무엇을 물어봐야 할지 모른다는 것이었다. 만약 잘못 질문을 한다면 포피가 겁을 집어먹고 조개처럼 입을 꾹 다물어 버릴 것이다.

"내 아내는 여전히 몸이 좋지 않아요. 하지만 더 나빠질 것 같지도 않아요."

"너무 안됐어요."

샴페인을 홀짝거리며 포피가 동정하듯 말했다.

"그래서 말인데, 내가 어떻게 하면 될까요?"

포피가 무슨 말인지 알아듣지 못한 것 같았다.

"진저가 일을 혼자 다 처리해서 나는 아는 게 없거든요. 혹시 찾아가 볼 만한 사람이 없을까요?"

"버밍엄에 사무실이 있다고 들었어요."

포피가 애매하게 말했다.

"거긴 문을 닫았어요. 이 일에 대해 더 잘 알고 있는 다른 사람은 없나요?"

"아일린 브랜던이라면 뭔가 알지도 모르죠. 하지만 너무 기대하지는 마세요."

전혀 예상치 못한 이름이 튀어나와서 나는 깜짝 놀랐다. 나는 아일린 브랜던이 누구냐고 물었다.

"아일린은 굉장히 촌스러워요. 뽀글뽀글한 퍼머 머리인 데다가, 하이힐은 한 번도 신은 적이 없어요. 정말 끔찍하고 멍청해 보이는 여자예요."

그녀는 곧바로 말을 덧붙였다.

"나랑 같은 학교를 다녔는데, 그 당시에도 상당히 멍청했어요. 지리는 꽤 잘했지만."

"창백한 말과는 어떤 관련이 있지요?"

"실제로는 없어요. 단지 뭔가를 알고 있다고 했어요. 그래서 그만 뒀어요."

"뭘 그만둬요?"

내가 당황스러워하며 물었다.

"소비자 조사 연구소에서 하던 일 말이에요."

"소비자 조사 연구소가 뭔데요?"

"글쎄요, 정확히는 몰라요. 그냥 그렇게 말해요. 소비자 반응이나 소비자 기호 조사와 관련된 일을 하는 회사래요. 꽤 웃었어요."

"아일린 브랜딘이 거기서 일했나요? 무슨 일을 했죠?"

"그냥 돌아다니면서 이것저것 질문을 한대요. 현재 쓰고 있는 치약이나 가스 스토브, 스펀지가 어떤 종류인지 말이에요. 정말 우울하고 지루한 일이에요. 내 말은 그러니까, 누가 그런 걸 신경이나 쓰냐는 거예요."

"아마도 거기에서는 신경을 쓰겠지요."

나는 조금씩 흥분이 되었다.

살해 사건이 일어난 그날 밤에 고면 신부가 찾아갔던 사람도 그런 단체에서 일하던 여자였다. 그리고 당연하게도 그런 일을 하는 사람이 진저에게도 찾아왔다…….

바로 거기에 연결 고리가 있었다.

"왜 일을 그만두었답니까? 지겨워서 그랬대요?"

"아닐 거예요. 보수도 상당히 좋았거든요. 하지만 그 회사의 일이 겉으로 보이는 것과는 많이 다르다는 걸 알았대요."

"창백한 말과 연결되어 있다는 건가요? 그런 거예요?"

"글쎄요, 나도 모르겠어요. 그럴지도 모르죠……. 어쨌든 지금은 토튼햄 코트 로(路)에 있는 에스프레소 카페에서 일하고 있어요."

"주소를 알려 주세요."

"당신이 좋아하는 타입은 전혀 아닐 텐데요."

"딴마음이 있어서 접근하려는 게 아니에요."

나도 모르게 말이 거칠게 나왔다.

"소비자 조사에 대해 알아볼 게 있어요. 그런 회사의 주식을 살까 생각 중이었거든요."

"오! 알겠어요."

내 설명에 포피가 상당히 만족해하는 눈치였다.

포피에게선 더 이상 끄집어 낼 것이 없었다. 샴페인 병을 다 비운 뒤 나는 포피를 집에 데려다 주었고, 즐거운 저녁 시간을 보내게 해 줘서 고맙다고 했다.

II

다음 날 아침, 르죄느 경감과 통화를 시도했지만 연결이 되지 않았다. 대신 시간은 약간 걸렸지만 짐 코리건과 통화할 수 있었다.

"자네가 소개해 준 그 심리학 전문가가 뭐라고 하던가? 진저에 대해 무슨 말을 했지?"

"뭐라고 잔뜩 늘어놓긴 하더군. 하지만 그 사람도 고군분투 중일 거야. 자네도 알다시피 사람들은 항상 폐렴에 걸리잖아. 그게 이상 하거나 잘못됐다고 말할 수는 없으니까."

"맞아. 우리가 아는 몇몇 사람도 어떤 목록에 이름이 들어 있었 지. 기관지 폐렴, 위장염, 연수성 마비, 뇌종양, 간질, 파라티푸스, 그 외 잘 알려진 병으로 모두 죽었잖아."

"자네가 지금 어떤 기분일지 나도 알아. 하지만 우리도 어쩔 도리 가 없어."

"진저가 더 안 좋아졌군, 그렇지?"

"글쎄…… 그렇다고 할 수 있네……."

"그렇다면 더더욱 뭔가 해야만 해."

"무슨 생각이라도 있나?"

"내게 한두 가지 생각이 있어. 머치 디핑에 내려가서 사이어자 그 레이를 잡아다가 정신이 쏙 빠질 만큼 겁을 줘서 주문인지 뭔지를 되돌리게 하는 건 어때?"

"글쎄, 효과가 있을지도 모르겠군."

"아니면 내가 비너블스를 찾아가서……."

코리건이 날카롭게 말했다.

"비너블스? 그는 열외야. 어떻게 그 사람이 여기에 연관되어 있다 는 거지? 그는 신체 장애자야."

"나도 그게 궁금해. 그의 집으로 당장 찾아가 무릎 덮개를 벗겨 내고 그 다리가 정말로 위축되었는지 눈으로 직접 확인해 보고 싶네."

"그에 대해서라면 우리도 모든 가능성을 검토해 봤네만……."

"잠깐만! 지난번에 머치 디핑에서 오즈본이라고 하는 자그마한 약사 친구를 우연히 마주친 적이 있네. 그가 했던 말을 자네한테도 들려주고 싶군."

나는 환자 기록 위조에 대한 오즈본의 이론을 코리건에게 대략 들려주었다.

"오즈본이야말로 머릿속에 온통 이상한 생각을 담고 있는 사람이군. 자기가 옳아야만 직성이 풀리는 그런 사람이야."

"하지만 코리건, 그럴 수도 있지 않을까? 가능성이 전혀 없는 건 아니지 않나?"

코리건이 천천히 말했다.

"맞아, 가능하다는 건 인정해. 하지만 그럴 경우 여러 명의 사람들이 그 사실을 알고 있을 거야. 아마 그들의 입을 다물게 하려면 엄청 많은 돈을 지불해야만 할걸."

"그게 어때서? 비너블스는 돈이 흘러넘칠 정도로 많아. 그 많은 돈을 어떻게 모았는지 아직 알아내지 못했지?"

"그래, 정확히는 몰라……. 자네에게 한 가지 말하지 않은 게 있는데, 비너블스에게도 일종의 숨겨진 과거가 있어. 하지만 아주 영리해서 다양한 방법으로 돈을 모은 것처럼 꾸며 놓았더군. 몇 년에 걸친 조사를 하지 않고는 그의 비리를 입증하는 게 거의 불가능하지. 전에 그런 경제사범을 추적해 본 적이 있는데, 정말 만만치 않

아. 굉장히 복잡한 그물망을 만들어서 자기의 흔적을 모두 덮어 버리기 때문이야. 국세청에서도 한동안 비너블스의 주변을 탐색했나 봐. 하지만 영리한 친구였어. 자넨 그 사람을 이 사건의 우두머리로 보고 있나?"

"그래, 맞아. 모든 걸 계획한 사람이라고 생각해."

"그럴 수도 있지. 그럴 만한 두뇌를 갖고 있다는 데 나도 동의해. 하지만 고먼 신부님을 죽이는 것 같은 조잡한 일을 직접 하지는 않았을 거야!"

"다급한 상황이라면 죽일 수도 있네. 고먼 신부님이 창백한 말에 대한 사실을 퍼뜨리기 전에 그의 입을 막았어야 했을 거야."

그 순간 나도 모르게 뭔가가 떠올라서 말을 멈췄다.

"여보세요? 말하던 사람 어디 갔나?"

"아니, 생각을 좀 하는 중이야……. 방금 어떤 생각이 퍼뜩 떠올랐는데……."

"어떤 생각이지?"

"아직 정확하지는 않아……. 정확히 알아낼 방법은 오직 한 가지뿐이야. 하지만 그게 뭔지 지금은 말하지 못하겠군. 어쨌거나 지금 당장 나가 봐야겠네. 카페에서 누군가를 만나기로 했거든."

"자네가 첼시에 있는 카페를 즐겨 찾는 줄은 몰랐네!"

"틀렸어. 토튼햄 코트에 있는 가게야."

나는 전화를 끊고 시계를 흘끗 보았다.

막 뛰쳐 나가려는데 전화벨이 울렸다. 잠시 망설였다. 십중팔구

짐 코리건이 내 생각에 대해 더 알고 싶어 전화했을 것이다. 하지만 지금은 코리건과 길게 얘기할 시간이 없었다. 문을 향해 그냥 걸어 나가는데 전화벨이 계속 끈질기게 울렸다.

병원일 수도 있었다. 진저에게 무슨 일이 생긴 거라면? 그런 위험을 무릅쓸 수는 없었다. 나는 성큼성큼 걸어가서 수화기를 잡아채듯 집어 들었다.

"여보세요?"

"마크?"

"네, 누구시죠?"

"날 모르겠어?"

꾸짖는 듯한 목소리였다.

"들어 봐, 할 말이 있어."

"아, 누군가 했어요."

나는 뒤늦게 올리버 부인의 목소리를 알아차렸다.

"그런데 제가 지금 급하게 나가 봐야 해요. 제가 나중에 다시 전화할게요."

"그렇게는 안 돼. 지금 내 이야길 들어야 해. 정말 아주 중요한 일이거든."

올리버 부인이 단호하게 말했다.

"글쎄요, 그렇다면 빨리 이야기하세요. 약속이 있어요."

"당신도 약속에 늦을 수는 있잖아. 모두들 그러니까. 아마 상대도 이해해 줄 거야."

"그렇지만 오늘은 정말로……."

"들어 봐, 마크. 이건 중요한 일이야. 정말이라니까. 당신 꼭 들어야 해!"

나는 초조한 마음을 최대한 억누르며, 시계를 다시 흘끗 쳐다보았다.

"뭔데요?"

"우리 집에서 일하는 밀리가 편도선을 앓고 있어. 상태가 꽤 안 좋아서 시골에 있는 동생한테 갔는데……."

나는 이를 갈았다.

"정말 미안하지만……."

"들어 봐, 아직 시작도 안 했어. 어디까지 이야기했더라? 오, 맞아. 밀리가 시골에 가게 되서 내가 항상 이용하던 알선소에 전화를 했는데, 회사 이름이 리젠시라는 바보 같은 이름이야. 꼭 영화 제목 같지 않아?"

"난 정말……."

"그래서 누굴 좀 보내 줄 수 있냐고 물었어. 그랬더니 지금은 대단히 어렵다고 대답하더군. 사실 그거야 그 사람들이 늘 하는 대답이지. 그래도 되도록이면 빨리 사람을 보내 주겠다고 하더군."

내 친구 아리아드네 올리버가 이렇게까지 사람을 미치게 만들 줄은 전혀 몰랐다.

"그래서 오늘 아침에 한 여자가 찾아왔는데, 어떤 여자가 나타났을 것 같아?"

"상상이 안 가네요. 그건 그렇고……."

"이디스 빈스라는 여자였어. 웃긴 이름이지? 그런데 당신도 아는 사람이야."

"아뇨, 전 그런 사람 몰라요. 이디스 빈스라는 이름은 들어 본 적도 없는걸요."

"하지만 당신은 그녀를 알아. 만난 지 그리 오래되지도 않았을걸? 당신 대모와 몇 년 동안 함께 지냈던 사람이야. 헤스케스 드보아 부인 말이야."

"아, 맞아요!"

"그래, 그림을 가지러 온 날 당신을 만났대."

"그래요? 하여간 정말 놀랍네요. 그녀를 찾아내다니 운이 좋아요. 대모님도 그녀를 대단히 성실하고 믿을 만한 사람이라고 했지요. 하지만 부인, 이제 정말……."

"기다려! 그럴 수 있지? 아직 하려던 말을 다 못했어. 그 여자가 자리에 앉자마자 헤스케스 드보아 부인과 그녀가 앓았던 병에 대해 엄청나게 많은 얘기를 풀어 놓더군. 사람들은 누구나 병이나 죽음에 대한 이야기를 좋아하잖아. 그러다가 그 얘기를 했어."

"무슨 얘기요?"

"내 관심을 유달리 끈 게 뭔 줄 알아? 이디스 빈스가 이렇게 말했어. '불쌍하신 분, 그렇게 나쁜 병에 걸려 돌아가시다니. 뇌에 나쁜 게 자라고 있었다고 하더군요. 바로 직전까지도 건강이 상당히 좋았는데……. 요양원에 있는 부인을 뵈러 간 적이 있는데 너무 안쓰러웠어요. 흰머리지만 숱이 많아서 2주에 한 번씩 항상 염색을 했었는데, 그게 베개 위에 빠져 있는 걸 보니……. 머리카락이 뭉텅뭉텅 빠져 있지 뭐예요.' 그런데 마크, 바로 그때 내 친구 메리 델라폰테인이 생각났어. 그녀도 머리카락이 빠졌거든. 당신이 첼시의 카페에서 봤다던 여자 이야기도 떠올랐지. 다른 여자와 싸우다가 머리카락이 한움큼 빠졌다고 했었지? 머리카락은 그렇게 쉽게 빠지지 않아, 마크. 당신 머리로 시험해 봐. 몇 가닥이라도 뿌리째 뽑으려고 당겨 보라니까! 그렇게 쉽지 않을걸? 머리카락이 뭉텅이로 뿌리째 빠진다는 게 이상하지 않아? 틀림없이 어떤 새로운 병일 거야. 틀림없이 뭔가가 있어."

나는 수화기를 꽉 움켜쥐었다. 머릿속이 빠르게 회전했다. 어렴풋이 기억하고 있는 단편적인 지식들이 하나로 합쳐졌다. 잔디밭에 있던 로다와 강아지, 뉴욕에 있을 때 의학 잡지에서 읽었던 기사……. 그래…… 그거였어!

현실로 돌아온 나는 올리버 부인이 그때까지 행복하게 떠들어 대고 있다는 걸 깨달았다.

"감사합니다, 부인. 부인은 정말 굉장해요!"

나는 전화기를 소리 나게 쾅 내려놓았다가 다시 집어 들었다. 이번에는 운이 좋았는지 르죄느 경감과 곧바로 연결되었다.

"보세요, 진저의 머리카락이 뿌리째 뭉텅이로 빠지고 있지 않습니까?"

"그래요…… 고열 때문이라고 생각합니다만."

"고열 때문이 아니에요! 진저의 병은, 그리고 죽은 사람들 모두 탈륨 중독이었어요. 제발 늦지 않아야 할 텐데……."

제22장

마크 이스터브룩의 이야기

I

"늦지 않았겠죠? 진저는 살아나겠죠?"

나는 정신없이 왔다 갔다 했다. 잠시도 가만히 앉아 있을 수가 없었다.

르죄느 경감은 자리에 앉아 그런 나를 조용히 지켜보았다. 그는 인내심이 강하고 친절했다.

"가능한 처치는 모두 했으니 안심해도 될 겁니다."

늘 듣는 진부한 말이었다. 그런 말로는 전혀 안심이 되지 않았다.

"탈륨 중독을 어떻게 처치해야 하는지 알고 있을까요?"

"그런 환자가 많지는 않지만 가능한 방법은 모두 시도해 볼 겁니다. 환자는 곧 괜찮아질 거예요."

나는 르죄느 경감을 바라보았다. 그가 진짜로 확신해서 하는 말인지, 아니면 단지 나를 위로하려고 하는 말인지 쉽게 분간이 되지 않았다.

"탈륨 중독이 확실합니까?"

"그래요, 확실히 입증되었습니다."

"그렇다면 '창백한 말' 뒤에 숨겨진 진실은 너무나 단순해요. 바로 독이었어요. 주술도, 최면술도, 과학을 이용한 죽음의 광선도 아닌 그저 평범한 독약일 뿐이었습니다! 사실 그녀는 그 사실을 바로 내 코앞에 들이댔습니다. 아마 내내 나를 비웃었을 겁니다."

"누굴 말하는 겁니까?"

"사이어자 그레이 말입니다. 창백한 말에 차를 마시러 간 첫날 오후에 보르자 가문과 '추적이 되지 않는 희귀한 독약'에 대해 이야기했습니다. 독약이 묻은 장갑 같은 것들에 대해서도 말했지요. 사이어자는 '흔하디 흔한 흰색 비소예요. 그 외에는 없어요.'라고 했어요. 이번 일도 그 정도로 단순했던 겁니다. 모두 속임수였어요! 몽환 상태와 하얀 수탉과 화로, 그리고 펜터그램과 부두교와 뒤집힌 십자가. 그들 모두가 미신에 사로잡힌 사람들을 위한 속임수였어요. 게다가 그 이상한 '상자'는 과학적인 현대식 사고를 가진 사람들을 속이기 위한 장치였어요. 영혼이니 마녀니 주문이니 하는 것은 믿지 않지만 광선이나 파동, 심리적인 현상이라고 하면 속아 넘어가니까요. 그 상자는 그저 색등과 소리 나는 진공관으로 조립한 장식용 전자 장비였을 뿐입니다. 현대인은 방사능 낙진과 스트론튬 90(방사성 동위 원소 ― 옮긴이)의 공포 속에서 하루하루 살아가고 있기 때문에 과학적 근거가 있다는 암시를 받으면 기꺼이 받아들입니다. 창백한 말의 전체적 설정은 모두 가짜였어요! 창백한 말은 위장이었을 뿐 그 이상도 이하도 아니었습니다. 사람들의 주의가 그쪽으로 쏠리면 다른 곳에서 무슨 일이 진행되고 있어도 의심하지 않을 테니까요. 게다가 그 위장술의 장점은 상당히 안전하다는 겁니다. 사이어자 그레이는 자신이 가진 신비한 힘에 대해 대놓고 자랑했습니다. 그런 것 때문에 살인 혐의를 받거나 법정에 불려 갈 일은 절대 없으니까요. 상자 역시 검사를 받으면 전혀 무해하다는 게 확인되겠지요. 어느 법정에서라도 그 모든 게 헛소리며 불가능하다는 판결을 내릴 거예요! 물론 실제로 그렇다는 게 밝혀졌지만 말입니다."

"그들 세 사람이 모두 공모자라고 생각합니까?"

르죄느 경감이 물었다.

"그렇지는 않아 보여요. 벨라는 진짜로 주술을 믿고 있으니까요. 자신의 힘을 믿고 있고 그 안에서 기쁨을 느낍니다. 시빌도 마찬가지입니다. 영매로서의 진짜 재능을 갖고 있고, 몽환 상태에 빠지면 무슨 일이 일어나는지조차 몰라요. 아마 사이어자가 한 말을 그대로 믿었을 거예요."

"그럼 사이어자가 주모자입니까?"

"창백한 말만 두고 보자면 그렇습니다. 하지만 그녀가 이 사건의 진짜 주모자는 아니라고 생각합니다. 진짜 주모자는 장막 뒤에서 움직입니다. 계획을 세우고 그것을 체계화하지요. 보시다시피 모든 일이 완벽하게 조화를 이루고 있지 않나요? 각자에게 주어진 일이 있고, 다른 사람의 일에는 전혀 관여하지 않습니다. 브래들리는 재정적인 면과 법적인 면을 관리합니다. 반면에 다른 데서 벌어지는 일은 전혀 몰라요. 물론 보수는 두둑하게 받을 거예요. 사이어자 그레이도 마찬가지입니다."

"모든 조각을 맞춰서 만족해 보이는군요."

르죄느 경감이 조금은 냉소적으로 말했다.

"그렇지 않아요. 아직은 아닙니다. 하지만 꼭 필요한 기본적 사실은 알아낸 셈이죠. 어느 시대에나 있었던 조잡하고 단순한 방법을 쓴 것입니다. 단순한 독살이었어요. 아주 친숙하면서도 치명적인 독약으로 말입니다."

"어떻게 탈륨이라는 게 바로 떠올랐습니까?"

"갑자기 여러 가지가 연결되더군요. 시작은 어느 날 밤 첼시에서 목격한 사건이었습니다. 한 여자가 다른 여자한테 머리카락을 한움큼이나 뽑혔습니다. 그런데도 그녀는 '별로 아프지 않아.'라고 말하더군요. 당시에는 그녀가 용감하다고 생각했지만 사실은 그게 아니었습니다. 단순하게도, 그녀는 실제로 아프지 않았던 겁니다. 미국에 있을 때 탈륨 중독에 대한 논문을 읽은 적이 있습니다. 공장에서 일하는 사람들이 병으로 차례차례 죽어 나갔는데, 병명이 참으로 다양했습니다. 내 기억이 맞다면, 그중에 파라티푸스, 졸중, 알코올성 신경염, 연수 마비, 간질, 위염 등이 있었습니다. 그리고 탈륨으로 일곱 명을 독살한 여자에 대한 기사도 읽은 적이 있습니다. 죽은 사람들은 뇌종양, 뇌염, 폐렴 등의 진단을 받았습니다. 탈륨 중독은 증상이 굉장히 다양하다고 알고 있습니다. 중독 증세를 보면 처음에 설사와 구토를 하다가 시간이 더 지나면 온몸에 통증이 생기기 시작하지요. 그런 다음 다발성 신경염이나 류머티즘 열이나 소아마비로 자리를 잡습니다. 때로는 피부에 착색이 일어나기도 하지요."

"마치 의학 사전을 읽는 것 같습니다!"

"당연하죠. 의학 사전을 찾아봤으니까요. 그런데 한 가지 증세만은 언제나 공통적으로 나타났습니다. 머리카락이 빠지는 거 말입니다. 탈륨은 한때 탈모제로 사용되기도 했습니다. 특히 버짐에 걸린 아이들에게 종종 사용되었지요. 그런데 나중에 위험하다는 판명이 났습니다. 내복약으로도 가끔씩 처방되었는데, 환자의 체중에 따라 양을 신중하게 조절해야 한답니다. 요새는 주로 쥐를 잡을 때 사용하는 걸로 알고 있습니다. 아무 맛도 없고 물에도 잘 녹을 뿐만 아니라 쉽게 구입할 수도 있습니다. 하지만 이번처럼 범행에 사용될 때는 무엇보다 독살로 의심받지 않도록 조심해야 하죠."

르죄느 경감이 고개를 끄덕였다.

"맞아요, 그래서 창백한 말에서는 살인자가 희생자로부터 멀리 떨어져 있어야 한다고 주장한 거로군요. 의심을 받아서는 안 되니까요. 희생자와 관련된 사람 중 희생자가 먹는 음식이나 음료에 접근한 사람은 아무도 없었습니다. 탈륨이나 다른 독약을 산 적도 없지요. 그거야말로 이 사업의 가장 큰 장점입니다. 진짜 작업은 희생자와 아무 관련이 없는 사람이 실행합니다. 그것도 딱 한 번 모습을 드러내는 사람이지요."

르죄느 경감이 잠시 말을 멈추었다가 내게 물었다.

"거기에 대해 어떤 생각을 가지고 있는지 말해 줄 수 있습니까?"

"네, 모든 경우에 공통되는 요소가 있습니다. 선량해 보이는 상냥한 여자가 소비자 조사 단체에서 나왔다고 하면서 설문지를 가지고 찾아옵니다."

"그 여자가 독약을 들여놓는 사람이라고 생각합니까? 혹시 샘플 같은 걸로?"

나는 약간 뜸을 들인 뒤 천천히 대답했다.

"그렇게 간단할 것 같지는 않습니다. 그들은 그저 단순한 조사원일 거예요. 하지만 어쨌거나 사건에 개입되어 있습니다. 토튼햄 코트의 에스프레소 카페에서 일하는 아일린 브랜던이라는 여자와 얘기해 보면 뭔가 알아낼 수 있을 겁니다."

II

아일린 브랜던에 대해서는 포피가 제법 날카롭게 묘사한 것 같았다. 포피 자신의 관점에서 보면 말이다. 구불거리는 짧은 검은 머리에 최소한의 화장, 아주 실용적인 신발을 신고 있었다. 남편이 자동차 사고로 죽은 뒤 남겨진 아이 둘을 혼자 키우고 있다고 했다. 지금의 직장을 다니기 전에는 1년 조금 넘게 CRC라는 소비자 조사 회사에서 일했는데, 그런 종류의 일을 좋아하지 않았기 때문에 그곳을 그만두었다고 했다.

"왜 그 일을 좋아하지 않았는지 물어봐도 될까요?"

르죄느 경감이 묻자, 여자가 그를 물끄러미 바라보았다.

"경찰이죠? 그렇죠?"

"맞습니다, 브랜던 부인."

"그 회사에 뭔가 수상한 점이 있나요?"

"그건 제가 하고 싶은 질문입니다. 그런 의심이 들어서 회사를 떠났습니까?"

"뚜렷한 이유는 없어요. 경찰에 말할 만큼 구체적인 건 아무것도 없어요."

"당연히 그렇게 대답하실 거라 생각했습니다. 부인을 이해합니다. 하지만 비밀은 철저하게 보장해 드릴 테니 안심하고 말씀해 주십시오."

"하지만 이야기할 만한 게 별로 없어요."

"왜 그만두고 싶었는지 이유만 말씀해 주시면 됩니다."

"일을 하는 동안 저도 모르게 어떤 일이 몰래 진행되고 있다는 느낌을 받았어요."

"뭔가 비리가 있는 회사 같았다는 뜻입니까?"

"비슷해요. 회사를 운영하는 방식도 그다지 효율적이지 않았어요. 겉으로 보여지는 것 외에 다른 목적이 숨겨져 있다는 의심이 들더군요. 하지만 그게 어떤 건지는 저도 정확히 몰라요."

르죄느 경감은 회사에서 어떤 일을 시켰는지 물었다. 브랜던 부인의 말에 의하면, 회사에서는 사람들의 주소와 이름이 적힌 목록을 나눠 준 다음, 그들을 방문해서 설문을 하고 답을 받아 오게 했다고 한다.

"그게 어째서 수상한 일이라고 생각하게 되었죠?"

"질문이 소비자 조사의 일반적인 방식을 따르는 것 같지 않았어요. 체계도 없고 그때그때 닥치는 대로 했으니까요. 뭐라고 해야 하나? 뭔가 다른 걸 숨기기 위한 방편 같았어요."

"무얼 숨기기 위한 건지는 전혀 짐작이 가지 않았나요?"

"네, 그래서 더 당혹스러웠는지도 몰라요."

그녀는 잠시 쉬었다가 자신 없는 목소리로 말했다.

"한번은 강도 짓이라도 하려고 몰래 정보를 수집하는 게 아닌가 생각했어요. 하지만 그런 것 같진 않았어요. 방의 구조나 자물쇠에 대해서는 한 번도 묻지 않았거든요. 혹은 주인이 언제 집을 비울지도 묻지 않았지요."

"설문지에서는 주로 어떤 걸 다뤘습니까?"

"다양했어요. 시리얼이나 케이크 가루 같은 식료품에 대해서 묻기도 하고, 비누나 표백제에 대해서도 물었어요. 때로는 파우더, 립스틱, 크림과 같은 화장품에 대해서도 물었죠. 아스피린, 기침약, 수면제, 각성제, 구강 청정제, 소화제와 같은 약품류도 물어봤어요."

"특정 제품의 샘플을 나눠 주는 일은 없었나요?"

르쾨느 경감이 슬쩍 물었다.

"아뇨. 그런 일은 없었어요."

"단지 질문을 하고 답을 적어 왔을 뿐인가요?"

"네."

"설문의 목적이 무엇이라고 하던가요?"

"그게 가장 이상한 부분이었어요. 한 번도 정확하게 들은 적이 없거든요. 그냥 어떤 제조 회사에 정보를 제공하기 위해 필요하다고만 했어요. 하지만 일을 터무니없이 미숙하게 처리했고, 전혀 체계적이지도 않았어요."

"혹시 질문 중에 어떤 한두 개의 질문만 그 회사에서 필요로 하는 주된 목적이고 나머지는 그걸 위장하기 위한 것이었을 가능성은 없습니까?"

그녀는 얼굴을 약간 찡그려 가며 그 점에 대해 곰곰이 생각해 보더니 고개를 끄덕였다.

"네, 그런 거라면 그 산만한 질문들을 설명할 수 있겠군요. 하지만 어느 게 중요한 질문인지는 모르겠어요."

르죄느 경감이 브랜던 부인에게 날카로운 시선을 던지며 물었다.

"지금 우리에게 말한 것 말고 무언가가 또 있지요?"

"더 말해 주고 싶어도 더 이상은 없어요. 저는 단지 전체적으로 뭔가 수상하다고만 느꼈을 뿐이에요. 그래서 같이 일하던 데이비스 부인에게 말했는데……."

"데이비스 부인에게 말했군요. 그래서요?"

르죄느 경감의 목소리는 침착했다.

"데이비스 부인 역시 별로 탐탁해 하지 않았어요."

"어째서 그랬는지 여쭤 봐도 될까요?"

"우연히 뭔가 엿들었다고 하더군요."

"무엇을 말입니까?"

"아까 말씀드렸듯이 그게 명확하지 않아요. 길게 이야기하지는 않았거든요. 회사에서 못된 계획을 꾸미고 있다고 하더군요. 데이비스 부인은 '보이는 것과는 달라. 하지만 뭐 어때? 우리에겐 영향이 없잖아. 보수도 굉장히 좋은 데다 불법적인 일을 시키는 것도 아니고 말이야. 그러니까 골치 아플 필요는 없다고 봐.'라고 했어요."

"그게 전부입니까?"

"다른 말도 했는데, 지금 생각해도 그게 무슨 말인지 통 모르겠어요. 데이비스 부인이 '때때로 내가 전염병 보균자가 된 것 같아.'라고 했어요. 그때도 무슨 말인지 전혀 이해하지 못했어요."

르쾨느 경감이 주머니에서 종이를 꺼내 그녀에게 건넸다.

"거기 적힌 이름 중에 아는 이름이 있습니까? 아니면 거기 있는 누군가를 방문했던 적은요?"

"기억하지 못할 거예요. 너무 많은 사람을 만나서……."

종이를 받아들고 목록을 읽어내려 가던 눈길이 어느 한곳에 정지했다. 브랜던 부인이 말했다.

"오메로드."

"오메로드란 사람을 기억해요?"

"아니요. 하지만 데이비스 부인이 그 사람에 대해 말한 적이 있어요. 너무 갑자기 죽었어요. 아마 뇌출혈이었을 거예요. 데이비스 부인은 그 일로 몹시 혼란스러워했어요. '2주 전에 내 목록에 있던 사람이야. 굉장히 건강해 보였는데……' 전염병 보균자 이야기를 꺼 낸 것도 그 다음이었어요. '어떤 사람들은 나를 한 번 만난 것만으 로 온몸을 비틀며 죽어 버리지.' 그렇게 말하고는 크게 웃음을 터뜨 리더니 그냥 우연의 일치일 뿐이라고 말했어요. 물론 즐거워서 웃 었을 리는 없어요. 하지만 자기는 그것 때문에 괜히 걱정하지는 않 겠다고 하더군요."

"그게 전부입니까?"

"글쎄요……"

"좀 더 생각해 보세요."

"그러고 나서 얼마 뒤의 일이에요. 한동안 그녀를 보지 못했는데, 하루는 소호에 있는 레스토랑에서 우연히 그녀를 다시 만났어요. 저는 그녀에게 소비자 조사 연구소를 나와서 다른 일을 하고 있다 고 얘기했어요. 그러자 이유를 묻더군요. 저는 저도 모르게 무슨 일 이 진행되고 있는 것 같아 불안했다고 대답했어요. 그러자 '아마 당 신이 현명한 건지도 몰라. 하지만 보수는 많고 일하는 시간은 짧아. 결국 우리 모두 주어진 기회를 잡아야 하는 거잖아! 지금까지 살아 오면서 나 역시 운이라곤 없었는데, 왜 다른 사람한테 일어난 불행 까지 신경 써야 해?'라고 말하더군요. '무슨 말을 하는 건지 모르겠 어. 정확하게 그 회사의 문제가 뭐야?' 하고 제가 물었어요. '나도 확신하지는 못해. 하지만 어떤 사람을 봤어. 그 사람과는 전혀 상관 없는 집에서 나오는데, 손에 연장 가방을 들고 있었어. 그 남자가 그 걸로 무슨 일을 한 걸까?' 그녀가 불안해하며 말했어요. 그러더니 창백한 말이라는 여인숙을 운영하는 여자와 마주친 적이 있는지 묻더군요. 저는 창백한 말이 이 일과 무슨 상관이 있냐고 물었어요."

"뭐라고 하던가요?"

"그냥 씩 웃더니, '성경을 읽어 봐.'라고 말하더군요. 무슨 뜻으로 그런 말을 한 건지는 모르겠어요. 그게 마지막 만남이었어요. 지금은 어디 사는지, 아직 소비자 조사 연구소에서 일하는지, 아니면 그만뒀는지 모르겠네요."

"데이비스 부인은 죽었습니다."

르죄느 경감이 말했다.

브랜던 부인은 깜짝 놀랐다.

"죽어요? 하지만 어떻게?"

"폐렴으로요. 두 달 전이었습니다."

"오, 이런! 정말 안타까운 일이네요."

"더 할 말은 없습니까, 브랜던 부인?"

"없어요. 참, 다른 사람들이 창백한 말을 언급하는 걸 들은 적이 있어요. 하지만 그게 뭐냐고 물어보자 즉시 입을 다물더군요. 잔뜩 두려워하는 표정을 하고서요."

그녀도 불안한 표정이었다.

"르죄느 경감님, 저는 위험한 일에 얽히고 싶지 않아요. 키워야 할 어린애가 둘이에요. 솔직히 말해서 말씀드린 것 이상은 알고 있지도 않아요."

르죄느 경감은 날카로운 눈빛으로 여자를 관찰했다. 그러고 나서 고개를 끄덕이고는 여자를 보내 주었다.

"이걸로 좀 더 알게 되었군요."

브랜던 부인이 가고 나자 르죄느 경감이 말했다.

"데이비스 부인은 너무 많은 걸 알게 되었나 봅니다. 무슨 일이 벌어지든 애써 눈을 감아 버리려고 했지만 틀림없이 거기에 대해 많은 의혹을 갖게 되었을 겁니다. 그러다가 갑자기 병에 걸려 죽게 되자 신부를 불러 달라고 했고, 알고 있던 일과 의심하던 일을 신부에게 모두 털어놓았습니다. 그녀가 얼마나 알고 있었는지 그게 문제입니다. 종이에 적힌 사람들은 그녀가 방문한 후에 갑자기 죽어 버린 사람들이겠죠. 그래서 전염병 보균자 얘기가 나왔을 거고요. 여기서 핵심은 아무 관련 없는 집에서 일꾼인 척하며 나오던 그 남자, 데이비스 부인이 본 그 사람이 과연 누구냐는 것입니다. 그거야 말로 그녀의 생명을 위협하는 지식이었을 겁니다. 만약 그녀가 봤다면 그 역시 그녀를 봤을 겁니다. 혹은 그녀가 봤다는 걸 알아차렸 겠지요. 그 특별한 사실을 그녀가 고먼 신부에게 전했다면 고먼 신부가 다른 사람에게 알리기 전에 그를 죽여야 했을 겁니다."

르죄느 경감이 나를 바라보며 내 생각을 물었다.

"동의하시죠? 틀림없이 그랬을 겁니다."

"저도 동의합니다."

"그 남자가 누구인지 혹시 짐작이라도 가십니까?"

"짐작은 가지만……."

"알겠습니다. 우리에겐 더 확실한 증거가 필요합니다."

르죄느 경감은 잠시 침묵하더니 곧 자리에서 일어섰다.

"하지만 잡고야 말 겁니다. 절대 실수를 해서는 안 됩니다. 일단 누군지만 알아내면 그를 잡는 건 식은 죽 먹기죠. 온갖 방법을 다 동원해서라도 꼭 잡고 말겠습니다!"

제23장

마크 이스터브룩의 이야기

2주 후, 프라이어스 코트의 정문 앞에 자동차 한 대가 멈춰 섰다.

자동차에서 네 명의 남자가 내렸다. 나도 그중 한 명이었다. 르쬐느 경감과 리 경사도 있었다. 네 번째 남자는 오즈본이었는데, 우리 일원으로 뽑혔다는 데 기쁨과 흥분을 감추지 못한 것처럼 상기되어 보였다.

"아시겠지만 입을 꾹 다물고 계셔야 합니다."

르쬐느 경감이 오즈본에게 경고했다.

"알겠습니다, 경감님. 절 믿으셔도 됩니다. 단 한 마디도 하지 않겠습니다."

"그러길 바랍니다."

"제게는 아주 커다란 특권입니다. 여기까지 오게 된 까닭은 잘 모르겠지만……."

하지만 누구도 그 이유를 설명해 주려고 하지 않았다.

르죄느 경감이 벨을 눌렀고, 비너블스 씨를 만나러 왔다고 했다. 우리 네 사람은 사절단처럼 안내를 받아 집 안으로 들어갔다.

우리의 이와 같은 방문에 내심 놀랐다고 해도 비너블스는 그런 내색을 밖으로 드러낼 사람이 아니었다. 오히려 그는 대단히 예의 바르고 세련된 매너를 보여 주었다. 비너블스가 손님들을 위해 휠 체어를 뒤로 약간 밀어 주변 공간을 넓히는 동안, 나는 다시 한 번 그의 개성 있는 외모에 감탄했다. 고풍스러운 목 칼라 사이로 오르 락내리락하는 결후와 툭 튀어나온 매부리코 덕분에 더욱 각이 져 보이는 옆얼굴!

"다시 만나서 반갑습니다, 이스터브룩 씨. 요즘엔 이곳에서 많은 시간을 보내고 있는 것 같군요."

말투에서 희미하게나마 조소가 느껴졌다. 비너블스는 르죄느 경 감을 돌아보며 말을 계속했다.

"혹시 르죄느 경감님 아니십니까? 갑자기 호기심이 부쩍 솟는군 요. 여긴 너무나 평화로워서 범죄라고는 찾아볼 수도 없는 곳인데, 경감님이 이렇게 찾아오시다니 말입니다. 제가 무엇을 도와드릴까 요, 경감님?"

르죄느 경감은 대단히 매우 조용하고 온화하게 대답했다.

"비너블스 씨, 당신에게 도움을 받을 만한 일이 좀 있어서 찾아왔 습니다."

"많이 들어 본 소리군요, 그렇지 않나요? 자, 그럼 제가 어떤 식으로 도와드릴 수 있는지 말씀해 주시지요."

"지난 10월 7일에 고먼이라는 사제가 패딩턴의 웨스트 가에서 살해당했습니다. 저녁 7시 45분에서 8시 15분 사이에 당신이 그 근처에 있었다는 소리를 들었습니다. 혹시 그 사건에 도움이 될 만한 것을 목격하지 못했습니까?"

"제가 정말 그 시간에 그 근처에 있었다고 합디까? 믿어지지 않는군요. 제가 기억하는 한 그 지역에는 한 번도 간 적이 없습니다. 관심 있는 경매가 있는 날이나 병원에 검사를 받으러 이따금씩 런던에 가긴 합니다만."

"아마도 할리 가의 윌리엄 더그데일 경에게 검사를 받으러 가시겠죠?"

"무척 잘 알고 계시군요, 르죄느 경감님."

비너블스가 르죄느 경감을 차갑게 쏘아보며 말했다.

"원하는 만큼은 아닙니다. 하지만 그곳에 없었다고 하시니, 우리가 기대했던 식으로는 도와주실 수 없겠군요. 어찌 됐든 제가 먼저 실례를 범했으니, 고먼 신부님의 죽음과 관련된 사실을 설명드려야 할 것 같군요."

"좋으실 대로 하십시오. 여하튼 저는 지금까지 한 번도 들어 보지 못한 이름입니다."

"고먼 신부님은 그 안개 낀 저녁에 죽음의 문턱에 선 이웃 여자에게 불려 갔습니다. 여자는 어떤 범죄 조직에 관련되어 있었는데, 처음에는 거의 의식하지 못하다가 나중에 자신의 일에 대해 차츰 의심을 하게 되었습니다. 불필요한 사람을 제거하는 전문적인 조직이었는데, 일을 해 준 대가로 상당한 대가를 받았습니다."

"새로운 아이디어는 아니군요. 미국에는 이미 그런 일이 판을 치고 있지요."

비너블스가 말했다.

"하지만 이 범죄 조직에는 새로운 특징이 몇 개 있었습니다. 표면적으로는 심리적인 방법이라 불릴 만한 수단에 의해 살해가 이루어진다는 것입니다. 그러니까, 누구나 가지고 있는 '죽음을 바라는 욕망'을 자극해서……."

"문제의 인물이 자살하게 만든다는 겁니까? 사실이라고 믿기엔 너무 허무맹랑하게 들리는군요."

"자살이 아닙니다, 비너블스 씨. 문제의 인물은 완벽하게 자연적인 죽음을 맞이합니다."

"거참, 당신은 그런 소리를 믿습니까? 냉정하기로 소문난 경찰 맞습니까? 이제껏 만난 경찰들과는 전혀 다른 사고방식을 가지고 있군요!"

"조직의 본부는 '창백한 말'이라 불리는 곳입니다."

"아! 이제 이해가 가는군요. 그것 때문에 이 기분 좋은 시골 마을까지 오셨군요. 제 친구 사이어자 그레이와 그녀의 헛소리 때문에? 저는 그녀가 자신이 떠벌리는 말들을 실제로 믿는지 그것조차 의심이 갑니다. 사이어자 그레이에게는 멍청한 영매 친구와 저녁 식사를 준비해 주는 마녀가 있지요. (그 여자의 요리를 먹다니 꽤 용감해요.

언제라도 수프에 독미나리를 넣을 수 있잖아요!) 그 세 명의 여자는 이곳에서 꽤 평판을 얻고 있습니다. 물론 대단히 나쁜 평판이죠. 하지만 런던 경시청이나 당신이 소속된 기관에서 그걸 진지하게 받아들이고 있다는 말을 하려는 건 아니겠죠?"

"비너블스 씨, 실제로 우리는 그 사실을 아주 진지하게 받아들이고 있습니다."

"사이어자가 헛소리를 주절대고, 시빌이 몽환 상태에 빠지고, 벨라가 흑마술을 한다고 해서, 그 결과로 누군가 죽는다는 겁니까? 그걸 믿어요?"

"오! 아닙니다, 비너블스 씨. 희생자들의 사인은 그보다 훨씬 간단합니다."

르죄느 경감은 잠시 말을 끊었다가 계속했다.

"사인은 탈륨 중독입니다."

순간적으로 고요한 침묵이 흘렀다.

"뭐라고 말씀하셨죠?"

"탈륨에 의한 중독입니다. 상당히 단순하고 명쾌한 방법이죠. 단지 그것을 위장할 필요는 있었을 것입니다. 현대적인 전문 용어와 오랜 미신으로 강화시킨 사이비 과학과 심리학적인 무대보다 더 나은 위장술이 어디 있겠습니까? 독약이라는 단순한 사실에서 주의를 돌리기 위해 세심하게 신경을 쓴 것입니다."

"탈륨이라…… 들어 본 적이 없는데요."

비너블스가 얼굴을 찡그렸다.

"그래요? 요즘엔 쥐 잡는 데 널리 쓰이죠. 가끔씩 버짐에 걸린 아이들을 탈모시키는 데 쓰기도 합니다. 또 상당히 쉽게 구할 수 있습니다. 그런데 놀랍게도 이 집 온실 한 귀퉁이에 탈륨 한 봉지가 감춰져 있더군요."

"우리 집 온실에 말입니까? 그럴 리가 없습니다."

"분명히 거기 있었습니다. 이미 조금 가져다가 검사도 끝낸 상태입니다."

비너블스는 약간 흥분한 것처럼 보였다.

"틀림없이 다른 사람이 거기에 갖다 두었을 겁니다. 나는 모르는 일입니다. 전혀 모릅니다!"

"그렇습니까? 당신은 엄청난 부자입니다. 그렇죠, 비너블스 씨?"

"그게 우리가 지금 하고 있는 이야기와 무슨 상관이 있습니까?"

"국세청에서 최근에 곤란한 질문들을 계속 해 오고 있지 않습니까? 특히 당신의 소득원에 대해서요."

"영국은 세금 제도 때문에 살기 무척 나쁜 곳입니다. 그래서 최근에는 버뮤다에 가서 살아 볼까 진지하게 고려하는 중입니다."

"당분간은 버뮤다에 가지 못할 거라고 생각합니다."

"협박하는 건가요, 르죄느 경감님? 만약 그렇다면……."

"아닙니다, 비너블스 씨. 단지 의견을 표한 것뿐입니다. 이 조그만 사기극이 어떻게 착수되었는지 듣고 싶지 않으십니까?"

"단단히 작정한 것 같으니 말씀해 보십시오."

"구성이 대단히 잘 되어 있었습니다. 재정적인 세부 사항은 브래들리라는 개업 금지 처분을 당한 변호사가 처리했습니다. 브래들리는 버밍엄에 사무실을 갖고 있습니다. 잠재 고객은 그곳으로 찾아가서 그와 협상을 합니다. 말하자면 누군가가 정해 놓은 기간 안에 죽을지 안 죽을지에 대해 내기를 거는 겁니다. 내기를 매우 좋아하는 브래들리는 대개 비관적인 곳에 돈을 겁니다. 고객은 그보다는 낙관적인 곳에 돈을 걸지요. 브래들리가 이기면 돈은 신속하게 지불되어야 합니다. 그렇지 않으면 불유쾌한 일이 일어날 수 있기 때문입니다. 브래들리가 해야 할 일은 그게 전부입니다. 내기를 걸기만 하면 되는 거예요. 간단하죠? 그렇지 않습니까? 이제 고객은 창백한 말을 방문합니다. 사이어자 그레이와 친구들이 쇼를 한판 벌이고, 대개는 의도한 대로 강렬한 인상을 남깁니다. 이제 모든 소동 뒤에 숨겨진 간단한 사실을 알려 드리겠습니다. 숱한 소비자 조사 기관 중 하나에 고용된 여자 직원이 설문지를 들고 특정 동네를 조사하러 나옵니다. '어떤 빵을 좋아하세요? 어떤 화장실 용품과 화장품을 쓰세요? 진정제, 소화제, 변비약, 강장제는 뭘 쓰시죠?' 사람들은 반사적으로 질문에 대답합니다. 간단한 대답이라 대부분 거절하지 않습니다. 이제 마지막 단계입니다. 이것 역시 간단하고 대담하며, 성공적으로 이루어집니다! 음모의 주모자가 직접 수행하는 유일한 행동입니다. 짐꾼 유니폼을 입고 있을 수도 있고, 가스나 전기 계량기를 검침하러 나온 사람일 수도 있습니다. 배관공, 전기 기사, 수선공일 수도 있습니다. 어떻든 그는 누가 보여 달라고 할 경우를 대비해 자격증 비슷한 것도 갖고 있습니다. 대부분은 자격증을 보여 달라고 하지 않지요. 그 사람이 어떤 역할을 연기하고 있든 간에 그의 진짜 목적은 아주 단순합니다. 피해자가 사용하고 있는(소비자 조사 연구소의 설문 조사를 통해 알게 된) 물품을 가지고 온 물품으로 바꿔 놓는 겁니다. 수도꼭지를 달거나 미터기나 수압을 검사할 수도 있지만, 진짜 목적은 바꿔치기입니다. 그는 목적을 이루고 나면 그 근방에 다시는 모습을 나타내지 않습니다. 며칠 동안은 아무 일도 일어나지 않습니다. 하지만 조만간 희생자에게 병세가 나타납니다. 의사가 와도 이상하다고 의심할 만한 근거가 전혀 없습니다. 환자가 먹은 음식이나 음료에 대해서는 물어도 환자가 몇 년 동안 써 온 일상적인 물품에 대해서는 전혀 의심하지 않습니다. 이 계획의 백미가 뭔지 아십니까, 비너블스 씨? '조직의 우두머리가 실제로 무얼 하고 있는지'는 오직 그 자신만이 알고 있다는 겁니다. 따라서 우두머리를 폭로할 사람은 아무도 없습니다."

"당신은 그 사실들을 어떻게 알게 되었습니까?"

비너블스가 유쾌하게 물었다.

"어떤 사람이 의심스러울 때 확인하는 방법이 몇 가지 있습니다."

"그래요? 이를테면 어떤 거죠?"

"여러 가지 방법이 있지만, 간단히 사진기 같은 기계를 사용할 수도 있습니다. 요즘에는 온갖 정교한 기계들이 다 있지요. 전혀 눈치채지 못하게 어떤 사람의 사진을 찍을 수도 있습니다. 예를 들어 우리에게는 유니폼 입은 짐꾼이나 가스 검침원 등의 사진이 몇 장 있습니다. 가짜 콧수염이나 틀니로 위장할 수도 있습니다만 문제의 남자가 누군지 알아볼 수는 있습니다. 그것도 상당히 쉽게 말입니다. 처음에는 가짜 이스터브룩 부인인 캐더린 코리건 양이 도움을 주었고, 이디스 빈스라는 여자도 신원을 확인하는 데 큰 도움이 되었습니다. 사람의 얼굴을 식별한다는 건 참으로 흥미로운 일입니다. 예를 들어 여기 있는 오즈본 씨는 10월 7일 밤 8시경 바턴 거리에서 고면 신부님을 따라가는 당신을 보았다고 증언했습니다."

오즈본이 흥분으로 부들부들 떨며 앞으로 나섰다.

"그래요! 나는 분명히 당신을 보았습니다! 그리고 정확하게 당신의 생김새를 기억해 냈습니다!"

르죄느 경감이 오즈본을 보며 말했다.

"아마도 지나치게 정확한 게 아닐까 싶습니다. 약국 문 앞에 서 있던 그날 밤 당신은 비너블스 씨를 보지 못했습니다. 당신은 거기가 아닌 길 건너편에 서 있었기 때문입니다. 그리고 웨스트 가로 접어들 때까지 고면 신부님을 뒤따라가다가 다가가서 그를 잔인하게 죽였습니다……."

그러자 오즈본이 크게 외쳤다.

"말도 안 돼요!"

오즈본의 표정이 매우 우스꽝스럽게 보였다! 턱이라도 빠진 것처럼 크게 벌린 입과 핏발이 선 두 눈…….

"소개시켜 드리겠습니다, 비너블스 씨. 이쪽은 자카리아 오즈본 씨입니다. 바턴 가에 있는 약국의 주인이었습니다. 제 이야기를 들으면 오즈본 씨에게 개인적으로 큰 관심을 가지게 될 겁니다. 오즈본 씨는 우리가 당신을 감시하고 있는 동안에 이곳 온실에 탈륨 봉지를 숨길 정도로 현명치 못했습니다. 장애자인 것도 모르고 당신을 이 연극의 악당으로 출연시키고는 즐거워했습니다. 그리고 대단히 완고하게도, 그리고 대단히 어리석게도 자신의 실수를 인정하지 못했습니다."

"어리석다고? 감히 나한테 어리석다고 하다니……. 내가 무얼 해냈는지 안다면, 내가 무얼 할 수 있는지, 내가……."

오즈본은 화가 나서 몸을 부르르 떨며 빠르게 지껄였다.

르죄느 경감이 그 모습을 보고 신중하게 결론을 내렸다. 마치 낚시할 때 물고기를 가지고 노는 사람 같았다.

"너무 영리하게 굴지 말아야 했습니다. 당신이 약국에 가만히 물러앉아 있었으면 나도 여기까지 못 왔을 겁니다. 의무에 따라 미리 알려드립니다. 당신은 묵비권을 행사할 권리가 있고 당신이 하는 말은……."

오즈본이 비명을 지르기 시작했다.

제24장

마크 이스터브룩의 이야기

"르죄느 경감님, 묻고 싶은 것이 많습니다."

공식적인 절차가 끝난 뒤 나는 르죄느 경감을 붙잡았다. 우리는 커다란 맥주잔을 앞에 놓고 마주 보며 앉았다.

"좋습니다, 이스터브룩 씨. 당신도 꽤 놀랐을 테지요."

"그렇습니다. 저는 계속 비너블스 씨를 의심하고 있었습니다. 최소한의 힌트라도 주시지……."

"힌트를 줄 만한 여유가 없었습니다, 이스터브룩 씨. 이런 일은 비밀리에 진행해야 합니다. 저들은 아주 교활하니까요. 솔직히 말하자면, 우리에게도 확실한 증거가 없었습니다. 그래서 비너블스 씨의 협조를 얻어 일종의 연극을 했습니다. 정해진 장소로 끌어들여서 갑자기 들이대는 수밖에 없었습니다. 그대로 무너져 내리기를 바라면서요. 어쨌거나 효과가 있었습니다."

"오즈본은 거의 미친 사람 같더군요."

내가 씁쓸하게 말했다.

"경계를 넘어갔다고 할 수 있겠지요. 처음에는 아니었을 겁니다. 하지만 살인 같은 범죄는 본인에게도 많은 영향을 끼칩니다. 자신을 실제보다 크고 강하다고 느끼고 전능한 신이라도 된 것처럼 생각합니다. 하지만 아닙니다. 언젠가는 발각될 나쁜 놈일 뿐이지요. 그 사실을 갑자기 직면하게 되면 자아는 견뎌 내지 못합니다. 비명을 지르고 마구 화를 내면서 자기가 이룬 일과 스스로 얼마나 영리한지를 자랑합니다. 당신도 보았듯이 말입니다."

나는 고개를 끄덕였다.

"그럼 비너블스 씨도 연극에 동참했군요. 기꺼이 돕겠다고 했습니까?"

"재미있었나 봅니다. 게다가 선행은 반드시 되돌아온다고 말할 만큼 뻔뻔하기까지 하더군요."

"무슨 뜻이죠?"

"글쎄요, 극비라 말하면 안 되는 거지만 비공식적으로 말하겠습니다. 대략 8년 전에 대규모 은행 강도 사건이 연달아 터졌습니다. 매번 동일한 수법이었고 범인들은 무사히 달아났습니다! 실제 범행에는 가담하지 않은 누군가가 치밀하게 세운 계획대로 습격이 이루어졌습니다. 그 사람은 많은 돈을 가지고 유유히 사라졌습니다. 혐의는 있었지만 증거가 없었기 때문에 경찰에서도 어쩔 수가 없었지요. 그는 너무나 영리했습니다. 특히 재정적인 면에서는 더욱 그랬습니다. 게다가 한 번 사용한 수법은 다시 시도하지 않는 센스까지 갖추고 있었습니다. 그 이상은 말하지 않겠습니다. 영리한 범죄자이긴 하지만 살인자는 아닙니다. 죽은 사람은 없었으니까요."

나는 다시 자카리아 오즈본에게로 주제를 돌렸다.

"처음부터 오즈본을 의심했습니까?"

"글쎄요, 그는 스스로 경찰의 관심을 끌었습니다. 아까도 말했듯이, 그가 가만히 물러앉아 있었다면 존경받을 만한 약사가 이런 사업과 연결되어 있다고는 꿈도 꾸지 못했을 겁니다. 하지만 재미있게도 살인자들은 가만히 앉아 있는 걸 참지 못합니다. 조용히 내버려 두지 못하는 겁니다. 그 이유는 모르겠지만……."

"사이어자 그레이가 말한 죽음을 바라는 욕망의 변주곡인 모양입니다."

내가 쓸쓸하게 말했다.

"사이어자 그레이가 했던 말들은 빨리 잊는 게 좋을 겁니다."

르죄느 경감이 엄하게 말했다. 그는 잠시 뒤 한 마디를 덧붙였다.

"사실 저는 외로워서 그랬을 거라고 생각합니다. 그녀 자신은 너무나 똑똑한데, 그걸 자랑할 데가 없었으니까요."

"언제부터 오즈본을 의심하기 시작했는지 아직 말해 주시지 않았습니다."

"오즈본이 거짓말을 시작할 때부터였습니다. 우리는 그날 밤 고먼 신부님을 본 사람은 경찰에 제보해 달라고 요청했습니다. 오즈본이 당장 연락을 해 왔는데, 그 진술이란 게 속이 훤히 보이는 거짓말이었습니다. 고면 신부님을 따라가는 남자를 보았다고 하면서 남자의 생김새를 묘사했는데, 그런 안개 낀 밤에 길 건너편의 남자를 보았을 가능성은 거의 희박합니다. 옆모습이라고 해 봤자 매부리코는 겨우 어떻게 볼 수 있겠지만 결후까지는 아닙니다. 그건 너무 지나쳤습니다. 물론 어느 정도 결백한 거짓말이었을 수도 있습니다. 단순히 중요 인사가 되고 싶었던 거라면요. 많은 사람들이 그런 식으로 행동하니까요. 하지만 오즈본에게 관심을 갖게 된 것은 정말 호기심을 끄는 사람이었기 때문이었습니다. 그는 제게 자기 얘기를 한없이 늘어놓기 시작했습니다. 별로 현명하지 못한 일이었지요. 제게는 그가 주목받고 싶어 안달하는 인물처럼 보였습니다. 아버지의 구식 사업을 물려받는 데 불만이 많았던 그는 집을 나가서 연극 무대에서 행운을 시험해 봤지만 성공하지 못했습니다. 아마도 역할을 맡지 못했을 겁니다. 아니면 그에게 연기를 지도해 줄 만한 사람을 만나지 못했거나요! 살인 공판의 증인이 되어서 독약을 사러 왔던 남자를 정확히 지목하고 싶다는 야심을 말할 때는 아마도 진심이었을 겁니다. 오랫동안 그런 생각을 했겠지요. 진짜 큰 범죄자, 너무 영리해서 범죄망을 유유히 빠져나가는 지능적인 범죄자가 되겠다는 생각이 어느 시점에서 머릿속에 떠오른 건지는 모르겠습니다. 하지만 모두 추측일 뿐입니다. 원래 하던 얘기로 돌아가자면, 오즈본이 그날 밤 보았다는 남자에 대한 묘사는 매우 흥미로웠습니다. 그건 실제로 어디선가 한 번 정도 본 사람에 대한 자세한 묘사였습니다. 사람을 묘사해 내는 일은 여간 힘든 게 아닙니다.

눈, 코, 턱, 귀, 자세, 그 외 다른 것들. 한번 실험해 보세요. 무의식적으로 전차나 기차, 버스 안에서 봤던 사람을 묘사하고 있다는 걸 알게 될 겁니다. 오즈본도 특이한 인상을 가진 어떤 남자를 자세히 묘사했습니다. 본머스에서 차에 타고 있는 비너블스 씨를 보고 강한 인상을 받았을 수도 있습니다. 아마 차에 탄 걸 봐서 그가 장애자라는 걸 미처 알지 못했을 겁니다. 오즈본에게 계속 관심을 가진 또 다른 이유는 약사라는 점입니다. 그 목록이 마약 거래단과 연결되지 않았을까 생각하고 있었으니까요. 실제로는 그렇지 않았습니다. 따라서 오즈본이 계속해서 수사에 개입하지 않았다면, 저로서도 오즈본에 대해서는 다 잊어버리고 말았을 겁니다. 그는 우리가 무얼 하고 있는지 알고 싶어서 문제의 남자를 머치 디핑의 자선 바자회에서 보았다는 내용의 편지를 썼습니다. 그때까지도 비너블스 씨가 소아마비 환자라는 걸 몰랐을 겁니다. 그 사실을 알았을 때는 그가 가진 허영심 때문에 입을 다물 만한 분별력이 사라지고 말았을 겁니다. 범죄자가 가진 전형적인 허영심이지요. 한순간이라도 자신이 틀렸다는 걸 인정할 수가 없는 겁니다. 그는 바보같이 자기 주장에 계속 집착했고, 온갖 종류의 터무니없는 이론들을 내놓았습니다. 본머스에 있는 방갈로를 방문한 적이 있는데 대단히 흥미로웠습니다. 그 집 이름에 이 사업의 모토가 드러나 있었습니다. 에베레스트(Everest)라는 이름을 붙였더군요. 홀에 에베레스트 산 그림을 걸어놓고, 히말라야 원정대에 관심이 많다는 이야기도 했었죠. 하지만 그건 싸구려 농담이었습니다. 에버 레스트(Ever rest, 영원히 안식하다—옮긴이)! 바로 그의 사업이자 직업이었지요. 적당한 가격을 받고 사람들에게 영원한 안식을 주는 겁니다. 경이로운 아이디어였습니다. 전체적인 구성도 기발했습니다. 브래들리와 머치 디핑에서 강령술을 하는 사이어자 그레이. 사이어자 그레이나 버밍엄의 브래들리와 아무런 관련이 없고, 희생자와도 아무런 관련이 없는 오즈본을 누가 의심하겠습니까? 바꿔치기 작전은 오즈본에게 어린애 놀이였을 겁니다. 그가 조용하게 있을 정도의 분별력만 있었다면 말입니다."

"하지만 돈은 어떻게 했습니까? 결국 돈을 벌기 위해 그런 일을 했던 것 아닙니까?"

"네, 맞습니다. 돈 때문에 그런 일을 했습니다. 그는 여행을 하고, 사람들을 초대해 대접하고, 부유하고 중요한 인사가 되겠다는 큰 꿈을 갖고 있었습니다. 하지만 그는 자신이 상상했던 사람이 되지 못했습니다. 실제로 살인을 저지르면서 자신에게 전지전능한 힘이라도 있는 것처럼 여기게 되었고 그로 인해 점점 즐거워졌을 겁니다. 들키지 않고 살인을 저지르는 일에 중독이 되었겠지요. 그와 함께 피고석에 앉은 자신의 모습을 상상했을 겁니다. 모든 시선이 집중된 중심 인물이니까요."

"돈은 어떻게 처리했을까요?"

"아주 간단히 처리했습니다. 물론 방갈로를 찾아가 보지 않았다면 저도 미처 몰랐겠지만…… . 그는 구두쇠입니다. 돈을 사랑하고 돈을 원하지만 쓰기 위해서는 아닙니다. 방갈로에는 가구도 거의 없었고, 그나마 있는 것도 모두 싸구려였습니다. 그는 돈 쓰는 건 그다지 좋아하지 않았습니다. 그저 갖고 싶어 했을 뿐입니다."

"전부 은행에 저금했다는 뜻입니까?"

"오! 아닙니다. 아마도 방갈로 바닥을 뜯어 보면 어딘가에서 나올 겁니다."

르죄느 경감과 나는 잠시 침묵했다. 그동안 나는 자카리아 오즈본이라는 낯선 인물에 대해 곰곰이 생각해 보았다. 잠시 후 르죄느 경감이 조금은 감정적으로 말했다.

"코리건이라면 비장이나 췌장에 있는 분비선이 과하게 작용했거나 미발달해서 그런 거라고 말할 겁니다. 하지만 저는 단순한 사람입니다. 오즈본은 그저 못된 악당일 뿐입니다. 제가 항상 어이없어 하는 게 뭔지 아십니까? 어떻게 한 사람이 그렇게 영리하면서도 동시에 완벽한 바보일 수 있느냐는 겁니다."

"사람들은 초인적인 인물을 상상할 때 늘 거대하고 사악한 악의 모습으로 어떤 초인적인 존재를 상상하곤 합니다."

르죄느 경감이 고개를 저었다.

"전혀 그렇지 않습니다. 사악함은 초인적인 것이 아니라 인간 이하의 것입니다. 범죄자는 중요한 인물이 되고 싶어 하지만, 결코 그렇지 못합니다. 그들은 항상 인간 이하일 테니까요."

제25장

마크 이스터브룩의 이야기

I

머치 디핑에서는 모든 것이 제자리를 되찾았다. 로다는 강아지를
돌보느라고 바빴다. 이번에는 기생충 약을 먹이는 중이었다. 로다는
나를 올려다보며 도와줄 수 있는지 물었다. 나는 거절하고 진저가
어디 있는지 물었다.

"'창백한 말'에 갔어."

"뭐라고?"

"거기서 할 일이 있대."

"하지만 빈집이잖아."

"나도 알아."

"아직 그런 일을 하기엔 무리일 텐데……."

"웬 수선이야, 마크. 진저는 괜찮아. 참, 올리버 부인의 새 책 봤

어?『하얀 앵무새』라는 제목이야. 저기 테이블 위에 있어."

"올리버 부인에게 축복을! 이디스 빈스에게도!"

"도대체 이디스 빈스가 누구야?"

"사진을 보고 범인을 찾아낸 여자야. 돌아가신 내 대모님에게 마지막까지 충실했던 사람이기도 하지."

"도대체 무슨 말을 하는 건지……. 제정신이 아닌 것 같아. 무슨 문제 있는 건 아니지?"

나는 로다의 말에 대답하지 않고 창백한 말을 향해 집을 나섰다.

그곳에 거의 다다랐을 때쯤 데인 캘스롭 부인을 만났다. 데인 캘스롭 부인은 내게 반가운 인사를 건넸다.

"내내 속고 있다는 건 알았지만 도무지 방법이 보이지 않았어요. 덫에 걸려 있었던 거죠."

데인 캘스롭 부인은 여인숙을 향해 손을 흔들었다. 늦은 가을 햇살 속에 텅빈 여인숙이 평화롭게 보였다.

"저곳에는 어떤 부정도 없었어요, 우리가 상상하는 모습으로는 말이에요. 저기엔 악마와의 교감도 없었고, 사악한 흑마술도 없었죠. 그저 돈을 벌기 위한 싸구려 속임수, 사람의 목숨을 앗아 가는 속임수뿐이었어요. 위대하거나 거창한 것이 아니라 조잡하고 비열한 것뿐이었어요."

"부인과 르죄느 경감님은 여러 가지 면에서 서로 의견이 맞을 것 같군요."

"나도 그 사람이 마음에 들어요. 그건 그렇고 창백한 말에 가서 진저를 찾아볼 거죠? 같이 가요!"

"거기서 무얼 하고 있는 거죠?"

"뭔가를 깨끗하게 한다던데…….'

우리는 낮은 문을 열고 안으로 들어갔다. 송진 기름 냄새가 강하게 풍겨 왔다. 진저는 걸레와 물병을 들고 바쁘게 작업을 하다가 우리가 안으로 들어가자 고개를 들었다. 여전히 안색이 창백하고 야위어 보였다. 머리카락이 아직 듬성듬성해서 머리에는 스카프를 두르고 있었다.

"진저는 괜찮아요."

늘 그랬듯이 데인 캘스롭 부인이 내 마음을 읽고 말했다.

"이것 좀 봐요!"

진저가 의기양양하게 말했다. 진저는 작업하고 있던 오래된 여인숙 간판을 가리켰다.

몇 년 묵은 때를 벗겨 내자 말 위에 앉아 있는 형체가 분명하게 드러났다. 씩 웃고 있는 해골이었다.

데인 캘스롭 부인의 깊고 낭랑한 목소리가 들려왔다.

"요한계시록 6장 8절, '내가 보매 창백한 말이 나타나더라. 말 위에 탄 자의 이름은 죽음이라. 그리고 지옥이 그를 따라오고…….'"

우리는 잠시 동안 침묵했다.

애초에 멋들어진 말 같은 것에는 취미가 없는 데인 캘스롭 부인이 결론을 맺었다.

"그래서 그걸로 끝!"

마치 쓰레기통에 쓰레기를 던져 넣는 듯한 말투였다.

"나는 그만 가 봐야겠어요. 어머니 모임이 있거든요."

데인 캘스롭 부인은 나가다 말고 문가에 멈춰 서서 진저를 향해 고개를 끄덕이더니 뜻밖의 말을 했다.

"진저는 좋은 엄마가 될 거예요."

진저의 얼굴이 새빨개졌다.

"진저, 그럴래요?"

내가 조심스럽게 물었다.

"뭘요? 좋은 엄마가 되라고요?"

"내가 무슨 말을 하는지 알잖아요."

"그럴지도……. 하지만 나는 좀 더 분명하고 확실한 제안을 좋아해요."

그래서 나는 진저에게 다시 분명하게 제안했다.

II

잠시 후 진저가 물었다.

"그 허미아라는 여자와 결혼하고 싶지 않은 건 확실해요?"

"맙소사! 잊고 있었네."

나는 주머니에서 편지를 꺼냈다.

"허미아에게 3일 전에 받은 건데, 「잃어버린 연인의 고심」을 보러 함께 올드 빅에 가겠냐는데요."

진저가 내 손에서 편지를 빼앗아 가더니 그대로 찢어 버렸다. 그리고 단호하게 말했다.

"앞으로 올드 빅에 가고 싶다면 나와 함께 가요."

〈끝〉

옮긴이 | 신영희

한국과학기술원 물리학과를 졸업하고 주로 SF와 장르 소설들을 번역해 왔다. 옮긴 책으로는 아서 클라크의 『라마』, 시어도어 스터전의 『인간을 넘어서』, 테리 비슨의 『코드명 J』, 로버트 하인라인의 『하늘의 터널』, 딘 쿤츠의 『인텐시티』, 크리스티의 『오리엔트 특급 살인』 등이 있다.

애거서 크리스티 전집

창백한 말

3판 1쇄 찍음 2021년 7월 2일
3판 1쇄 펴냄 2021년 7월 9일

지은이 | 애거서 크리스티
옮긴이 | 신영희
발행인 | 박근섭
편집인 | 김준혁
책임편집 | 정미리
펴낸곳 | 황금가지

출판등록 | 2009. 10. 8 (제2009-000273호)
주소 | 135-887 서울 강남구 신사동 506 강남출판문화센터 5층
전화 | 영업부 515-2000 **편집부** 3446-8774 **팩시밀리** 515-2007
홈페이지 | www.goldenbough.co.kr

도서 파본 등의 이유로 반송이 필요할 경우에는 구매처에서 교환하시고
출판사 교환이 필요할 경우에는 아래 주소로 반송 사유를 적어 도서와 함께 보내주세요.
06027 서울 강남구 도산대로 1길 62 강남출판문화센터 6층 민음인 마케팅부

㈜민음인은 민음사 출판 그룹의 자회사입니다.
황금가지는 ㈜민음인의 픽션 전문 출간 브랜드입니다.